岩 波 文 庫

32-416-6

ミヒャエル・コールハース
チ リ の 地 震

他 一 篇

クライスト作
山口裕之訳

JN053600

岩 波 書 店

Kleist

MICHAEL KOHLHAAS
1810

DAS ERDBEBEN IN CHILI
1810

DIE VERLOBUNG IN ST. DOMINGO
1811

目　次

ミヒャエル・コールハース

一六世紀の中頃のこと、ハーフェル川のほとりにミヒャエル・コールハースという名の一人の馬商人が暮らしていた。ある学校教師の息子であり、この時代の最も正義に厳格で、また同時に最も恐ろしい人間の一人であった。——このとてつもない男は、三十の歳になるまでのあいだは、よき公民の模範とみられてもおかしくなかったであろう。彼は、いまもなおこの男の名前を冠する村*に農場をもち、そこでこの仕事によって静かに暮らしをたてていた。妻が彼に授けてくれた子どもたちを、神を畏れながら、勤勉で誠実な人間に育て上げた。隣人たちのうちで、彼の善き行いを、あるいは彼の正しさを喜びながら受けとめぬ者は、一人としていなかった。つまりは、世の中の人たちは彼の思い出を祝福したにちがいない、もし彼が、ある一つの徳について度を越えたふるまいをしていなかったとすれば。しかし、正義の感情が彼を人殺しの盗賊としたのだった。

あるときコールハースは、栄養がゆきとどき輝き渡る毛並みの一組に繋いだ若い馬を引き連れて、国の外へと出かけてゆき、そして、市場《いちば》で手にすることができるであろう稼ぎをどのように使おうかと、ざっと頭の中で計算をしていた。一部は、いかにもすぐれた一家の主らしく、新たな稼ぎのために当てておくが、一部は当座の楽しみのためにも当てよう。そうしてエルベ川のところまでやってくると、ザクセンの領土にある堂々とした騎士の居城のところで、これまでこの道で見かけたこともない遮断棒に行きあたった。このとき折しも雨が激しく降ってきたのだが、コールハースは馬たちを鎮めて、遮断棒の番人を呼ぶと、番人のほうも、呼ばれてすぐに不機嫌な顔つきで窓から外を覗いた。馬商人は、開けてもらいたいと言った。ここは何かいままでとはちがうことでもあるのかね、とかなりの時間がたって収税吏が家から出てきたとき、馬商人は尋ねた。領主の特権というやつですよ、と収税吏は鍵を開けながら答えた。ユンカーのヴェンツェル・フォン・トロンカ様に授けられたものでして。——そうかい、とコールハースは言った。ユンカー殿はヴェンツェルとおっしゃるのだな？　そして、輝く鋸壁《きょへき》をたずさえて野原を見渡す城に目を向けた。老領主様は亡くなられたのかな。——卒中の発作で亡くなられました、と遮断棒の木を上げながら収税吏は答えた。——そうか、それは残念なことだとコールハースは相槌を打った。威厳のある老領主様だった。人々の往来を喜ばれ、唯一ご自分の力を発揮できる商業活動について力添えをしてくださったのだが、あるとき石の防塁を築かせたこともあって、それは、私の雌馬が、あちらの村のほうに行く道で足を折ってしまったからだ。さて、いくら払えばよろしいかな――と彼は尋ねた。そして、収税吏が求めた額のグロッシェン銀貨を、風にはためく外套の下から苦労して取り出した。この男が、早く、早くとぶつぶつ言い、天気のことで悪態をつくものだから、コールハースは「そうですね、旦那」と言葉を続けた。「この木が森の中に立ったままだったらよかったのですがね、私のためにも、旦那のためにも。」そう言って男に金を渡し、先に進もうとした。ところが、遮断棒の下をまさに通ろうとしたそのとき、待て、そこの馬商人、と別の声がうしろの塔から響き渡り、そして、城守が窓をバタンと閉めると彼のほうに急いでやってくるのが見えた。はて、今度はまた何かあるのかとコールハースはつぶやき、馬たちとともに立ち止まった。城守は、たっぷりとした身体《からだ》に羽織ったベストのボタンをとめながらやってくると、雨風に対して身体を斜めに向けて、通行証はどこかと尋ねた。――通行証ですと？ とコールハース。自分の知る限り、そのようなものは持っておりませんと彼は少し当惑しながら言った。しかし、それがご領主様に関わるどのようなものであるか説明していただけるならば、もしかするとそれをたまたま備えているやもしれません。城守は、脇からコールハースをながめながら、領主の許可証を持たぬなら、いかなる馬商人も馬を連れてこの境界*を越えさせるわけにはゆかぬと答えた。馬商人は、これまで自分は一七回ほどそのような許可証など持つことなくこの境界を越えておりましたと請け合って言った。自分の仕事に関わる領主様のご命令であればすべて仔細を心得ております。このことはおそらく単に何かのまちがいでしょうから、これについてはよろしくご考量のほどお願い申し上げます。日のあるうちに長い道のりがありますので、どうぞこれ以上無用なお引き止めはご遠慮いただけますでしょうか。しかし、城守はそれに答えて、一八回目にくぐり抜けていこうとしてもそうはゆかぬ、だからこそこの掟があらたに発されることになったのであり、ここで通行証を買い受けるか、さもなければ来たところに戻るほかあるまいと言った。馬商人は、この不法な強請《ゆすり》に憤慨し始めたところだったが、少しのあいだ考えて馬を降り、それを雇い人の一人に預けて、ユンカーのフォン・トロンカ様と直々にこのことでお話をしたいと言った。そして実際に城に向かって歩いた。城守は、ケチな金の亡者めとか、このような輩《やから》には手痛い出費がよいのだとぶつぶつつぶやきながら、あとをついていった。二人は互いに目で探り合いながら広間に入ってきた。そのときちょうどユンカーは、数人の陽気な友人たちとともに盃を手にしているところで、コールハースが訴えを聞き届けてもらおうと近づいていったとき、何かの馬鹿話から、彼らのあいだではとぎれることなく笑い声が響き渡っていた。ユンカーは、何用かと尋ねた。騎士たちは、見知らぬ者の姿を認めると静かになった。ところが、コールハースが馬に関わる願いの話を始めるやいなや、一座の者たちはこぞって、馬だと？　どこにいるのだ？と叫んで、馬を見るために窓に急いで駆けよった。彼らは、輝く毛並みの互いに繋がれた馬たちを目にすると、ユンカーの勧める言葉のとおり、中庭へと飛ぶように降りていった。雨はすでにやんでいた。城守と家令と下僕たちが馬のまわりに集まり、彼らはみなこの動物たちを仔細に吟味していた。ある者は白い鼻筋の紅栗毛《べにくりげ》の馬を褒め、他の者には鹿毛《かげ》の馬が気に入り、三人目は黒と黄色の斑《まだら》の馬を撫でていた。これらの馬はまるで鹿のようで、この国でこれよりすぐれた馬が育てられているということはないだろうと、みなが口にした。この馬に乗ることになる騎士の方々よりも、馬のほうがすぐれているということはございませんとコールハースは陽気に答え、お買いになりませんかと彼らに勧めた。白い鼻筋のたくましい雄馬にいたく惹かれていたユンカーは、コールハースに値段のことも尋ねてみた。家令は、黒馬を一つがいぜひ買ってほしい、馬が足りないので、それを農耕に使えると思いますとユンカーに言った。だが、馬商人が考えている値を告げると、騎士たちは高すぎると感じ、ユンカーは、馬にそのような値をつけるのであれば、おまえは円卓の騎士のところに出かけてゆき、アーサー王を探し求めねばなるまいなと言った。城守と家令が意味ありげなまなざしをつがいの黒馬に投げかけながら、何やらささやきあっているのを目にしたコールハースは、いやな予感がして、この馬たちを手放して彼らに引き取ってもらおうと手抜かりのないようにした。彼はユンカーに言った。「ご主人さま、この黒馬たちは六箇月前に二五グルデンで買ったものです。三〇グルデンいただければ、ご主人さまのものになります。」ユンカーと並んで立っていた二人の騎士たちは、この二頭の馬はそれだけの値打ちがあろうとはっきり述べた。しかしユンカーは、紅栗毛の馬のためならともかくも、黒馬のために金を出したくはないと言い、そこを立ち去ろうとした。コールハースは、この次にまた馬を引き連れてやってくることがあれば、そのときはお取引することもありましょうと言ってユンカーにいとまを告げ、自分の馬の手綱をとって出発しようとした。まさにそのとき、城守が人々の中から歩み出て、通行証がなければこの先に進むことはまかりならぬと申したはずだと言った。コールハースはふりかえり、このような扱いは私の生業《なりわい》をすべてぶちこわしてしまうものですが、これはほんとうに正当なことでございましょうかとユンカーに尋ねた。ユンカーは困惑した面持ちで立ち去りながら答えた。そうだ、コールハースよ、通行証は買い受けなければならぬ。城守と話をして、先に進むがよい。コールハースは、馬を引き連れてゆくことに関して掟が定められているということであれば、その掟をすり抜けようなどとは毛頭考えておりませんと断言して申し述べ、ドレスデンを通っていきます折に文書局にて通行証を買い受けてまいりますと約束した。そして、このたびばかりは、このようなお触れにつきまったく知らなかったということで通していただけないでしょうかと願い出た。まあそうだな、とユンカーは言った。折しも激しい雨がふたたび降り始め、彼の痩せた手足を吹き抜けていった。この可哀想なやつを通してやれ。行こう、と騎士たちに声をかけ、向きを変えて城に向かっていこうとした。城守は、ユンカーのほうを向き、通行証を買い受けるという保証として、少なくとも何か質《しち》となるものをここに置いていってもらわなければと言った。ユンカーは城門のところでふたたび立ち止まった。コールハースは、金にせよ物にせよ、黒馬のことについては、いかほどの値打ちのものを質としてここに預けてゆけばよろしいかと尋ねた。家令は、髭の中でもごもごと、ならば黒馬そのものを置いてゆけばよかろうと言った。なるほどそれはよい、と城守は言った。それが最も道理にかなっておる。通行証が買い受けられたならば、いつでも馬たちを取り戻すことができよう。コールハースは、このあまりにも恥知らずな要求に困惑し、凍えながら服の裾を身体の前であわせていたユンカーに、この馬はこれから売ろうとしているものですぞと言った。だがユンカーは、ちょうどそのとき突風によって雨あられがどっと門を吹き抜けていったので、この話に決着をつけるために大声で叫んだ。馬を手放したくないというのであれば、この男をまた遮断棒の向こうに放り出してしまえ。そしてユンカーは去っていった。馬商人は、このような力づくの行為にここでは屈さざるをえないのだと見てとり、他にとるべき道も残されていなかったために、この要求を呑むことに心を決めた。そして黒馬たちの縄を解き、城守の示した厩舎に引き連れていった。馬商人は、馬たちのもとに下僕を一人残し、彼に金を与えて、自分が戻ってくるまで馬たちのことをしっかりと気をつけてみておいてくれと言い含めた。そして、馬の飼育の機運が兆してきているので、このような掟がザクセンの地では設けられることになったのかもしれぬと半信半疑ながら考えつつ、一組に繋いだ残りの馬たちとともに、市《いち》に向かうためにライプツィヒへと旅を続けていった。

ドレスデン郊外の町の一つに、彼はいくつか厩《うまや》を備えた家屋を所有していたが、それというのも、そこを拠点としてこの国のあちこちの小さめの市で商売を行うのを常としていたからである。ドレスデンに到着すると、彼はさっそく文書局に出かけていったが、そこの何人かの役人と彼は知り合いで、やはり最初に思っていたとおり、通行証の話は作り話だと彼らから耳にした。役人たちは気分を害しつつも、コールハースの求めに応じて、このことは事実無根であると書き記した証明書を作成してくれ、コールハースはあの痩せたユンカーが何を目論んでいるのかはまだよくわからなかったのではあるが、あの男の冗談を思って鼻で笑った。コールハースが引き連れてきた一組の馬たちは、そのあと何週間かのうちには満足のいくように売りさばくことができ、これも世の中でよくあるような苦労だという以上にはとくに苦々しい感情をもつこともなく、彼はふたたびトロンケンブルクへと向かった。城守はコールハースが証明書を見せてもそれについてはとくに何も口にすることなく、さてこれで馬を返していただけるだろうかという馬商人の問いに答えて、あっちに行って受けとるがよいと言った。しかし、すでにコールハースが中庭を横切って歩いているうちから不快な出来事があったと耳にすることになり、なんでも彼の下僕はトロンケンブルクに残された数日後には不埒なふるまいのためということで、打擲《ちょうちゃく》され追い出されてしまったとのことであった。コールハースは、この知らせをもたらした若い男に、いったいあの下僕は何をしたのか、誰がそのあいだ馬たちの世話をしていたのかと問うたが、若い男はそれに対して、自分は存じませんと答え、そのあとすでに胸騒ぎを覚えていた馬商人に、馬たちのいる厩の扉を開けた。あの二頭の艶よく栄養のゆきとどいた馬たちではなく、痩せてやつれ果てた一対の廃馬を目にしたとき、彼の驚きはいかばかりであったろうか。横棒のように持ち物を掛けておくことができるほどの骨、何の手入れも世話もされず、べったりと張りついたようなたてがみや毛。動物の世界の中での悲惨というものをまさに描き出している。馬たちが弱々しい動きでいなきかけてきたとき、コールハースは激怒して、この馬たちはいったいどういう目にあってこのようになったのかと尋ねた。傍らに立っていた若い男は、他には別に不幸な目にはあっておりませんし、餌も然るべく与えられておりました、しかし、ちょうど収穫のときで農具を牽く馬が足りなかったため、少しばかり畑で使われたことがありましたと答えた。コールハースは、この恥知らずで無法なたくらみに罵りの言葉を向けたが、それでも己れの無力さを感じながら憤懣をじっと堪え、他にどうすることもできないため、馬たちとともにこの盗賊どもの巣窟をともかくあとにしようとしていたのだが、ちょうどそのとき、言い合いを聞きつけて城守が姿を現し、いったい何事かと尋ねた。何事かですと？　とコールハースは応じた。トロンカ様とその家来の方々は、どなたの許可によってトロンカ様のもとに残しておいた黒馬たちを畑仕事に使われたのでしょうか。コールハースはさらに、これはいったい人間としていかがでしょうかと言い、疲れ果てた馬たちを枝の鞭により奮い立たせようとしたが、それでも馬たちは動こうともしないさまを城守に示した。城守は、挑むような目でしばらくコールハースを見ていたが、口を開いて言った。この不作法者を見るがよい。この駄馬がまだ生きているということだけでも、この無礼者は神に感謝すべきではないのか。下僕がいなくなったものだから、この馬たちの世話を誰がしなくてはならなかったと思っているのだ。与えてもらっていた餌の分だけ、馬たちが畑で稼いで返したのは、至極正当なことではないか。そしてこう言葉を結んだ。ここで無駄な騒ぎを起こしたいとは思っておらぬ。あるいは、犬どもを呼んでこようか、犬を使って城内に平穏をもたらすこともできなくはないのだぞ。——馬商人の心臓は胴着《ダブレット》を打つほどであった。彼は、この卑しいでぶ男を泥の中に投げ倒し、赤ら顔を足で踏みつけてやりたいという衝動に駆られた。しかし、金秤《きんばかり》にも似た彼の正義の感情がまだ揺らいだままだった。自分の心の中の裁きの場で、彼の敵対者に罪の重みがのしかかっているかどうか、まだ確信をもつことができなかった。コールハースは、罵りの言葉を呑み込んで馬たちのほうに歩み寄り、さまざまな事情を静かに慮りながらそのたてがみを揃えてやりつつ、下僕はいったいどのような過ちのために城から追われることになったのかと声を落として尋ねた。あの役立たずはこの屋敷内で反抗的だったからだ、あいつは厩の交代が必要なときに逆らい、自分のところのよぼよぼ馬のために、トロンケンブルクに来られた二人の貴公子《ユングヘレン》の馬など外の通りで夜を明かせばよいと主張したのだと城守は答えた。——コールハースは、もしあの下僕がここにいて、その供述をこの大口叩きの城守の供述と比べることができたとすれば、その代わりに二頭の馬の値の金をくれてやってもかまわないとさえ思った。彼はまだそこに立ち、黒馬の馬具を取りはずしながら、さてこのような場合どうすればよいだろうかと考えていたが、そのとき様子が一変し、ユンカーのヴェンツェル・フォン・トロンカが、騎士や下僕や犬たちの一隊を引き連れて兎狩りから帰り、城の前の広場になだれ込んできた。何事があったのだとユンカーが尋ねると城守はすぐさま口を開き、一方の側からは犬たちが見知らぬ男を目にしてしきりに恐ろしい唸り声で吠えたて、もう一方の側では騎士たちが犬に黙るよう命じているなか、城守はユンカーにことのなりゆきを意地悪く歪曲しながら語り、この馬商人は、自分の黒馬が少しばかり使われたからといって、反逆を企てているのだと申し立てた。そして、この馬は自分の馬とは認めないと馬商人が言っていると嘲笑った。コールハースは叫んで言った。「これは私の馬たちではございません、厳正なユンカー殿。これは、三〇グルデンの価値のあったあの馬ではありません。栄養のゆきとどいた丈夫な馬たちを返していただきたいと存じます。」――ユンカーは一瞬顔色を変えたが、彼は馬から降りると、このうつけ者が馬を受けとらぬというのであれば、そのようにさせておけばよかろうと言い、来い、ギュンター！と大声で呼んだ。――ハンス、お前たちも来るんだ、と言いながら、ユンカーはズボンの埃《ほこり》を手で払った。そして、騎士たちとともに扉をくぐりながら、ワインを用意しろ、ともう一度大きな声で叫ぶと、建物の中へと入っていった。コールハースは、こんな馬たちをコールハーゼンブリュックの自分の厩に連れて帰るくらいなら、皮剝ぎ職人を呼んで、皮剝ぎ場へと放り込んでもらったほうがよいと言った。彼は馬たちに目をくれることもなく広場にそのまま残し、必ずや正義を取り戻してみせると言ってひらりと鹿毛の馬に跨《また》がると、去っていった。

拍車をかけ、まっしぐらにドレスデンに向かおうとしたが、下僕のことと、城で下僕に向けられた苦情のことを考えると、次第にゆっくりとした歩みとなり、まだ千歩も進まぬうちに馬の向きを変え、下僕の聴取を先に行うことが賢明でかつ正しいことと思われたので、コールハーゼンブリュックへと方向を転じた。というのも、コールハースは、正しい感情、誤りの多い世の中の仕組みにはすでに精通している感情によって、たしかにあのような侮辱を受けることになったとはいえ、もし城守の言うように、本当に下僕にある種の咎《とが》めが認められるのであれば、馬を失うこともその正当な結果として諦めることができるであろうという気持ちになったからである。その一方で、同じようにすぐれた感情が彼に語りかけるのだった。この感情は、さらに馬を進めて、彼が立ち寄ったいたるところで、旅人に対して毎日のようにトロンケンブルクで行われている不正な所業について耳にするとき、ますます根深いものとなっていった。その感情が彼に告げるのは、もしもこの出来事のすべてが、そのようにしか見えないのだが、示し合わせて行われたたくらみにすぎないとすれば、自らの力で、彼の自尊心が傷つけられたことに対する償いを手に入れるとともに、同胞に対して将来そのようなことが起こらないという保証を手に入れる義務が、自分にはこの世の中に対してあるということだった。

コールハーゼンブリュックに到着して忠実な妻リースベトを抱きしめ、彼の膝のまわりではしゃいでいる子どもたちに口づけすると、彼はすぐに下僕頭のヘルゼのことを尋ねた。あいつのことは何か聞いていないかな。リースベトは答えて言った。ええ、ミヒャエル、そのヘルゼのことですよ。ほんとうに可哀想なことに、一四日ほど前にむごたらしく殴られてここに帰ってきています。いえ、自由に息ができないほどの殴られようです。ベッドに連れていきましたが、そこではげしく血を吐いて。何度も尋ねて話を聞き出しましたが、どういうことなのか誰もわかりません。あなたから馬を預けられ、馬の通行が許可されなかったためにトロンケンブルクに残されたとか、とてもひどい虐待を受けて無理やり城を追われたとか、馬を連れ出すことはどうしてもできなかったとかいうことでした。そうなのか、と外套を脱ぎながらコールハースは言った。それでもう回復したのか？――血を吐くということをのぞけば、まあまあというところですと妻は答えた。すぐに下僕を一人トロンケンブルクに送って、あなたがそこに着くまでのあいだ、馬の世話をしてもらおうと思っておりました。ヘルゼはいつも正直で、ほんとうに他の誰よりも忠実でしたから、これだけたくさんの事実で裏づけられているあの人の言葉に疑いを差しはさむとか、ましてや別なことで馬を失ったのではないかなどと考えるのは、ふさわしいことではないと思ったからです。ですが、ヘルゼは私に、あの盗賊の巣窟に行かせるようなことは誰に対しても要求しないでほしい、そのために人間を犠牲にしたくないのであれば、あの馬たちは諦めてほしいと懇願したのです。――あいつはまだベッドで寝ているのか、とコールハースは首巻きをはずしながら尋ねた。――何日か前から敷地内をまた歩き回れるようになっていますと妻は答えた。要するに、と妻は続けた。あなたもおわかりになるでしょうが、ヘルゼの言っていることはみなそのとおりで、この出来事も、このところトロンケンブルクでよそから来た人たちに対して厚かましくも行われている許されざる悪行の一つなのでしょう。――それをまずは調べてみなくてはならないとコールハースは答えた。リースベト、あいつが起きたら私のところに呼んでくれ。そう言うと、彼は椅子に腰をおろした。主婦のリースベトは、彼が落ち着いていることをうれしく思い、部屋を出ると下僕を連れてきた。

おまえはトロンケンブルクで何をしたのだ、とリースベトが下僕とともに部屋に入ってくるとコールハースは尋ねた。私は必ずしもおまえに満足しているというわけではない。――下僕はこの言葉を聞いて蒼白な顔を紅潮させたが、しばらく口をつぐんでいた。そして答えて言った。そのとおりです、旦那さま。といいますのも、神の摂理によりまして、私が追い出されたあの盗賊の巣窟に火をつけるために硫黄糸*を持ち合わせておりましたが、城の中で一人の子どもが泣いているのを耳にして、エルベ川にその硫黄糸を投げ捨ててしまったからです。そしてこう考えました、神の稲妻が灰になるまで焼き尽くすとしても、私はやるまいと。――コールハースは驚いて言った。しかし、どのような次第でおまえはトロンケンブルクから追放されることになったのだ。ヘルゼは答えた。悪だくみによってです、旦那さま。そして額の汗を拭いながら言った。起こってしまったことはどうしようもありません。私は畑仕事で馬たちをだめになるまで使わせたくなかったのです。それで、馬はまだ若いから農具を牽かせたこともないのだと言いました。――コールハースは、動揺を隠そうと努めながら、おまえの言っているのはその点では必ずしもほんとうのことではないだろう、馬たちはこの春のはじめには少しばかり農具をつけていたのだからと答えた。おまえは城にはいわば客としていたわけだから、一度や二度くらい、大急ぎで収穫物を運び込むとか必要があった場合には、好意を示すくらいのことはできただろう。――それは私もそうしたのです、旦那さま、とヘルゼは話した。あの人たちが不機嫌な顔をしておりましたので、そうしたとしても黒馬たちにとってたいしたことはないだろうと考えました。三日目の朝には馬たちを農具に繋いで、穀物を荷車三台分運び入れたのです。コールハースは、心臓の鼓動が高まるのを感じながら、うつむいて答えた。ヘルゼ、そういうことは何も聞いていなかった！――ヘルゼは、そうだったのだとはっきり言った。私が無愛想だったとすれば、それは、馬たちが昼をまだほとんど食べ終わっていないのに、また軛《くびき》に繋ぎたくなかったからです。もう一つ、城守や家令が、その代わりに餌はただでよい、旦那さまが餌代として私に残してくださったお金は自分のものとしてとっておけばよいと私に提案してきたときに——あの人たちには、そのようにはできないと答え、背中を向けて出ていったということがありました。——しかし、そういう無愛想のためにトロンケンブルクから追い払われたというのではあるまいとコールハースは言った。——とんでもありません、と下僕は叫んだ。神を忘れた悪行のためです！　どういうことがあったか申しますと、その日の夕方、トロンケンブルクにやってきた二人の騎士の馬が厩に連れてこられて、私の馬たちは厩の扉に繋がれました。私は、そこで一夜を過ごさせることにした城守の手から馬たちをとって、この馬たちはこれからどこにいさせてやればよいかと尋ねたのですが、すると城守は、城壁のところの板を打ちつけて作られた豚小屋を指し示したのです。——おまえの言うのは、コールハースは言葉をさえぎって言った、厩というよりも豚小屋にむしろ似ているほど粗悪な馬のための居場所だったということか。——豚小屋だったのです、旦那さま、とヘルゼは答えて言った。正真正銘の豚小屋でした。豚たちが出たり入ったりしていて、私もまっすぐに立っていることができない場所でした。——おそらく他には黒馬たちを泊める場所を見つけることができなかったのだろうとコールハースは返答した。騎士たちの馬というのは、まあいわば、優先されることになるだろうから。——その場所は、と下僕は声を落として答えた、狭かったのです。そのとき全部で七人の騎士が城に泊まっておりました。旦那さまがそこにいらっしゃったとすれば、馬たちを少しばかり詰めて入れてもらったことでしょう。私は、村に厩を借りたいのだがと申しました。しかし城守の返答は、馬は自分の目の届くところにいなければならぬ、馬を城内から連れ出そうなどという大それたことはくれぐれも考えぬようにというものでした。——ふむ、とコールハースは言った。それでおまえはそれに対してどう答えたのだ。——家令の言うには、二人の客たちはただ一夜を過ごすだけで、次の日にはまた出てゆくとのことでした。それで私は馬たちを豚小屋に連れてゆきました。しかし、翌日もそのようにはならず過ぎてゆきました。そして、三日目になったとき、騎士たちはあと何週間か城に滞在することになると言われました。——つまりヘルゼ、とコールハースは言った、結局のところ豚小屋も、おまえが最初に鼻を突っ込んだときに思ったほどひどいものではなかったということなのだな。——それはそのとおりですとヘルゼは答えた。ちょっとばかりそこのはき掃除をしたらなんとかなりました。豚たちをどこか他のところに入れてくれと、女中に一グロッシェンやりました。それで、夜が明けると屋根板を横板からはずして、夕方にはまた屋根板をのせるというふうにして、昼のあいだは、ずっと馬たちがまっすぐに立っていられるようにうまくやっていました。馬たちは、まるでガチョウのように屋根から首を突き出していて、コールハーゼンブリュックのほうを、あるいはどこかそこよりまともな場所のほうを見回していたという次第です。——それでは、とコールハースは尋ねた、いったいどういうわけでおまえは追い出されることになったのだ。——旦那さま、申し上げますが、と下僕は答えた、あの人たちは私にいてほしくなかったのです。私がいるかぎり、あの人たちは馬をだめになるまで使いたおすことができなかったからです。中庭でも使用人部屋でも、あの人たちはいたるところで私に不快な顔を見せていました。おまえさんたち、そんなに口をひん曲げて嫌な顔をしたいなら、口がはずれてしまうくらいすればいいと私は思っていたのですが、連中はいきなり機会をとらえて、私を城内から叩き出してしまったのです。——だが、そのきっかけは！　とコールハースは叫んだ。彼らにも何かきっかけとなるものがあっただろう！——それはもちろんです、とヘルゼは答えた。しかも、これ以上ないほど正しいものでした。豚小屋で過ごすことになった二日目の晩のことです、馬たちがそこで身体を汚してしまったものですから、連れ出して、洗い場まで乗っていこうとしました。ちょうど私が城門をくぐって向きを変えようとしていると、城守と家令が下僕たちや犬を引き連れ棍棒を持って使用人部屋から出て、私を追いかけてこちらに突進してくる物音が聞こえてきます。そして、止まれ、この悪党！という大声。止まれ、この極悪人め、とまるでとり憑かれた者のようです。門番が私の前に立ちふさがります。それで私が門番や突進してくる怒り狂った一群に向かって、いったいどういうことですかと尋ねると、いったいどういうことかだと？と城守が答えて、私の二頭の黒馬の手綱をつかみます。馬を連れてどこへ行こうというのだ、と言い私の胸ぐらをつかむのです。どこに行くかですって、これはまた何をおっしゃる、洗い場に連れてゆこうとしているのです、まさか私が——と申し上げると、洗い場だと？と城守は大声を張りあげます。この詐欺師め、街道を通って、おまえがコールハーゼンブリュックまで泳いでいけるよう教えてやろう。そう言って、城守そして私の足をつかんでいた家令は、悪意に満ちた一撃を喰らわせると私を馬から引きずり下ろし、私はその背丈のまま泥の中に長々とのびてしまいました。人殺し、ちくしょう！と私は叫びます。馬の引き具や毛布、それに私の下着類は厩に残したままです。しかし、家令が馬たちを連れていってしまうあいだ、城守や下僕たちは足や鞭や棍棒で私に襲いかかり、私は半分死んだように城門の外でのびてしまいました。そして、泥棒犬め！　馬をどこに連れてゆくのだと言って身体を起こすと、この城から出てゆけ！と城守が叫び、それ、それ！と駆り立てる声が鳴り響くと、一二匹以上もの犬の一群が私めがけて襲いかかります。それに対して、垣根から板か何かを引きはがして、三匹の犬を殴り殺しました。それでも、ひどく肉を嚙みちぎられて、後退せざるをえなくなりますと、ピーッと口笛の高い音が鳴り、犬たちは中庭へと戻り、城門の扉は閉められ、閂《かんぬき》がかけられてしまいました。そして私は道の上に気を失ってのびていたというわけです。——コールハースは、青ざめた顔になりながらも、無理にでも冗談を装いつつ言った。ヘルゼ、おまえはやはり逃げ出したいと思っていたのではないか？　ヘルゼが顔を暗く紅潮させながらも、ぼんやりと下を向いているので、さらに言った。正直に言うがよい。豚小屋がおまえの気に食わなかったのではないか、コールハーゼンブリュックの厩のほうがいいと思ったのではないか。——とんでもないことです！　とヘルゼは叫んだ。馬の引き具や毛布、それに私の下着類を豚小屋に残したままだったのです。赤いシルクの首巻きに包んだ三グルデンを飼い葉桶のうしろに隠していたのですが、それをわが身に隠し持ってこないことがありましょうか。くそっ、なんと忌々しいことか！　旦那さまがそのようにおっしゃるのであれば、投げ捨ててしまった硫黄糸ですぐにでもまた火をつけてやりたいものです！　いやいや、と馬商人は言った。そう悪くとらないでくれ。おまえがいま述べたことは、一言一句そのまま信じよう。このことについて話し合われることになれば、私自身、神にかけておまえが言ったことを保証する。私のために働いてくれたことがうまくゆかなかったのは残念だった。ヘルゼ、ベッドに戻って休むがよい。ワインを一本とらせる。自分に正義がもたらされることになると安心してほしい。コールハースはそう言って立ち上がり、この下僕頭が豚小屋に残してきた物の目録を仕上げた。彼はそれらの物の値段を調べ、治療費がどれほどかかりそうか下僕に尋ねた。そして、彼にもう一度手を差しのべてから去らせた。

そのあと彼は妻のリースベトにことのなりゆきやこの話の内情について話して聞かせ、司直〔公的正義〕の手に委ねることに心を決めたと打ち明けた。そして、彼のこの決意を妻が心の底から支持してくれているのを見て喜んだ。彼女が言うには、さらに多くの旅人たち、コールハースよりも忍耐心がそれほどないかもしれない旅人たちが、これからもあの城を通ってゆくことになるであろうし、このたびのような無法をとどめようとすることは神の心にかなった行いであろう、裁判を進めてゆくためにかかる費用についてては、貸したお金から取り立ててゆくことにしたいとのことだった。コールハースは、あっぱれな妻だと言い、その日も次の日も、妻と子どもたちに囲まれて楽しい時を過ごした。そして仕事の都合がなんとかつくと、訴えを法廷に提出するためにただちにドレスデンに向けて出発した。*

彼はこの地で知人の法学者の手を借りて訴状を作成し、その中で、ユンカーのヴェンツェル・フォン・トロンカがコールハースおよび彼の下僕ヘルゼに対して行った許されざる悪行を仔細に説明したのち、この者を法にしたがって処罰すること、馬を元の状態に回復すること、彼および下僕がこのことによって被った損害の補償をしてもらうことを申し立てた。法的案件そのものは、実際明白であった。馬が違法に拘留されたという状況は、その他すべてのことに対して決定的な光を投げかけていた。たとえ、馬は単なる偶然から病気になったのだという主張を受け入れたとしても、馬たちを健康な状態に戻して返してほしいという馬商人の要求は、依然として正当なものであったと言えるだろう。宮廷所在地ドレスデンを見渡してみても、コースハースは、この件で力になろうと約束してくれる友人たちに事欠くことはまったくなかった。馬を扱う商売を手広く行っていたことで交友関係が生まれ、またそこでは誠実に仕事を進めていたことによって、この国の要人たちの厚情も勝ち得ていた。コールハースは、その人自身も声望のあるこの弁護士のところで何度も楽しく会食をし、訴訟費用にあてるためにとそれなりのお金を置いていった。そして、この法的案件の結末についてはすっかり安心してよいと弁護士に言われて、数週間ののちにコールハーゼンブリュックの妻リースベトのもとに帰っていった。しかしながら、何箇月も過ぎ、その年が終わりに近づく頃になっても、ザクセンからは判決はおろか、当地で起こした訴訟についての説明さえも受けとることはなかった。コールハースは、何度もそのたびごとに裁判所に対して書面で請願を行ったのち、彼の法律協力者に内密の書簡を送って、このように過大な遅延が生じているのは何《なに》故《ゆえ》かを尋ねたところ、この訴訟は、上層部からの内輪の指示により、ドレスデン法廷において完全に打ち切られたということを知った。――このことの理由はどこにあるのかとの馬商人の不審の念をしたためた返書に対して、ユンカーのヴェンツェル・フォン・トロンカは、ヒンツおよびクンツ・フォン・トロンカ*という二人の貴公子《ユンクヘレン》と親戚関係にあり、そのうち一人は君主にお仕えする献酌侍従、そればかりかもう一人は侍従長でさえあると法律家は伝えた。――彼はさらにコールハースに対して、これ以上の裁判手続きをとることなく、トロンケンブルクに留め置いている馬たちを取り戻すよう試みるのがよいだろうと助言し、現在首都に滞在しているユンカー殿が、馬をあなたのところに送るようにと、どうやら家来たちに指示を与えたようだとほのめかした。そして、あなたが仮にこのことで得心がいかないとしても、この件に関して私にこれ以上の依頼をするということだけは遠慮していただきたいと結んであった。

　コールハースはこのときちょうどブランデンブルク市に滞在していたが、そこでは、コールハーゼンブリュックもその管轄区の一つであるこの市の統括者ハインリヒ・フォン・ゴイザウが、市に入ってきたかなりの額の資金をもとに、病人や貧者のためのいくつかの慈善施設を設立する仕事に携わっているところだった。とりわけ彼が力を尽くしていたのは、その地域のある村で湧出した鉱泉を、その効力については実際のことがのちにわかる以上に期待されていたのではあるが、心身に障害のある人たちが使えるようにすることだった。市の統括者は、農場に滞在していたときにコールハースとは何度も交流があり旧知の関係であったので、トロンケンブルクでのひどい日々以来、息をするたびに胸が痛み続けることになった下僕長ヘルゼに、屋根と囲いをつけたこの小さな療養泉の効果を試してみてもよいと言った。コールハースがヘルゼを寝かせてやった窪みの縁に、たまたま市の統括者がいくつか指示を与えるために居合わせていたのだが、ちょうどそのときコールハースは、妻が彼に遣わした使者を通じて、ドレスデンの法律協力者からのあの打ち切りを告げる書簡を受けとったところだった。市の統括者は、医者と話しながらも、コールハースが受けとって開いた手紙に一粒の涙を落としたのを認め、親しく心のこもった様子でコールハースに近づいて、いったいどのような災難に見舞われることになったのかと尋ねた。馬商人はそれに答えることなく手紙を差し出したところ、この尊敬すべき人は、トロンケンブルクでコールハースに対して行われたあのおぞましい不正義のことを、そしてその結果、ヘルゼがいま、そしてもしかすると生涯にわたって病で伏せることになるあの不正義のことを承知していたので、コールハースの肩をたたいて、どうぞ気を落とさないように、満足のいくように手を貸そうと言った。馬商人が夕方、言われたとおり彼の居城に赴いたところ、市の統括者はコールハースに、出来事の簡潔な叙述を添え、弁護士の手紙を同封した嘆願書をブランデンブルク選帝侯に宛てて書くだけでよい、ザクセンの地において彼に対してなされることになった暴力行為については、領邦君主の庇護を乞うようにと述べた。彼はコールハースに、すでに用意ができている別の荷物に入れて、この嘆願書を選帝侯のもとに届けることを約束した。ブランデンブルク選帝侯は、事情が許すならば、確実にザクセン選帝侯のもとに申し出を行うことになるだろう。ユンカーやそのとりまきたちの手管などものの数ではない、ドレスデンの法廷であなたに正義がもたらされるには、この一度の手続き以上の必要はないとのことだった。コールハースは生き生きとした気持ちで喜び、市の統括者がこのように厚意をあらたに示してくれたことに対して心から感謝した。そして、この件については、ドレスデンで係争に持ち込むことなどしないで、ベルリンですぐさま訴訟手続きを行わなかったことだけが残念であると述べた。コールハースは、市の裁判所の文書局で要請に完全にしたがった訴えの文書をしたため、それを市の統括者に手渡したのち、以前にもましてこの出来事の結末にさらに安堵を覚えて、コールハーゼンブリュックへと戻っていった。しかし、ほんの数週間のうちにコールハースはまたしても心労を抱えこむことになった。というのもコールハースが、市の統括者の仕事でポツダムに向かうある司法官から耳にした知らせとは、選帝侯は嘆願書を書記局長カルハイム伯爵*に渡したのだが、伯爵は、この暴力行為の調査と処罰のためにドレスデンの宮廷に直接それを渡すのが目的に適ったことであるはずなのに、そうしないで、より詳細な情報をさしあたり手に入れるためにと、ユンカーのフォン・トロンカにその嘆願書を持っていった、というものだったからである。コールハースの家の前で馬車を停め、馬商人にそのことを知らせる仕事を任されていたと思われるこの司法官は、なぜそのような扱いになったのかという困惑した問いに対して、満足できる詳細な事情を説明することができなかった。司法官はコールハースに、我慢して自制してほしいという市の統括者からの言伝を付け加えたのみで、旅をさらに続けなければならないと気がはやる様子であった。そして、この短いやりとりが終わるころになって、コールハースはようやく、何気なく出てきた言葉から、カルハイム伯爵がトロンカ一族と姻戚関係にあるということを察知したのだった。――馬の飼育にも家屋敷や農場にも楽しみを失い、また妻や子どもにもほとんど喜びがなくなっていたコールハースは、将来のことに暗鬱な予感を抱きながら、次の月をひたすら待ちわびていた。こういった時間が過ぎ去ったのち、彼が期待していたとおり、温泉でいくらか症状が緩和したヘルゼがかなり大部の回答書を含む市の統括者の書簡を携えてブランデンブルクから帰ってきた。その内容は、残念ながらこの件について自分は何もできない、貴殿に下された書記局の裁定をお送りする、そしてトロンケンブルクに残している馬を引き取ってこの件は穏便にすませることをお勧めする、というものだった。――その裁定には、「ドレスデン法廷の報告によれば、彼は無用な訴訟狂であり、彼が馬を残していったユンカーは決してそれらの馬を抑留しているわけではない。彼は城に人を送って馬を引き取るか、少なくとも馬をどこに送ればよいかをユンカーに知らせるのがよかろう。いずれにせよ、このような面倒な悶着によって書記局を煩わせることは容赦いただきたい」とあった。コールハースにとっては馬のことが問題なのではなかったが――仮に犬二匹だったとしても同じような苦痛を感じたことであろう――この手紙を受けとって彼は、口から泡を吹くほど激昂した。彼は、庭で何か物音が聞こえるたびに、これまで彼の心をとらえたなかでも最も不愉快な期待をもって、あの貴公子《ユングヘレン》の手下の者たちがやってきたのではないか、ひょっとすると詫びの一つでも述べて、飢えてやつれ果てた馬たちを返しにくるのではないかと、門のほうに目を向けていた。この場合だけはどうしても、世の中で正しく育まれた彼の心が、その感情に完全に一致するように覚悟ができていなかった。しかし、それほど時をおかずして、街道を旅していた知人を通じて、トロンケンブルクのあの馬たちは、ユンカーの他の馬と同じように、あいかわらず畑で使われているということを耳にした。そして、世の中はこのような途方もない無秩序のうちにあると見てとる苦痛のただなかで、これからは自らの心が秩序のうちにあるのを目にすることになるという心の中の満足が、稲妻のように駆け抜けたのだった。隣人であった領地の管理人は、境を接している土地を購入することによって自分の所有地を拡大しようという計画をかねてより抱いていたのだが、コールハースはこの管理人を招き、男がそばに腰をおろすと、ブランデンブルクとザクセンにある自分の所有物、家屋敷や動かせるもの動かせないものの一切合切でいくらになるだろうかと尋ねた。妻のリースベトはこの言葉を聞いて蒼白になった。彼女は振り向いて、自分のうしろの床で遊んでいた一番下の子を抱き上げた。母の首飾りで遊ぶその子どもの赤い頬のすぐそばで、〈死〉が浮かび上がる二つの目のまなざしが、馬商人と彼の手にする書類に投げかけられている。領地の管理人はコールハースを訝《いぶか》しげに見て、なぜそのような突拍子もない考えを突然思いついたのかと尋ねた。コールハースは、とってつけたような快活さでそれに答えて、ハーフェル河畔の農場を売ろうという考えはいまに始まったことではない、われわれ二人はもう何度もこのことについて交渉をしてきたであろう、ドレスデン郊外の自分の屋敷は、これと比べれば単なるおまけのようなものであって、熟慮するほどのものではない、要するに、もしあなたが私の意向どおりにこの二つの地所を引き受けてくれるならば、あなたとこれについて契約を結ぶ心づもりがあると言った。彼はいくぶん無理に冗談めかした口調で、コールハーゼンブリュックが世界だというわけではないからなと付け加えた。目的があるということもあるだろう、それと比べれば、立派な父親として家のことをとり仕切ることなど副次的で価値のないことである。つまるところ、あなたにはこう申し上げなければならないだろうが、私の心は大きなことがらに向けられているのだ、それについてはそのうち耳にされることがあるかもしれない。領地の管理人はこれらの言葉を聞いて安心し、しきりに子どもに口づけしている妻に向かって、ご主人はすぐさま支払ってほしいとおっしゃるわけではないでしょうなとおどけた口ぶりで言って、膝のあいだにはさんでいた帽子とステッキを机の上に置き、馬商人が手にしていた書類を受けとって目を通し始めた。コールハースは管理人のほうに近寄り、これは自分自身の作成による特定の場合を想定した四週間期限の売買契約であると説明し、ここに欠けているのは双方の署名と、購入金額そのものおよび違約金、つまり自分が仮に四週間以内に取り消すようなことがあれば支払いを承諾する弁済の金額の記入だけであると指し示した。そして、自分は公正であり、面倒な手間をかけるようなことはないと請け合って、値をつけてほしいともう一度陽気にもちかけた。妻は部屋の中を行ったり来たりして、男の子が端をつまんでいたスカーフが彼女の肩からすっかり落ちてしまいそうになるほど、胸が打ち震えていた。領地の管理人は、ドレスデンの地所の値段はどうしても見積もることができないと言ったが、それに対してコールハースは、そこを購入したときに交わした書簡を差し出しながら、私は一〇〇グルデンに見積もると答えたのだが、実は、それらの文書からは、その地所はほぼその額の半分ほどさらに高い値段であったということがわかるものだった。領地の管理人は売買契約に今一度ざっと目を通し、奇妙なことながら買い手の側にも取引から手を引く自由が取り決められているのに気づいて、もうなかば心を決め、厩にいる種馬たちは自分には使い道がないのだがと言ったところ、コールハースは、馬については自分もまったく手放す気はない、また、武器庫に掛けてあるいくつかの武器についても手元に残しておきたいと答えた。そこで——領地の管理人はかなりためらったすえ、少し前になかば冗談なかば本気で、地所の値段としてはまったくふさわしくはないのだが、散歩をしながら口にしたことのある言い値をとうとうもう一度言ってみた。コールハースは、書いてくれとインクとペンを差し出した。管理人は自分の受けとめていることがどうも信じられず、それは本気かと尋ねたところ、あなたにただ冗談で言っているのだと思っておられるのかと、馬商人は少しばかり怒ったように答えたので、管理人は考え込むような顔で羽ペンをとって書き込んだが、売り手が取引をとりやめた場合の弁済について書かれた条項は線で抹消し、購入しようとはまったく考えていないドレスデンの地所を抵当に一〇〇グルデンの貸付金を渡す契約を結んだ。そして、二箇月以内であればこの取引をとりやめる完全な自由をコールハースに与えた。馬商人はこの計らいに心を動かされ、感謝の心をこめて彼と握手した。そして、買値の四分の一はすぐさま現金で、また残額は三箇月のうちにハンブルク銀行*で支払われるというのが主要条件であったが、それらについて合意したのち、馬商人はこのように首尾よくとり交わされた取引を祝うためにワインを運ぶよう命じた。下働きの女が瓶を手に入ってくると、栗毛の馬に鞍をつけるよう下僕のシュテルンバルトに伝えてほしいとこの女に告げた。自分はこれから首都に行かねばならない、そこでやるべき仕事があるのだとコールハースは述べ、戻ってきたらほどなく、いまはまだ自分のうちにとどめておかなければならないことも率直に打ち明けようとほのめかして言った。そして盃にワインを注ぐと、そのときちょうど紛争中であったポーランドとトルコのことについて尋ね、それに関するさまざまな政治的憶測の話に領地の管理人を巻き込んだ。そして、最後にもう一度、二人の取引の成功を祈念して乾杯したのち、彼を去らせた。――管理人が部屋を出ていくや、リースベトはコールハースの前にくずおれるように膝をついた。もしあなたが私を、と彼女は叫んだ、あなたのために生んだ子どもたちと私のことを心のうちに思い続けているのでしたら、もし私たちが、どのようなわけかはわかりませんが、ここからすでに追い出されているのではないとしたら、このような恐ろしい準備を進めているのはいったいどういうことなのか私に教えてください！　コールハースは言った。愛しいリースベト、いまの状況であなたを心配させるようなことは何もない。私は判決文を受けとったのだが、そこにはユンカーのヴェンツェル・フォン・トロンカに対する私の訴えはくだらない悶着であると書かれていた。ここには誤解があるにちがいないと思われるので、私の訴えをもう一度、今度は領邦君主様直々にお渡ししようと決心したのだ。――それではどうして家を売ろうとしているのですか、とリースベトは心乱れた様子で立ち上がりながら叫んだ。馬商人は彼女をやさしく胸に抱きよせて答えた。愛しいリースベト、私のさまざまな権利のうちにある私というものを護《まも》ろうとはしない国にとどまりたくはないからだ。いくつもの足に踏みつけられるくらいなら、人間であるよりも、犬でいたほうがましだ！　私の妻もこの点では私と同じ考えだと信じている。――どうしてあなたの権利のうちにあるあなたを、とリースベトは荒々しく尋ねた、誰も護ってくれないとわかるのでしょう。もし嘆願書を携えて君主様に慎み深く、それはあなたにふさわしいことですが、お近づきになれば、嘆願書が捨て置かれたり、あなたの言葉に耳を貸すことをはねつけるような回答が与えられるなどと、どうしてわかるのでしょう。――さてさて、とコールハースは答えて言った、私の心配していることが謂れのないものであるならば、家を売るまでもないだろう。君主ご自身は正しい方だとわかっている。とりまいている者たちを通り抜けて、君主ご自身のところまでたどり着くことさえできれば、私は正義を取り戻し、一週間も経たないうちに、晴れやかな気持ちであなたのところと自分のもとの仕事に戻ってくることを疑っていない。そのときには、と妻に口づけしながら言葉を続けた、私の命の終わるまであなたのところにとどまっていたい。――しかし、と彼は続けた、いずれにせよ心の準備をしておくことが賢明だ。それで、あなたにはできることならばしばらくのあいだここを離れて、子どもたちを連れてシュヴェリーン*にいるあなたの叔母のところに行ってもらえるとありがたいのだが。あなたは以前からこの叔母のところに行きたいと言っていただろう。――なんですって、と主婦のリースベトは叫んだ。私にシュヴェリーンに行ってほしいですって？　子どもたちを連れて国境を越え、シュヴェリーンの叔母のところに？　彼女は驚きのあまり言葉が詰まってしまった。――そうだ、とコールハースは答えた。しかも、できることならば、すぐにでも。この件で私が進めようとしている手筈が、いろいろな心配事によって妨げられることがないように。――「ああ、あなたのことはわかっています！」とリースベトは叫んだ。「あなたにいま必要なのは、武器と馬だけ！　それ以外のものは、ほしい者には誰でもくれてやるということなのですね！」そう言ってむこうを向くと、椅子に身を投げかけて泣いた。――コールハースはうろたえて言った。愛しいリースベト、いったいどうしたのだ。神が恩寵により妻と子どもたちと財産とを授けてくださったのだ。それが今日になってはじめて、そうではないほうがよかったなどと私が望むというのか。――この言葉を聞いて顔を赤らめながら首に抱きついてきた妻の傍らにコールハースはやさしく腰をおろした。――ねえ、どうすればいいだろう。リースベトの額から巻き髪を撫で上げながら、コールハースは話しかけた。このことは諦めてほしいのかい。トロンケンブルクに行って、騎士に馬を返してくださいとお願いし、心を奮い立たせ、馬をあなたのところに連れて帰ってきてほしいのかい。――リースベトは、そうです！　そうです！　そうです！　という言葉を口にすることができなかった――彼女は泣きながら首を振り、コールハースを激しく抱きよせ、いくつもの熱い口づけで彼の胸を包み込んだ。「さて、それでは」とコールハースは大きな声で言った。「私がこの稼業を続けてよいとして、私が公正に扱われることが必要であるとあなたが感じているとすれば、その公正さを取り戻すために必要な自由を認めてほしい。」そう言ってコールハースは立ち上がり、栗毛馬の鞍の準備ができましたと告げた下僕に、明日は鹿毛の馬たちにも馬具をつけておくように、妻をシュヴェリーンに連れていってもらうためだと言った。そのときリースベトが言った。いいことを思いついた！ 彼女は身を起こし、目から涙を拭うと、斜面机のところに腰をおろしていたコールハースに尋ねた。嘆願書を私に預けてくれませんか、そして嘆願書を領邦君主様にお渡しするために、あなたの代わりに私をベルリンに行かせてもらえませんか。コールハースは、いくつもの理由のためこの言葉に心を動かされ、彼女を自分の膝の上に引きよせて言った。愛しいリースベト、それは無理だろう。領邦君主様は何重にもとりまかれていて、近づく者はさまざまな厭な思いをすることになってしまう。リースベトは答えた。領邦君主様に近づくのは、どんな場合であれ、男性よりも女性のほうが簡単なのです。私に嘆願書を預けてください、と彼女は繰り返して言った。嘆願書を君主様の手に渡すということだけがあなたの望みであるならば、それについては保証いたします。領主様に嘆願書をお渡しします！ 妻の勇気についても賢さについても、それを実証することはこれまでいくつも知っていたので、いったいどのようにしようと考えているのかとコールハースは尋ねた。それに対してリースベトは、恥ずかしそうにうつむきながら答えて言った。選帝侯の城の番人がむかしシュヴェリーンで仕えていたころ、私に求婚したことがあったのです。この方は、いまは結婚して何人かの子どももいるのですが、私のことはいまでもすっかり忘れてしまったというわけではないのです。――つまるところ、話すのもたいへんであるようなあれやこれやの事情があるのだが、そこからうまく都合のよいようにするので私に任せてほしいということだった。コールハースはおおいに喜んで彼女に口づけし、あなたの提案を受けることにしようと言った。そして、君主様に城で直々にお願いするためには、その男の妻のところに住むだけでよいと彼女に教えて嘆願書を渡し、鹿毛の馬を車に繋いで忠実な下僕シュテルンバルトをつけ、しっかりと荷造りをしてリースベトを発たせた。

しかしこの旅は、この件で彼が行ったあらゆる甲斐のない試みのうちでも、最も不幸なものとなった。数日もしないうちにシュテルンバルトが農場に戻ってくることになり、一歩一歩牽かれるその馬車のうちには、妻が危険な打撲傷を胸に負って身を投げ出すように横たわっていたからだ。コールハースは蒼白になって馬の牽く車に駆けつけたが、なぜこのような災難がもたらされることになったのかについては、何ら脈絡のあることを聞き出すことができなかった。下僕の言うには、城の番人は在宅ではなく、そのため城の近くにある宿屋に投宿することを余儀なくされたとのことだった。翌日の朝、リースベトはこの宿屋をあとにし、下僕には馬たちのところにそのままいるようにと命じたが、晩になるまで戻ってこず、そのときにはリースベトはこのようなありさまであったという。どうやらリースベトは、大胆にも領邦君主本人のところに突き進んでゆき、領主の責任ではないのだが、取り囲んでいた守衛が単に無骨な熱意をもっていたために、槍の柄で胸の前に一突きを喰らったようだ。少なくとも、夕方頃になって意識を失っているリースベトを宿屋に運び込んだ人たちはそのように話していた。というのも、リースベト自身は口から溢れ出る血に妨げられてほとんど話すことができなかったからである。嘆願書はあとになって一人の騎士にとりあげられてしまった。シュテルンバルトが言うには、すぐさま馬に乗ってコールハースにこの不幸な出来事について知らせるというのが自分の意志であったのだが、リースベトは、呼ばれた外科医が異議を唱えるのもきかず、あらかじめ何も知らせることなくコールハーゼンブリュックの夫のもとに連れ帰るようにと言ってきかなかったという。コールハースは旅によってすっかり身体を壊してしまったリースベトをベッドに運んだ。彼女はそこで呼吸をするたびに痛みと戦いながら、まだ幾日か命を保っていた。何が起こったのかいくらかでも明らかにできればと意識が回復するようみなは努めたが、それも無駄に終わった。彼女は、硬直しすでにどんよりとした目で横たわり、何の返事もしなかった。亡くなるほんの少し前にもう一度意識が戻ることがあった。ルター派の聖職者が(リースベトは夫にならい、ちょうどそのころ芽生えていたその信仰に帰依していた)彼女のベッドの傍らに立ち、感情のこもった大きく荘重な声で聖書の一つの章を読んでいたとき、彼女は突然、暗い表情でこの聖職者に目をやり、彼女のためにそこから読んでもらうものは何もないとでもいうように、その手から聖書をとりあげ、何度もそのページを繰ってそこに何かを探しているようだった。そしてベッドのそばに腰掛けていたコールハースに、人差し指で一節を示した。「汝の敵を許せ。汝を憎む者にも善をなせ。*」――リースベトはそうしながら深い心のこもったまなざしでコールハースの手を握り、そして息絶えた。――コールハースは心に思った。「あのユンカーを私が許すようなことがあれば、神が決して私をお許しになりませんように！*」そして涙をはらはらと流して彼女に口づけし、その目を閉じてやって部屋を去った。彼は領地の管理人がドレスデンの厩のためにすでに送付してあった一〇〇グルデンをとり、妻のためというよりもむしろ王妃のために指示されたものと見えるような埋葬を手配した。オークの棺には、金属の金具がしっかりと取りつけられ、絹の褥《しとね》には、金や銀の房、そして八エレ*の深さの墓には、荒石が漆喰で取りつけられている。コールハースは一番下の子を腕に抱えて自身が墓所のそばに立ち、仕事を見守った。埋葬の日が訪れたとき、雪のように白くなった亡骸はコールハースが黒い布の覆いを取りつけさせた広間に安置された。聖職者が棺台の前で心に沁み入る言葉を述べ終えたちょうどそのとき、亡くなった妻が渡した陳情書に対する領邦君主の判決文が送られてきた。判決文の内容は、コールハースは馬をトロンケンブルクから引き取るように、この件についてはこれ以上請願を持ち出すことのないよう、さもなくば牢に繋がれることになるというものだった。彼は手紙を懐中にしまうと棺を車に積み込ませた。土が盛られてその上に十字架が立てられ、亡骸の埋葬に加わった客人たちが去ると、コールハースはすぐさま、いまは誰もいなくなった彼女のベッドの前にもう一度くずおれ、それから復讐の仕事にとりかかった。彼は腰をおろすと、ユンカーのヴェンツェル・フォン・トロンカがコールハースより奪い、畑仕事によって役に立たないものとした黒馬を、この書状の閲覧後三日以内にコールハーゼンブリュックに連れ来たり、自ら厩舎にて餌を与えて肥え太らせるよう、生まれながらにして自分に備わっている力により言い渡す旨の申し渡し状をしたためた。コールハースはこの申し渡し状を馬駆けの使者によってヴェンツェル・フォン・トロンカ宛に送りつけ、書状を手渡したあとはただちにコールハーゼンブリュックの自分のもとに戻ってくるようにとこの使者に指示を与えた。馬は引き渡されることなくこの三日間が過ぎたので、コールハースはヘルゼを呼びよせ、実は馬たちを肥え太らせる仕事をあの貴公子に課していたのだと告げて、二つのことを彼に尋ねた。お前は私とともにトロンケンブルクに赴き、あのユンカーをここに引き連れてくる気があるか。そしてまた、この申し渡し状の履行にあたって、この引致された男が、コールハーゼンブリュックの厩で怠けるようなことがあった場合には、この男に鞭をくれてやるつもりがあるか。ヘルゼはこの言葉を了解するやいなや、「ご主人さま、今日にでもすぐに！」と歓声をあげ、帽子を高く投げ上げて、結び目が十ついている革の鞭を作ってもらうことにしましょう、あいつにしごきとは何かを叩き込んでやりますよ、ときっぱり言い切ったので、コールハースは家屋敷を売り、子どもたちを車に乗せて国境の向こうへと送った。そして、夜明けとともに、数にして七人、いずれも黄金のように忠実なその他の下僕たちも呼びよせ武装させて馬に跨らせ、トロンケンブルクに向けて出発した。

コールハースは、この小勢を率い、三日目の夜にはもう、門の下で立ち話をしていた収税吏と門番を馬で蹴散らし、城に攻め込んだ。そして、場内の小屋という小屋が火を投じられて突然パチパチと音を立てて燃え上がるなか、ヘルゼは螺旋階段を登って城守の塔に急ぎ、なかば肌をさらし座して遊びに興じる城守と家令に襲いかかって打ちすえ突き刺したが、一方、コールハースは、ユンカーのヴェンツェルのところへと居城の中を突き進んだ。裁きの天使がかくして天より降《くだ》る。ユンカーは折しも、大笑いしながら、その場にいたとりまきの若い友人たちに、馬商人が送り届けていた申し渡し状を読み聞かせていたところだったが、その声が城の中庭に響くのを耳にするや、たちまち死人のように蒼白となり、その場の男たちに、みんな逃げろ、と叫んで姿をくらませた。コールハースは、広間に踏み込むと、向かってきたユンカーの一人、ハンス・フォン・トロンカの胸元をつかみ、広間の隅に投げ飛ばすと、その男の脳髄は石に当たって飛び散ったが、さらに、武器に手をかけた他の騎士たちを下僕たちが打ち負かし追い散らしているあいだ、コールハースは、ユンカーのヴェンツェル・フォン・トロンカはどこだ、と問うた。呆然となった男たちが何も知らないのを見てとると、コールハースは城の側翼に通じる二つの部屋の扉を蹴飛ばし、広大な建物の中を縦横無尽に駆けめぐったが、どちらの方向にも見つけることができなかったため、罵りながら城の中庭に降りてきて、すべての出口を封じさせた。そのころには、いくつもの小屋の炎が燃え移り、居城のほうでも、あらゆる付属の建物とともに、天に向かって煙がもうもうと立ち昇り、火の手があがり始めていた。シュテルンバルトは、忙しく働く三人の下僕とともに、打ちつけて固定していないものは洗いざらいまとめて引きずってゆき、馬たちのあいだで戦利品としてそれらをひっくり返していたが、同じとき、城守の建物の開いた窓からは、ヘルゼが歓声をあげるなか、城守や家令の死体が、妻や子どもたちと一緒に宙を舞い、落ちてきた。コールハースが居城の階段を降りてきたとき、ユンカーの家政を司る痛風病みの年老いた女がその足元に身を投げ出したので、階段のところに立ったまま、ユンカーのヴェンツェル・フォン・トロンカはどこだとこの女に尋ねた。女は弱々しく震えるような声で、あの方は礼拝堂に逃げ込んだのだと思いますと答えたので、コールハースは、炬火《きょか》を手にした下僕二人を呼び寄せ、鍵がなかったために鉄梃《かなてこ》や手斧を使って入り口をこじ開けさせて、いくつもの祭壇や長椅子をひっくり返したのだが、憤激と苦痛に苛《さいな》まれることながら、それでもユンカーを見つけ出すことはできなかった。コールハースが礼拝堂から戻ってきたとき、たまたまトロンケンブルクの奉公人の一人である若い下僕が急いでやってきて、炎が迫っている石造りの広い厩舎からユンカーの戦闘用の雄馬を引き出そうとしているところだった。ちょうどそのとき藁葺《わらぶ》きの小さな荒屋《あばらや》のうちに自分の二頭の黒馬たちを認めたコールハースは、なぜ黒馬を救《たす》け出さないのかとこの下僕に問うたところ、下僕は、鍵を厩舎の扉に差し込みながら、その荒屋はすでに燃えているではないかと答えたので、コールハースはその鍵を厩舎の扉から乱暴に抜き取ると壁の向こうにそれを放り投げ、剣身の面で雨霰《あめあられ》と打ちつけてこの下僕を燃え盛る荒屋の中へと追い立てて、周りを取り囲んで立っている男たちが恐ろしい笑い声をあげるなか、無理やりこの黒馬たちを救い出させたのだった。しかしながら、荒屋が下僕の背後で崩れ落ちたそのわずかばかりのち、この男が恐怖で蒼白になって、手に携えた馬たちとともに荒屋から出てきたときには、コールハースの姿をそこに見つけることはできなかった。彼が城の広場のところにいる下僕たちのところに行き、この男に何度も背を向けるコールハースに、この馬たちはどうしたらよいのでしょうかと尋ねたところ、コールハースはいきなり恐ろしい身振りで足を振り上げたが、もしその蹴りが当たっていれば、それは男の死となっていたであろう。コールハースは、この男には何も答えず、鹿毛の馬に跨ると城の門の下に腰をおろし、下僕たちがそのありのままの姿を見せ続けているなか、黙して夜の明けるのをじっと待っていた。

　朝になると、城壁をのぞいて城全体が焼け落ちており、コールハースと七人の下僕たち以外に、そこには誰もいなかった。コールハースは馬から降りて、太陽に明るく照らされるなか、もう一度、いまや太陽によって隅々まで照らされたその場所全体を調べたが、なんとも重い気持ちになることとはいえ、城の襲撃の企ては失敗に終わったと認めざるをえなかったため、胸は苦しみに満ち悲嘆にくれながらも、ユンカーが逃亡していった方向について消息を得るために、ヘルゼを数人の下僕とともに派遣した。とりわけ気がかりだったのは、ムルデ河畔にあるエアラブルン*という名の富裕な女子修道院のことであり、その修道院長アントニア・フォン・トロンカは、敬虔で慈善の心に満ちた聖女としてこの地方では知られていたのだが、不幸な思いのコールハースには、ユンカーが、文字どおり必要なものをすべて奪われ、この修道院に逃げ込んだことはまずまちがいないと思われた。なにしろこの修道院長はユンカーの血縁上の伯母であり、ユンカーがごく幼い頃の教育者であったからである。コールハースはこういった状況について情報を得たのち、内部にまだ居住に使える部屋が残されている城守の建物の塔に登り、いわゆる「コールハース令状」をしたためた。コールハースはこの令状のなかで、彼が正義の戦いを挑んでいるユンカーのヴェンツェル・フォン・トロンカに手を貸すことのないようこの国に要求し、むしろ住民はすべて、彼の近親者や友人も例外なく、このユンカーをコールハースに引き渡すよう義務づけ、したがわない場合は、身体と生命に関わる罰を受け、財産と名のつくものはすべからく灰燼に帰すことになると記した。コールハースはこの宣告を旅人や他国人を通じてこの地方に広く流布させた。それどころか、彼は下僕のヴァルトマンにこの宣告の写しを渡し、それをエアラブルンの修道院長アントニアに届けるようにという特定の使命を与えたのだった。それに続いて、ユンカーに不平を抱いており、獲物を手にできるという気持ちにそそのかされて自分のもとで働くことを望んでいる何人かのトロンケンブルクの下僕たちと話をつけた。そして、歩兵のように弩《いしゆみ》と短剣を持たせて彼らを武装させ、馬に乗った下僕たちのうしろに同乗するよう教えこんだ。手下の者たちが車で引きずって運んできたものはすべて金に換え、その金を下僕たちのあいだで分配すると、コールハースはこの惨めな仕事から離れて、城門の下で何時間か休息をとった。

昼頃にヘルゼがやってきて、ずっと暗鬱な予感を抱いていたコールハースの心がすでに告げていたことは確かなものであることを告げた。すなわち、ユンカーは彼の伯母、エアラブルンの老貴婦人アントニア・フォン・トロンカの修道院にいるということだった。どうやら、居城の背後の壁のところから戸外に通じる扉を抜け、エルベ川にある何艘かの小舟のところに降りてゆく、小さな屋根の下にある狭い石の階段を通って脱出したようだ。少なくともヘルゼの報告によれば、ユンカーは真夜中に舵も櫂《かい》もない小船に乗って、エルベ河畔のある村に到着し、トロンケンブルクの火事で集まっていた人々は訝しく思ったのではあるが、村の荷車に乗せてもらってさらにエアラブルンまで行ったとのことだった。——コールハースはこの知らせを聞いて深く溜息をついた。彼は、馬の食事はすんだかと問い、すみましたという答えを聞くと、手勢の一群を馬に跨らせ、三時間ののちにはすでにエアラブルンの前に立っていた。折しも地平線では遠雷が低く鳴り響いていたが、この場所の前に立てていた炬火を携えてコールハースが手勢の者たちとともに僧院の敷地に入っていくと、下僕のヴァルトマンが彼を出迎え、令状はたしかに手渡したと報告した。そのとき修道院長と修道院執事とがとり乱して言葉を交わしながら僧院の正面入り口へと降りてくるのが見えた。一方の修道院執事は、背が低く雪のように白い年老いた男で、コールハースに憤怒のまなざしを鋭く向けながら甲冑を身につけさせ、自分をとりまく下僕たちに警鐘を鳴らせと横柄な声で叫んでいた。それに対してもう一人の院長のほうは、十字架につけられたキリストの銀の肖像画を手にし亜麻布のように青ざめてスロープを降りてくると、その他のすべての修道女たちとともにコールハースの馬の前にひれ伏した。ヘルゼとシュテルンバルトが、剣を手にしていない修道院執事を屈服させ、馬たちのあいだを抜けて捕虜として引き連れていくあいだ、コールハースは修道院長に、ユンカーのヴェンツェル・フォン・トロンカはどこかと問うたところ、彼女は、鍵束になっている大きな輪を帯からはずしながら、ヴィッテンベルクです、コールハース、威厳のある者よ！　と答え、そして震える声で、神を畏れ不正をなさらないでください！　と言葉を継いだ。――そこでコールハースは、満たされない復讐の地獄へと荒々しく引き戻され、馬の向きを変えると、火をつけろ！　といましも叫ぼうとしたその矢先、すさまじい稲妻が彼のすぐそばの地面に落ちた。コールハースは再び馬を彼女のほうに向けると、令状は受けとったかと尋ねた。婦人が弱々しくほとんど聞こえないような声で、たったいまです！　と答えた。――「いつのことだ？」――神に誓って申し上げますが、私の甥にあたるユンカーがすっかり出立して二時間たったときです！――コールハースが険しい目で下僕のヴァルトマンのほうに向き直ると、ヴァルトマンは、ムルデ川が雨で増水したために、たったいま着いたところで、それより早く着くことを阻まれてしまったのだと口ごもりながら事情について申し開きをした。それを聞いてコールハースは平静を取り戻した。突然、激しく雨が降り始めて炬火の火を消し、広場の敷石の上にすさまじい雨音を響かせたが、それはコールハースの不幸せな胸のうちの苦しみを和らげた。コールハースは、婦人の前で帽子にくいと手をかけて一礼すると、馬の方向を転じて、みなの者、つづけ！　ユンカーはヴィッテンベルクだ、という声とともに馬に拍車をあて、僧院をあとにした。

夜が訪れたため、コールハースは街道沿いのとある宿屋に泊まった。馬たちがとても疲れていたので、コールハースは一日休息をとらなければならなかったのだが、十人の手勢では(いまやそれほどの強さとなっていた)ヴィッテンベルクのような場所に太刀打ちできないと見てとったからであろう、彼は二つ目の令状を書いて、この国で彼の身に起こったことの顚末について手短に物語ったのちに、彼自らもその一人であると表明している「あらゆる善きキリスト者」に向けて、「手付金および戦いによって得るさまざまな利点を約束する」と述べ、「あらゆるキリスト者の共通の敵であるユンカーのヴェンツェル・フォン・トロンカに対する係争に与《くみ》するように」との要請を行った。その少しあとに出された別の令状では、コールハースは自らを「帝国および世界から自由な、神のみに服従する者」と呼んでいる。病的でできそこないの熱狂ではあるが、それにもかかわらず、お金の響きと戦利品の見込みにつられ、ポーランドとの講和によって食い扶持を失ったならず者たちが大量に殺到することとなった。ヴィッテンベルクを灰燼に帰すためにコールハースがエルベ川の右岸に戻ってきたときには、実際のところ三十数名を数えるほどになっていた。コールハースは馬や下僕たちとともに、荒れ果てた古い煉瓦の納屋の屋根の下、当時この場所を取り囲んでいた暗い森の孤独につつまれて宿営した。彼は、令状を持たせたシュテルンバルトを変装させて町に送り込んでいたのだが、そのシュテルンバルトを通じて、令状はここではすでに知れ渡っていると聞くやいなや、聖霊降臨祭前日の聖なる夜にすぐさま一味を率いて出発し、住民たちが深い眠りについているあいだに、同時にいくつもの街角でこの町に火をつけた。そういったなかでコールハースは、下僕たちが町外れで略奪を行っているあいだ、ある教会の扉の支柱に一枚の書状を貼りつけた。その内容は次のようなものだった。「私コールハースは、町に火を放った。もしユンカーを私に引き渡さないのであれば」、彼の言い回しによると、「この者を探し出すために壁の向こう側を見る必要がないほど町を焼き払うことになるであろう」。——このような法外な忌まわしい行為に住民たちがどれほど驚愕したか、言葉で表すことはできないほどであった。炎は、幸いかなり穏やかな夏の夜であったため、なんとか一九棟の家屋（ただしそのうちには教会も一つ含まれていた）を倒壊させるほどですんだのだが、夜明け頃にある程度鎮火できたところで、老代官オットー・フォン・ゴルガスはすぐさま五十人からなる歩兵部隊を派遣し、この怒りにまかせた恐ろしい男を捕縛しようとした。しかし、この部隊を率いたゲルステンベルクという名の隊長はかなり拙劣な行動をとったため、このコールハース討伐部隊は彼を失脚させるどころか、かえってきわめて危険な武勲を与えることになってしまった。というのも、この戦士は、コールハースを包囲して制圧しようと考えて複数の部隊に分かれたのだが、手勢をまとめていたコールハースに個々の地点で攻撃され打ち負かされてしまった結果、翌日の夕方にははや、国の期待がかけられていたこの全軍勢のうち、誰一人として戦場でコールハースに立ち向かう者はいなくなっていたからだ。コールハースはこれらの戦闘で何人かの部下を失うことになったが、翌日の朝、またあらたに町に火をつけた。この凶悪な所業の手筈があまりにもよかったため、またもや数多くの家屋と、町外れにあるほとんどすべての納屋が焼け落ちることになった。その際コールハースはあの令状を再び貼り付けたのだが、こともあろうに市庁舎の建物のいくつかの角のところであり、さらに、代官が派遣しコールハースによって打ち滅ぼされた隊長フォン・ゲルステンベルクの運命についての知らせも付け加えたのだった。代官はこの反逆的なふるまいに激しく憤り、何人もの騎士をしたがえて、自ら百五十名の軍勢の先頭に立った。代官は、ユンカーのヴェンツェル・フォン・トロンカからの書状による請願を受けて、何がなんでもユンカーを町から追い払いたいと思っている民衆の暴力行為からユンカーを守るため、彼に護衛の者をつけた。そして、この地域のあらゆる村々に見張りを置き、襲撃に備えて町の囲壁にも歩哨を配置したのち、聖ゲルヴァシウスの祝日*に、代官は国を荒廃させた龍を捕まえるために自ら出陣した。馬商人には、この軍勢を回避するだけの賢い頭があった。彼は巧妙な進軍によって代官を町から五マイルのところに誘い出し、さまざまな手管を弄することによって、コールハースが大軍の勢いに押されてブランデンブルク領に逃げ込むという思い込みを代官に抱かせたのち、三日目の夜の訪れとともに突然、身を翻してヴィッテンベルクへと怒濤のごとく戻り、町に三度目の火を放ったのだった。変装して町に忍び込んでいたヘルゼが、この恐ろしい芸当をやってのけたのである。強い北風が吹いていたために、火の手は壊滅的な勢いであたりを舐め尽くし、三時間もしないうちに四二軒の家屋、二つの教会、いくつかの修道院と学校、そして選帝侯の代官の建物そのものも廃墟と化した。敵はブランデンブルク領にいるものと思い込んでいた代官は、朝になって出来事の報告を受け、動転して軍勢とともに戻ってみると、町はどこもかしこも大混乱の状態だった。人々は何千人もの群衆となって梁や杭で封鎖されたユンカーの家の前で夜を明かし、狂ったような叫び声で、ユンカーを町から連れ出せと要求した。

イェンケンスとオットーという名の二人の市長が、官服を身につけて市参事会一同の先頭に立ち、ユンカーをドレスデンに連れゆく許可のためには（ユンカー自身、さまざまな理由からドレスデンには出立したいと望んでいたのだが）、書記局長のもとに送っていた急使の帰還をともかく待たねばならないということを明らかにしようとしたが、それも徒労に終わった。槍や棍棒で武装した無分別な群衆はこの言葉にまったく耳を貸すことなく、あまりに強力な措置を主張する数人の市参事会員に対して粗暴なふるまいがなされるなか、ユンカーのいる建物に人々がなだれ込み、家を地面と等しいものに打ち壊そうとしたまさにそのとき、代官のオットー・フォン・ゴルガスが騎兵部隊の先頭に立って町に現れた。この威厳のある傑士は姿を現すだけで民衆に畏敬の念と服従を呼び起こすのが常であったが、このときは作戦が失敗して戻ってきたことのいわば埋め合わせとして、恐ろしい火つけの一味を蹴散らしてそのうちの三人の下僕を町の門のすぐ近くでなんとか捕縛することができた。代官は、この者たちが民衆の面前で鎖に繋がれているなか、コールハースについてもいま追跡中であり、近いうちに縛ってここに連れてくることができようと市参事会員に言葉巧みに語りかけたので、人々の興奮をなだめるこの状況のおかげで、ここに集まった民衆の不安をなんとか和らげ、ユンカーがこの地にとどまることについても、ドレスデンから急使が帰還するまではと、いくらか安心させることができたのだった。彼は何人かの騎士に付き添われて馬から降りると、尖った杭の防御柵を取り除かせて、家の中へと入っていった。そこでは意識を取り戻してはまた失神するユンカーが二人の医師の手当てを受けており、医師たちは植物のエキスや刺激物を使ってユンカーが息を吹き返すよう努めていた。貴紳オットー・フォン・ゴルガスは、この男が自らそのツケを払うことになるふるまいについて彼と言葉を交わすには適切な折ではないと感じたからであろう、静かな軽蔑のまなざしを投げかけながら、この男にはただ、身を整えて、自らの安全のために騎士牢へとついてくるように言った。ユンカーは胴着をつけてもらい、兜をかぶせてもらったうえ、空気が足りないため胸のところを半分開けたまま、代官と義兄のゲルシャウ伯爵の腕につかまって街路に姿を現すと、ユンカーに対する恐ろしい瀆神的な罵りの言葉が沸き起こった。徒歩傭兵たちがやっとのことで民衆を引き留めておくことができたが、民衆はユンカーに対して、この血吸蛭めとか、国に災いをもたらし人を苦しめる惨めな奴めとか、ヴィッテンベルク市の厄介者とか、ザクセンの汚辱だ、といった言葉を投げつけた。瓦礫と化した町を通って惨めな行進をしているあいだ、ユンカーは何度か兜を落としたがそれに気づくこともなく、一人の騎士がその兜をうしろからかぶせていたのだが、一行はようやく牢にたどり着き、ユンカーは強力な護衛に守られながら塔の中へと消えていった。この間、選帝侯の決定書を携えた急使が帰還したが、そのことが町にあらたな心配をもたらすことになった。というのも、ドレスデン市民から緊急の嘆願書を直接提出された領邦政府は、人殺しの放火犯を制圧するまでは、ユンカーが首都に滞在するなど勘弁願いたいとし、むしろ代官に対して、ユンカーはともかくもどこかにいる必要があるため、いまいるその場所で、代官の配下にある兵力でもってユンカーを庇護するよう義務づけたからであった。領邦政府は他方で、この名望あるヴィッテンベルク市に対して、すでにフリードリヒ・フォン・マイセン侯の率いる五百人の軍勢が、この火つけ人によって将来被害を受けることのないよう、町を護るために進軍中であると伝えて安心させようとした。代官は、こういった類の決定書など民衆を決して安心させることはできないと見てとっていた。というのも、馬商人が町外れのいろいろな場所で勝ち得ていたいくつもの小さな勝利によって、増大していったコールハースの勢力についてのきわめて不愉快な噂が広まっていたからだ。夜陰にまぎれて、変装したゴロツキどもを使い、タールや藁や硫黄を用いてコールハースが行う戦いは、これまでの戦《いくさ》と比べて前代未聞で類を見ないものであり、いま近づいているフォン・マイセン侯よりもさらに強大な防御であってさえ、その力を無効にしてしまうものとなったであろう。代官は少しばかり考えてから、彼が受けとったこの決定書を完全に握りつぶしてしまうことにした。彼はただ、フォン・マイセン侯が自らの到着を知らせる書簡をいくつかの街角に貼りつけただけだった。夜が明けると、中が覆い隠された馬車が騎士牢の敷地から出てきて、重装備をした四人の騎兵にともなわれ、ライプツィヒに向けて街道を走っていった。この騎兵たちは、プライセンブルク*に向かうとはっきりしない言い方で触れ回っていた。このようにして、そこにいると炎と剣がつきまとうことになる救い難いユンカーのことでは民衆がなんとかおさまってくれたので、代官自身が三百人の軍勢を引き連れ、フリードリヒ・フォン・マイセン侯と合流するべく出発をした。この間、コールハースは、この世で受けとることになったこの奇妙な地位のために、実際のところ、百九人もの手勢を抱えるほどに勢力を増大していた。コールハースは、ヤッセン*でも蓄えとなる武器を調達し、彼の軍勢を完璧といえるほど、それらの武器で武装させていたので、二重の嵐が彼に近づいているとの知らせを耳にすると、それが自分に襲いかかる前に、暴風のようなすばやさで、この嵐を迎え撃つ決定を行った。そこでコールハースは、すでにその翌日には、ミュールベルク*近郊でフォン・マイセン侯に夜襲をかけた。この戦によりコールハースは、まことに残念ながら、最初の数発ですぐに彼の傍らに倒れてしまったヘルゼを失うことになったのではあるが、この喪失によってさらに憤激をかき立てられ、三時間にわたる戦闘において、この場所に集結することのできなかったフォン・マイセン侯を散々な目にあわせ、いくつかの重傷を負って軍勢も完全に混乱したために、フォン・マイセン侯は夜が明けるとドレスデンへの撤退を余儀なくされてしまった。この勝利によって大胆になったコールハースは、代官がその知らせを受けとることができないうちに代官のところにとって返し、白昼、ダメロー*村の近くの野外で代官を襲撃して、自ら手痛い損害を被りはしたものの、夜がふけるまで代官とわたりあって損害と同じだけの勝利を手にした。それどころか、もし代官が、ミュールベルク近郊でフォン・マイセン侯が被った敗北について情報収集にあたっていた者から知らせを受けていなかったとすれば、そしてそれによって、状況がよくなるまでは、同様にヴィッテンベルクに帰還することが得策であると考えなかったとすれば、コールハースは、ダメローの教会墓地に身を落ち着けていた代官を、翌朝にはまちがいなく自分の残りの軍勢によって、ふたたび攻撃していたことであろう。この二つの軍勢を撃破して五日後、コールハースはライプツィヒを前にして立ち、町に三方向から火を放った。――彼は、このときに散布した令状のなかで、自らを「ユンカーとの係争につき、ユンカーに与するすべての者に対し、炎と剣をもって、世の中すべてが陥る奸計に罰を与えるために来たりし大天使ミカエル*の代理者」と呼んだ。そして、不意打ちをかけて自らの居城としていたリュッツェン*城から、世の中によりよい秩序を打ち立てるために、自分のもとに集結せよと民衆に呼びかけた。そしてその令状には、途方もない考えのようでもあるのだが、「暫定的な世界政府の所在地であるリュッツェン本城にて発布」という結びの言葉が記されていた。ライプツィヒの住民にとっては幸いなことに、雨が天から絶え間なく降り注いでいたため、火は周辺に広がってゆかず、現行の消防施設が迅速に対応したことにより、プライセンブルクのまわりにあった何軒かの雑貨店が燃えただけだった。それでもなお、荒れ狂う人殺しの放火魔がここにいるということ、そしてユンカーはライプツィヒにいるとこの男が思い込んでいることについて、町の人たちの驚きは言い表せないほどのものであった。また、コールハースを迎え撃つために派遣された百八十人もの騎馬兵の部隊が、撃破されて町に戻ってきたため、町の富を危険にさらしたくない市参事会としては、門をすべて封鎖して、日夜を問わず、市民に市壁の外を見張らせるより他に手立てがなかった。市参事会は、ユンカーはプライセンブルクにはいないということを明確に述べた声明文を近郊の村々に貼りつけさせたのだが、それも徒労に終わった。馬商人は、同じような掲示を出して、ユンカーはプライセンブルクにいると主張し、ユンカーがそこにいないというのであれば、その居場所をその名前とともに知らせない限り、プライセンブルクにいるものとしてふるまうであろうと宣言した。急使によってライプツィヒ市が立たされている窮地について知らせを受けた選帝侯は、すでに二千人の軍勢を集結しており、コールハースを捕らえるために自らその先頭に立つであろうと宣言した。選帝侯はオットー・フォン・ゴルガスに対し、人殺しの放火魔をヴィッテンベルクの地域から追い払うために彼が用いた計略が、曖昧で思慮の足りないものであったとして、重い譴責《けんせき》処分を下した。そういった次第で、ライプツィヒ近郊のいくつかの村に、誰の仕業かはわからないのだが、コールハースに宛てた次のような布告文が貼り付けられているのを人々が知ったとき、ザクセン全体、とりわけその首都《レジデンツ》ドレスデンを襲った混乱がどれほどのものであったかは筆舌に尽くし難い。そこにはこうあった。「ユンカーのヴェンツェルは、縁者であるヒンツおよびクンツのもと、ドレスデンにいる。」

このような事情のもと、マルティン・ルター博士は、世の中で彼の地位によって与えられた声望に支えられて、心を宥《なだ》める言葉の力により、コールハースを人間の秩序の堤防の中へと押し戻す役目を引き受け、この人殺しの放火魔の胸のうちにある高潔な資質をたのみとして、コールハースに宛てて次のような内容の布告を発した。それは選帝侯国のあらゆる町や村に掲示されることになった。

コールハース、汝、正義の剣を振るうために遣わされたと偽りの言葉を口にする者よ、盲目の激情の狂気に駆られた不遜な者よ、頭からつま先にいたるまで不正そのものに満たされながら、汝、驕慢のうちに何をなさんとするか。汝が臣民として従う君主が些細な財産をめぐる争いにつき汝の権利を拒んだからとて、非道の者よ、汝は、炎と剣をもって立ち上がり、荒野の狼のごとく、君主が庇護する平和な集落に押し入る。虚偽と奸計に満ちた申し立てにより人心を惑わす者よ、罪人たる汝は、いつか神の御前に出て、すべての人の心の襞《ひだ》を隈なく照らすその日、それにて申開きができると思うか。汝の怒りに燃えた胸は、自らの力で復讐を遂げようとする下劣な欲望に駆られ、挫折に終わったはじめの軽率ないくつかの試みののちに、自らの権利を手に入れる努力を完全に放棄しておきながら、汝はいかにして自らの権利が拒まれたと言えるのか。もたらされる手紙を握りつぶし、送致されるべき判決文を留め置く廷吏や役人が汝の従う権力者であるか。神に背く者よ、汝の従う権力者は汝の案件につき何ら関知していないと、余は汝にことさら言わねばならぬのか。汝が逆らう君主は、汝の名も知らぬ。いつか汝が神の玉座に進み出て君主を告発しようとしても、君主は晴れやかな顔でこう言うであろう。主よ、我はこの男に何ら不正をなしておりません。この男がいることも、我が心のあずかり知らぬことです。知るがよい、汝の振るう剣は略奪と殺意の剣であり、汝は叛逆者であって正しき神の戦士ではない。この世で汝のたどり着くところは車裂きや絞首刑であり、あの世では悪行と瀆神に対して定められた劫罰である。

ヴィッテンベルクマルティン・ルター

コールハースは折しもリュッツェンの城にて、ライプツィヒを焼き払ってしまおうという新たな計画について、心破れながらあれこれと思いをめぐらしていた――ユンカーのヴェンツェルはドレスデンにいるという村々に掲示された知らせには、彼が望んでいたような市参事会の署名はおろか、誰の署名もなかったために、彼はこの知らせなどまったく問題にしていなかったからである。――そのようなとき、シュテルンバルトとヴァルトマンは、夜のうちに城の門道のところに掲示されていたこの布告に気づき、仰天した。そのようなわけで、彼らはコールハースのところに行きたがらず、コールハースがこの布告を目にするようにと、何日ものあいだ、いたずらに待ち望んでいた。コールハースは夕刻、陰鬱な様子で深く自分のうちに沈み込んで姿を現しはしたものの、命令を短く伝えるためだけであり、何も目にとめることはなかった。そこで二人はある朝、コールハースの意志に反してこの地方で略奪行為を行った二人の下僕を彼が縛り首にしようとしていたとき、この布告に注意を向けさせようと心を決めた。コールハースはちょうど、民衆がおずおずと両側に分かれるなか、最後の令状以来慣わしとなっていた行列を率いて処刑場から戻ってきたところだった。大きな智天使《ケルビム》の剣が、金の房飾りのついた赤い皮のクッションにのせられ、コールハースの前に掲げられて運ばれ、一二人の下僕たちが燃え盛る炬火を手にしてつきしたがっていた。そこに二人の男たちがやってきて、剣を小脇に抱え、コールハースが怪訝に感じざるをえないように、布告が掲示されている柱を取り囲んだ。コールハースは、手をうしろで組み、物思いに沈んでいたが、正面入り口のところにやってくるとふと目をあげ、はっとした。彼の目にとまった二人の下僕は、うやうやしく傍らに退いた。コールハースは二人をぼんやりと目にとめながら、急ぎ足で柱のほうに二、三歩近づいた。そこに彼の不法を咎める内容の布告を目にしたとき、コールハースの心に去来した思いは名状しがたい。そこには彼が知る最もかけがえのない、そして最も敬愛すべき名前、マルティン・ルターの名前が署名されているではないか！　深い紅潮が彼の顔にあらわれた。コールハースは兜を脱ぐと、はじめから終わりまで二度通読し、不確かなまなざしのまま、何か口にしようとするかのように下僕たちの居並ぶなか振り向いたが、何も語らなかった。彼は布告を壁からはがすともう一度通読し、ヴァルトマン！　私の馬に鞍をつけてくれと叫び、シュテルンバルト！　城についてこいと大きな声で呼んで姿を消した。彼がとらわれていたあの破滅的な状態のなかで、彼の心を一気に和らげるには、このわずかな言葉で事足りたのだ。コールハースはテューリンゲンの小作人の姿に変装し、重要な用件でヴィッテンベルクに出かける必要ができたとシュテルンバルトに告げた。彼は最も優秀な下僕たち何人かがいる前で、リュッツェンに残された軍勢の指揮をシュテルンバルトに委ねると、三日間は攻撃の心配はないが、そのあとまた戻ってくると請け合い、ヴィッテンベルクに向けて出発した。

彼は別の名前を使ってある宿屋に立ち寄り、夜になるとすぐに外套に身を包んで、トロンケンブルクで戦利品としたピストル二丁を携え、ルターの部屋に入っていった。ルターは文書や書物に埋もれて斜面机についていたが、見知らぬ変わった男が扉を開けて背後で門を閉めるのを目にすると、何者か、用向きは何かと尋ねた。男が、帽子をうやうやしく手にし、自分が恐怖を与えるかもしれないとおずおずと感じながら、わたくしはミヒャエル・コールハース、あの馬商人でございますと答えるやいなや、ルターはすぐさま、さがれ！　と叫び、斜面机から立ち上がると呼び鈴のところに急ぎながら、おまえの息は疫病《ペスト》であり、おまえが近づくことは腐敗であると言い継いだ。コールハースは、その場から身体を動かすことなくピストルを取り出すと、尊敬する先生、もし呼び鈴に触れることがあれば、このピストルにより私は先生の足下に死して横たわることになるでしょうと言った。お掛けになってわたくしの言葉をお聞きください。先生はいま天使が歌う詩篇の言葉を書き記しておられますが、わたくしといることは、その天使たちのもとにいるのが安全であるのとかわりはございません。ルターは腰をおろしながら、望む用向きは何かと尋ねた。コールハースは答えた。わたくしが不法を行う者であるというあなたのお考えを反駁することです。上に立つ権力者は、わたくしの案件については何ら関知していないとあなたは布告のなかで言っておられます。なるほどけっこうです、わたくしに安導権*をお認めください、そうすればわたくしはドレスデンに行き、この案件をお上《かみ》*に提出いたします。――「救いがたい恐ろしい男だ！」コールハースの言葉を聞いて、狼狽しつつも同時に安心してルターは叫んだ。「自分勝手な申し渡し状にしたがってユンカーのフォン・トロンカを襲撃したり、城で彼を見つけることができなかったからといって、炎と剣をもって彼をかくまう町に襲いかかったりする権利を、誰がおまえに与えたというのか。」コールハースは答えて言った。尊敬する先生、誰もそのような者はおりません、これ以降は。ドレスデンから受けとった知らせが、わたくしを惑わし、誤った道へと導いたのです。わたくしが人間の社会と行っている戦いは、あなたがはっきりとおっしゃったように、わたくしがこの社会から追放されていたのでないとすれば、たちどころに罪業となるでしょう。追放されるだと！　とルターは、コールハースを見すえながら叫んだ。どれほど猛り狂った考えにおまえはとらわれていることか。おまえが暮らしていたこの国家という社会から、誰がおまえを追放したというのだ。国家というものが存在する限り、誰であろうとも、そこから追放されてしまうような場合が、どこにあるというのか。――追放されたというのは、とコールハースは手を握りしめながら答えた、法の庇護を拒まれた者のことを指して申し上げております。わたくしの平和な家業が栄えるためには、この庇護がわたくしには必要だからです。そのような庇護があるからこそ、わたくしは自分が獲得してきたすべての人や財産とともに、社会のうちに逃れてくるのです。わたくしに対して法の庇護を拒む者は、わたくしを荒野の野獣たちのところに追い出すことになります。その者はわたくしに、あなたは否定されるでしょうが、自分自身を守るための棍棒を手渡しているのです。――誰がおまえに法の庇護を拒んだというのだ、とルターは叫んだ。おまえが差し出した訴状は、それが差し出された領邦君主のあずかり知らぬことであると、私は書いていたではないか。国の役人たちが領邦君主の知らぬところで裁判を握りつぶしたり、知らぬうちにその神聖な名前を蔑《ないがし》ろにしたりしたからといって、神以外の誰が、そのような役人たちを選んだ咎《とが》で、領邦君主に対してその責任を問えるというのだ。神に呪われた恐ろしい者よ、そのゆえにおまえには領邦君主を裁く権限があるとでもいうのか。——なるほどけっこうです、とコールハースは返答した、領邦君主様がわたくしを追放しないということであれば、わたくしもこの方の庇護のもとにある社会のうちに戻ることにいたします。もう一度申し上げますが、わたくしにドレスデンまでの安導権をお認めください。そうしましたら、リュッツェンの城に集めた軍勢を解散し、棄却されたわたくしの訴状をもう一度、この国の法廷に提出いたします。——ルターは、不機嫌な表情で机の上に置かれた書類を重ね合わせて投げ出し、沈黙した。この奇妙な男が国家の中で占めている反抗的な立場が、ルターを不愉快な気持ちにさせたのだった。この男がコールハーゼンブリュックからユンカーに対して発した申し渡し状のことを思いめぐらしながら、おまえはドレスデンの法廷にいったい何を望むのか、とルターは尋ねた。コールハースは答えた。法にもとづいてユンカーに処罰を与えること、馬たちを元通りの状態にしていただくこと、そしてわたくしと、ミュールベルクで戦死した下僕ヘルゼに、わたくしどもに対してなされた暴力行為で被った損害を埋め合わせていただくことです。——ルターは叫んで言った。損害を埋め合わせるだと！　おまえはユダヤ人やキリスト教徒のところで、手形や抵当によって何千という金額をおまえの乱暴な復讐の戦いのために調達しているではないか。問われることになれば、その金額も計算に加えるつもりか。——とんでもない！　とコールハースは答えた。家屋敷や、わたくしのものでした裕福な暮らしを取り返したいなどとは申しません。わたくしの妻の葬儀にかかりました費用についても同様です。ヘルゼの年老いた母には、治療にかかったお金の勘定と、息子がトロンケンブルクで失ったものの明細書を持ってきてもらいましょう。それから、黒馬たちを売らなかったことでわたくしが被った損害については、政府から専門家に見積もってもらうようにしていただきたいと存じます。——猛り狂った、理解できない恐ろしい人間だな、とルターは言ってコールハースを見た。おまえの剣がユンカーに対して復讐を、しかも考えられうる最も厳しい復讐を行ったというのに、ユンカーへの刑の宣告におまえがそれほどまでに固執するよう仕向けているのはいったい何か。宣告が最終的に下るとして、それがどれほど厳しいものであるかといえば、ほんのわずかな重みのものでしかないではないか。——コールハースは頬に涙を流しながら答えて言った。先生、わたくしは妻を失うことになったのです。わたくしは、妻が不正な取引で命を落としたのでは決してないということを世に示したいのです。このことにつきましては、どうぞわたくしの意思を受け入れて、裁判所に判決を下していただくようにしてください。その他のことで異論が生じることがありましても、あなたのお考えにしたがいます。——ルターは言った。なるほど、おまえの要求していることは、もし事情が世間で言われているとおりのことであるならば、正当なものだ。もしおまえが、自分の判断で自力での復讐に踏み出す前に、この争いを領邦君主の決定に委ねることができていたとすれば、おまえの要求は、疑いなく、その一つ一つが認められていたであろう。だが、救い主イエスさまのためということでユンカーを赦し、痩せてやつれ果てたありさまの黒馬を手にとって跨り、餌をやって肥え太らせるためにコールハーゼンブリュックの馬屋に連れ帰っていたとすれば、いろいろと考え合わせてみても、そのほうがよかったのではないだろうか。――コールハースは窓に歩み寄りながら、そうかもしれません、と答えた。そうかもしれませんし、そうでないかもしれません。もし、馬たちを回復させるには、愛する妻が心臓から血を流さなくてはならないことになると知っていたとすれば、先生、あなたがおっしゃったようにしたかもしれません。そして、一シェッフェル*のカラスムギを惜しむことなどなかったでしょう。ですが、馬たちがこのように高くつくものになってしまった以上は、ことのなりゆきにまかせることにしたいと考えております。どうぞわたくしにふさわしいように、刑の宣告を出していただき、ユンカーが私の黒馬たちに餌をやるようにさせてください。――ルターは、もう一度書類を手にとり、いろいろと思いめぐらしながら、私のほうで選帝侯と交渉しておこうと言った。そのあいだは、リユッツェンの城で静かにしておいてほしい。選帝侯がおまえに安導権を認めることになれば、公の掲示を行うというやり方でおまえに知らせることになるだろう。――とはいえ、とルターはコールハースが手に口づけしようと身をかがめたときに続けて言った。選帝侯がそのように寛大なふるまいをされるかどうかはわからない。選帝侯は軍勢を集めたと聞いている。おまえをリュッツェンの城で捕らえようとしているところなのだから。しかし、すでに述べたように、そのことは私が尽力をするということには関わりのないことだ。その言葉とともにルターは立ち上がり、コールハースを立ち去らせようとした。コールハースは、この点につきましては、おとりなしの言葉でたいへん安心いたしましたと述べた。ルターは手を上げてそれに答えたが、コールハースは突然ルターの前で片膝をついて、もう一つ心からのお願いがございますと言った。と申しますのは、聖霊降臨祭*にはいつも聖体を拝領することにしておりますが、今回は自分の戦の企てのために、教会に行きそびれてしまいました。どうか、とくに準備のないままでわたくしの告白を聞いていただき、それと引き換えに、わたくしに聖なる秘蹟のおめぐみを授けて*いただけないでしょうか。ルターは、少しばかり思案したのち、コールハースを鋭く見つめて言った。わかった、コールハース、そうしよう。しかし、おまえがその御身体《みからだ》を望んでいる主は、ご自分の敵をお赦しになったのだ。*――コールハースが困惑して彼を見つめたので、ルターはさらに言葉を継いだ。おまえを侮辱したユンカーを、同じように赦すつもりはあるか。トロンケンブルクに行き、黒馬に乗って、肥え太らせるためにコールハーゼンブリュックに連れ帰るということだが。——「尊敬する先生」、とコールハースは顔を赤らめながらルターの手をとって言った。——どうだ？——「主も、ご自分の敵すべてをお赦しになったわけではありません。私の二人の君主である両選帝侯*、城守と家令、ヒンツ公とクンツ公、またその他にもこの件で私の自尊心を傷つけた人は赦すことにいたしましょう。しかし、ユンカーには、できることならば、私の黒馬たちに餌をやって、もとのように太らせるよう強いることを望んでおります。」——ルターはこの言葉を聞いて不機嫌なまなざしでコールハースに背を向け、呼び鈴を引いた。呼ばれてやってきた一人の学僕が灯りを携えて控えの間で到着を告げたが、コールハースは困惑しながらも、涙を拭って床から立ち上がった。門が掛けられていたため、学僕は扉を開けようとしてそれができないでいたのだが、ルターは腰をおろしてまた書類に戻ってしまったので、コールハースはその男のために扉を開けてやった。ルターは、よそ者のほうをちらりと横目で見ながら、学僕に向かって、道を照らしなさいと言った。その言葉を聞き、来訪者を目にすると、学僕は少し訝しく思いながらも壁から入り口の鍵をとり、来訪者の退出を待ちながら、半分開いた部屋の扉を通って出ていった。——コールハースは心を動かされながら帽子を両方の手で持ち、先生、それではあなたにお願いしました罪の赦しのお恵みにあずかることはできないのでしょうか、と言った。ルターは短く答えた。救い主イエスさまについては、できない。[*]しかし、領邦君主についてはーーそれはおまえに約束したようなことをやってみて、それ次第だ。そういうとルターは、任せた仕事をそれ以上引き伸ばすことなく片づけるようにと学僕に合図した。コールハースは、痛々しい心持ちを表情に浮かべながら両手を胸に当て、降りてゆく階段を照らす男のあとをついていきながら、姿を消した。

翌朝、ルターはザクセン選帝侯に宛てて書状を出し、そのなかでルターは、世間で広く知られているように、訴状を握りつぶした選帝侯側近であり、それぞれ侍従長および献酌侍従である、クンツおよびヒンツ・フォン・トロンカについて辛辣にちらりと言及したのち、ルター特有の率直さで、このように不愉快な状況に立ちいたった以上、この馬商人が申し出ていることを受け入れて、彼の裁判をもう一度行うために、これまで起こったことについては彼に大赦を与える以外に手立てはないであろうと選帝侯に自らの考えを知らせた。ルターが述べるには、世論はこの男の側につくという危険きわまりない状態であり、彼によって三度も焼き尽くされて灰となったヴィッテンベルクにおいてさえ、彼に有利な声が耳にされるほどである。もし申し立てが棄却されることになれば、彼は確実に悪意に満ちた言葉によって自らの申し立てを民衆に知らしめることであろうし、そうなれば民衆は簡単にそその言葉にそそのかされ、国家権力では彼にもはやなに一つ対抗することができなくなる。そして、このような尋常ではない事態にあっては、武器を手にしたことがある臣民と交渉の席に着くことへの懸念には目をつぶる必要がある、またこの男は、たしかに実際のところ、彼に対しての敵対的処遇があったことにより、ある意味で国との関係の外に置かれていたわけであり、つまるところ、ここから手を引くには、この男を玉座に歯向かう反逆者と見るのではなく、むしろこの国に入り込んできた他所の権力(彼は外国人なのだから、その資格はある意味では認められる)とみなす必要がある、と結んだ。――選帝侯がこの書簡を受けとったのは、ミュールベルク近郊で打ち破られ、怪我のためにまだ床に臥していたフリードリヒ・フォン・マイセン侯の伯父であり、帝国総司令官のクリスティエルン・フォン・マイセン侯、法廷の大法官ヴレーデ伯、書記局長カルハイム伯、そして選帝侯の幼少期からの友人であり腹心の部下である献酌侍従ヒンツ・フォン・トロンカ殿、侍従長クンツ・フォン・トロンカ殿の両名が、ちょうど城に居合わせたときのことだった。枢密顧問官の資格で、選帝侯の名前と紋章を用いる権能により選帝侯の親書をあつかう侍従長のクンツ殿がまず最初に発言し、馬商人が自分の親戚であるユンカーを訴えて法廷に差し出したあの訴状は、まちがった申し立てに惑わされて、まったく事実無根で役にも立たない面倒ごとだと思わなければ、自分の判断による命令により握りつぶしてしまうことなど決してなかったであろうと、もう一度冗長な説明を行ったのち、現在の情勢についての話となった。あの失策があったからといって、自分では勝手にそう思っているとしても、このような途方もない自力での復讐を行う権限など、神の法でも人の法でも、馬商人に与えられてなどいないとクンツ殿は述べ、法的な交戦相手としてこの男と交渉することになれば、この神に呪われた者に威光が与えられることになると語った。それによって神聖なる選帝侯ご本人にふりかかる汚辱は自分には耐え難いものであり、自分としては、と熱弁をふるって主張するには、ルター博士の出された提案を受け入れるくらいであれば、この猛り狂う反逆者の申し渡し状を実行するという最悪の事態を引き受け、自分の親戚であるユンカーが黒馬を肥え太らせるためにコールハーゼンブリュックに引き連れられてゆくのを目にするほうがまだましである。大法官ヴレーデ伯は、半ば彼のほうを向きながら、このいささかやっかいな事態を解決するにあたり選帝侯の名誉のために示されたそのような細やかな配慮が、この事態の最初のきっかけが生まれたときにクンツ殿の頭になかったのはまことに遺憾であると述べた。ヴレーデ伯は選帝侯に対して、明らかに合法的ではない方策を遂行するために国家権力を用いることについては懸念を表明し、この国では引き続き馬商人のもとに人々が押し寄せていることを重視しながら、邪悪な行為の糸はこのようにして際限なく紡ぎ出されつつあると述べ、責めを負うべき過ちをそのまま何も顧慮せず償うことで、単純に正しいことをなすことが、この糸を断ち切り、この不快な争いから政府をうまく引き離すことになるであろうと説いた。クリスティエルン・フォン・マイセン公は、あなたはどう思うかと選帝侯から尋ねられ、崇敬を表しながら大法官に向き直って考えを述べた。お考えのあり方を明らかにしていただき、このうえない尊敬の念に満たされている。しかしながら、コールハースに正当な権利を受けさせようとすることで、ヴィッテンベルクやライプツィヒ、またコールハースによりひどい被害を受けた領邦全体の損害賠償、あるいは少なくとも処罰を求める正当な要求を損なっているということを、あなたはお考えになっておられない。国家の秩序は、この男との関係においてはあまりにも狂ってしまったために、法律の学問から借りてきたような一つの原則によって修復することはもはや困難となっている。それゆえ自分としては、侍従長殿の考えにしたがい、このような場合のために組み入れられている手段を用いることに賛成を投じる。それはつまり、十分な規模の軍勢を集結し、リュッツェンに居座る馬商人を捕縛するか、鎮圧してしまうということだ。侍従長は、クリスティエルン・フォン・マイセン公と選帝侯のために壁ぎわから椅子をとってきて、それらを愛想よく部屋に並べると、あなたほどの誠実さと洞察力をもつ方が、このような明確にできない性質の事態を解決する手段につき、私と意見を同じくされるのは喜ばしいことであると述べた。クリスティエルン・フォン・マイセン侯は、その椅子に腰をおろすことなく手に持ったまま侍従長をじっと見て、そのことで喜ばしいと思われる理由などまったくない、というのも、本事案と結びついた処置としては必然的に、まずはあなたに対して逮捕状を出し、領邦君主の名前を濫用したかどで裁判を起こすことになるであろうからときっぱり言った。というのも、見渡せないほど次々と生み出され、裁きの場に出ようにももはやその場所が見つからないほどの数々の邪悪な行為の上に、必要に迫られ正義の玉座の前でヴェールをおろしてしまうとしても、そのことは、このような邪悪な行為のきっかけとなった最初の邪悪な行為については当てはまらないからだ。生死に関わる私の告訴が最初にあってこそ、馬商人を粉砕する全権を国家に認めることが可能になる。この馬商人の案件は、周知のように、まったくもって正当なものであり、彼がふるう剣はわれわれ自身が彼に持たせたのである。ユンカーのクンツ殿はこの言葉に狼狽して選帝侯を見たが、選帝侯は顔全体を真っ赤にしてむこうを向き、窓に歩み寄った。みなが困惑して少し間があったのち、カルハイム伯が、このようにしていては、われわれがとらわれている魔法陣からぬけ出ることはできますまいと言った。まったく同じ道理でいえば、あなたの甥であるフリードリヒ・フォン・マイセン侯に対しても裁判を起こすことになりかねない。フリードリヒ・フォン・マイセン侯もまた、コールハースに対して行われた異例の偵察行動の際にさまざまな点で指示を逸脱しており、われわれの置かれたこの窮状を引き起こした広範囲にわたる人々について問題にするのであれば、あなたの甥もまた同様に名前をあげられることになり、ミュールベルク近郊で起こったことについて領邦君主から責任を問われることになるだろう。選帝侯がおぼつかない目つきで自分の席に戻っているとき、献酌侍従のヒンツ・フォン・トロンカが口を開いた。ここにお集まりのようなすぐれた見識をおもちの方々が、当然行うべき国としての議決にどうして思いいたらないということがありうるのか、自分には理解できない。この馬商人は、自分の知るところによれば、ただ単にドレスデンまでの安導権と訴訟案件の再調査を認めてくれれば、この国に攻め込んできた彼の軍勢を解散すると約束しているとのこと。しかし、だからといって、この邪悪な自力での復讐に関して彼に大赦を与えなくてはならないということにはならない。これらはそれぞれ別の法的事項であり、ルター博士も国務参議会員殿*もこれらをとりちがえておられるようだ。ドレスデンの法廷では、と彼は指を鼻に当てて話を続けた、黒馬の件での判決はどうあろうとも下っているということであれば、放火殺人と略奪という理由にもとづいてコールハースを牢屋に入れてしまうことには何のさしさわりもない。これは、要職者お二人*の見解の長所をあわせもち、いまのこの世と後世の喝采を必ずや受ける、国家としての賢明な転換となるだろう。――クリスティエルン・フォン・マイセン侯も大法官も、献酌侍従ヒンツ殿のこの弁舌に対してはただ一瞥をくれただけであり、選帝侯は、討議もこれでしめくくられたようであるので、申し述べられたさまざまな意見は、次回の国務参議会の会議のときまで私自身じっくりと考えてみることにしようと言った。――クリスティエルン・フォン・マイセン侯の言及した暫定措置*のことで、友人関係については非常に感じやすい選帝侯の心からは、すでに用意万端ととのっていたコールハース討伐の派兵を実行する気持ちがすっかり失われてしまったようだった。選帝侯は、意見が最も目的にかなっていると思われた大法官のヴレーデ伯だけを残らせた。大法官は選帝侯にいくつかの書簡を見せたが、そこから明らかになったのは、馬商人は実際のところすでに四百人もの兵力をもつにいたるということだった。それどころではなく、侍従長の不適切なふるまいのためにこの国にあふれている民衆の不満から、兵力はそのうち二倍にも三倍にもなると予想される。そこで選帝侯は、これ以上躊躇することなく、ルター博士のさずけた助言を受け入れる決心をした。それにともなって選帝侯はヴレーデ伯にコールハースの案件に関わる全権を委ねたが、数日ののちには一枚の布告が出されることとなった。その内容を以下のようにお伝えしたい。

「ザクセン選帝侯である余は、マルティン・ルター博士から寄せられたわれわれへのとりなしの言葉について特別に寛大な配慮をなすこととし、ブランデンブルク辺境伯領の馬商人ミヒャエル・コールハースに対し、書状閲覧後三日以内に、手にした武器を置くことを条件としたうえで、事案の再調査を目的としてドレスデンへの安導権を認める。想定されぬことではあるが、もし黒馬の件でのこの者の訴えがドレスデンの法廷において棄却される場合、公正な扱いを受けようと身勝手な企てを進めた咎により、彼に対して呵責なく法が適用されることになろう。しかし、その反対の場合には、彼とその軍勢の全員に対して寛大な処置がはかられ、ザクセンで行使された数々の暴力行為について完全な大赦が認められることになる。」

コールハースは、ルター博士を通じて、国のあらゆる広場に掲示されていた布告の一つを手に入れると、そこで語られていることにはかなりの条件がつけられてはいたものの、すぐさま、彼の軍勢全員に対して褒美や感謝の言葉や有益な注意を与えたうえで、これを解散させた。彼は、金や武器や道具など略奪したすべてのものを、選帝侯の財産としてリュッツェンの法廷に差し出した。もし可能であれば農場を買い戻す件につき、書状を持たせてヴァルトマンをコールハーゼンブリュックの領地管理人のところに送り、また、ふたたび自分のもとに置いておきたいと願っていた子どもたちを連れてくるために、シュテルンバルトをシュヴェリーンに派遣したのち、コールハースはリュッツェンの城を去って、誰にも知られることなく、証券にしたわずかばかりの残りの財産を携えてドレスデンへと向かった。

コールハースがピルナイッシェ・フォアシュタット*にある小さな所有地の扉を叩いたときはまだ夜が明けたばかりであり、町全体が眠りについていた。その所有地は、領地管理人の誠実さのおかげで彼に残されていたものだったのだが、家政を任されている年老いた管理人のトーマスが扉を開けて驚き呆れているのを尻目に、政府におられるフォン・マイセン侯に、馬商人コールハースがここにおりますと告げてほしい、とコールハースは言った。この知らせをうけてフォン・マイセン侯は、この男と世間との関係についてとりあえず情報を得ておくことは有益であろうと考え、騎士たちやお付きの従僕たちをしたがえてやってくると、コールハースの住まいにつながるいくつもの街路には、すでに数えきれないほどの群衆が集まっていた。民を虐げる者を炎と剣によって追い立てた死の天使がここに来ているという知らせは、市中と郊外を問わず、ドレスデン全体を沸き立たせていた。物見高い群衆が押し寄せるのをふせぐために家の扉に閂をかけなければならないほどで、男の子たちは、中で朝食をとっている放火の人殺しを一目見ようと、窓のところをよじのぼっていた。フォン・マイセン侯は、護衛に通り道を作ってもらいながら建物の中になんとか入り込み、コールハースの部屋に足を踏み入れるとすぐさま、半分服を脱いで机のところに立っていたこの男に向かって、おまえが馬商人のコールハースであるかと尋ねた。コールハースは、自らに関して記載のある複数の書類のはいった紙入れをベルトから取り、うやうやしくそれをフォン・マイセン侯に差し出すと、そのとおりですと答え、自分は軍勢を解散したあと、自分に与えられた領邦君主様による特権にしたがって、ドレスデンに来ておりますと言葉を継いだ。ユンカーのヴェンツェル・フォン・トロンカを訴える黒馬についての訴訟を、法廷にもちこむためでございます。侯は、コールハースにちらりと目を向け、頭から爪先まで見渡すと、紙入れにはさまれていた書類にざっと目を通し、そのなかにリュッツェンの法廷が発行した、選帝侯の財産として供託されるものについての証書を見つけると、これはどのような事情によるものであるかをコールハースに説明させた。そして、子どもや財産や今後の身の振り方をどう考えているかなど、さまざまな問いによって彼がどのような男かを吟味し、全般にわたって彼については安心できるだろうと判断したうえで書類を彼に返して、裁判を進めるにあたり障害になるものは何もない、ただ裁判を始めるために直接、大法官ヴレーデ伯に相談するようにしてほしいと言った。この間、フォン・マイセン侯は、窓辺に歩み寄り、目を見開いて家の前に群がっている人々を見渡して、少しばかり間をおいたのちこう述べた。おまえはこの何日間か、警護を受け入れる必要があるだろうな。家の中でも、どこに出かけるときでも、おまえを守るためのものだ。――コールハースはは っと驚いて視線を落とすと沈黙した。「いずれにせよ」、と侯は窓から離れながら言った、「今回のことで生じることについては、自分自身がその責《せめ》を負うということだ」。そう言いながら、この家を去ろうとして扉のほうを向いた。コールハースは思いをめぐらしていたが、侯に言った。閣下、お考えどおりになさってください。警護は、私が望めばただちに解くとお約束ください。それであれば、この処置に対しましてなんら異存はございません。それは言うに及ばぬことであると侯は応じ、この目的のために引き合わせた三人の兵卒に対して、おまえたちはこの男の家に留まることになるが、この男は自由であって、おまえたちはこの男が外出する際にその護衛だけを目的としてつきしたがってもらうことになると言い渡し、気さくな仕草で馬商人に手を振るとその場を離れていった。

昼頃になってコールハースは、三人の兵卒に随行されながら、大法官ヴレーデ伯のところに赴いたが、数えきれないほどの群衆がそのあとをついてきたものの、警察から警告を受けていたため、彼に危害を加えるようなことはまったくなかった。大法官は、控えの間でコールハースを寛大で好意的な態度で出迎えると、たっぷり二時間のあいだ会話を交わした。そして、ことのなりゆきを、はじめから終わりまですべて語らせると、訴状をすぐさま作成して提出するために、ドレスデンで有名な法廷勤務の弁護士に依頼するようにとコールハースに指示を与えた。コールハースは、先延ばしにすることなくその邸宅に赴いた。そして、審理打ち切りとなった最初の訴状どおりに、法にもとづくユンカーの処罰、馬の原状回復、コールハースの損害およびミュールベルクで戦死した下僕ヘルゼの被った損害の補償を、その老母のために求める訴状が作成されると、あいかわらずコールハースのことをじろじろと見つめる民衆につきしたがわれるなか、必要な用件で呼ばれるようなことがなければ家を出るまいと心に決めて、帰宅の途についた。

この間、ユンカーもヴィッテンベルクでの勾留を解かれ、足の炎症を引き起こしていた傷創丹毒が治癒したのちには、法に反する差押えによりだめにした馬のことで、馬商人コールハースから提出されていた訴状に申し開きをするべくドレスデンに出廷するようにと、ザクセンの法廷から猶予期間なしの要請を受けていた。ユンカーの封土継承に関わる親戚、侍従長および献酌侍従のフォン・トロンカ兄弟は、彼らの家に立ち寄ったユンカーを、これ以上ないほどの憤激と軽蔑をもって出迎えた。彼らはユンカーを、一族全体に恥辱と汚辱をもたらすみじめな役立たずと呼び、ことここにいたっては、おまえはまちがいなく裁判に負けるだろうと予告して、ともかくすぐに馬たちをここに連れてくるように、世の中の物笑いの種となるだろうが、馬を肥え太らせよとの宣告を受けることになるであろうから、さっそく着手せよと命じた。ユンカーは弱々しく震えるような声で、自分はこの世で一番可哀想な人間だと言った。自分を不幸に陥れているこの呪わしいやりとりの一切について、私はほとんど何も知らない、城守と家令は、私がまったく知りも望みもしないのに、馬を収穫のときに使い、度を越して、しかも一部は自分自身の畑できつい仕事をさせたために、だめにしてしまったのだから、彼らにすべての責任があると誓って言った。こう言いながら彼は腰をおろすと、自分はいまようやく不幸から立ち直ったばかりであり、自尊心を貶め侮辱することによって、私をまた意地悪く不幸に突き落とすようなことはしないでほしいと言った。翌日、灰燼に帰したトロンケンブルクの地域に荘園をもつヒンツおよびクンツ両殿下は、自分たちの親戚であるユンカーに請われて、他に手立てもないため、当地在住の家令や小作人たちに宛てて手紙を書き、あの不幸な出来事があった日に失われ、それ以来行方がまったくわからなくなっている黒馬についての情報を得ようとした。しかし、城下がすっかり荒れ果て、住民のほとんどすべてが虐殺されたいま、彼らが聞き出すことができたのは、一人の下僕が火つけの人殺しから剣身の面での打擲により追い立てられ、黒馬がいた燃え盛る荒屋からその二頭を救い出したのだが、しかしあとで、この馬たちをどこに連れてゆけばよいのか、馬をどうすればよいのかと尋ねたところ、あの荒くれ者から返事の代わりに足蹴りを喰らったということだけだった。ユンカーの家政を司る痛風病みの年老いた女がマイセンに逃げていたのだが、彼女は書面による問い合わせに答えて、その下僕はあの恐ろしい夜が明けた朝、馬たちを連れてブランデンブルクの国境方面に向かったと証言した。しかしながら、そこに宛てての照会はすべて無駄に終わり、しかも、ユンカーにはブランデンブルクに家のある下僕、あるいはそこへの街道沿いに住む下僕さえいないということなので、あの情報は誤りにもとづくものと思われた。トロンケンブルク炎上の数日後にヴィルスドルーフ*にいたドレスデン出身の男たちは、たしかにそのとき一人の下僕が端綱《はづな》に繋がれた二頭の馬を連れて当地に到着した、その馬たちはあまりに悲惨な様子で、それ以上先に進むことができなかったので、また元気にしてやろうとしたある羊飼いの牛小屋にとどめ置かれることになったと供述した。いくつかの理由から、それがいま捜索中の黒馬だということは非常にもっともらしく思われた。しかし、ヴィルスドルーフの羊飼いは、その地の人々の証言によれば、誰かはわからないが、また別の人に馬を売りさばいたとのことだった。さらに、出どころは不明だが、三つ目の噂では、馬たちはすでにこの世を去り、ヴィルスドルーフの骨塚に埋葬されているとのことだった。ヒンツおよびクンツ両殿下にとってこのような事態の展開は、親戚のユンカー自身の厩の不足のために自分たちの厩舎で黒馬を飼育する必要があるところ、それが免除されることになるので、容易に想像がつくように、願ってもないことではあったが、ともあれ、念には念を入れてということで、この話が真実であるかを確かめようとした。そのようなわけで、ヴェンツェル・フォン・トロンカ殿は、封土の継承権と裁判権をもつ領主として、ヴィルスドルーフの裁判所に宛てて書状を送り、彼の言い方によれば、信頼して任されていたが、ある事故により消え失せた黒馬について詳細に説明したうえで、黒馬の現在の居場所を探し出し、その所有者に対しては誰であれ、諸費用はすべてたっぷりと補償するので、ドレスデンの侍従長クンツ殿下の厩舎にそれらの黒馬を引き渡すよう要請と勧告を行ってほしいと丁重に依頼した。実際その書状の依頼どおり、それから数日後に、ヴィルスドルーフの羊飼いが黒馬を売り払った相手の男が現れ、荷車の柵にゆわえつけられ、痩せてよろよろと歩く馬たちを町のマルクト広場まで連れてきた。ヴェンツェル殿下にとって不幸であったのは、そしてまた誠実なコールハースにとってはなおさら不幸であったのは、この男がデッベルン*の皮剥ぎだったということである。

　ヴェンツェル殿が、親戚の侍従長と一緒にいたところ、トロンケンブルクの火災から逃れた二頭の黒い馬を連れた男が町にたどり着いてきたと不確かな噂ではあるが知らせを受けたので、すぐさま二人は、屋敷から何人かの下僕をかき集めてつきしたがわせ、男がいる城の前の広場へと出向いてゆき、もしそれがコールハースの所有する馬であるならば、費用を弁済したうえでそれらの馬をこの男から買い取り、家に連れて帰ろうと考えていた。しかしこの騎士たちが、しっかりと馬の繋がれている二輪の荷車《にぐるま》をとりまき、この見せ物に引きよせられて刻々と数が増えてゆく人々の一群を目にしたとき、彼らの狼狽はいかばかりであっただろうか。やむことのない高笑いのなか、国を揺るがせている馬というのは、すぐにでも皮剝ぎ職人のところに連れていってもいいようなものではないかと、人々が大声で叫びあっている。ユンカーは荷車のまわりを一めぐりし、いつ死んでもおかしくないほど哀れなこの馬たちを眺めると、これは自分がコールハースから引きとった馬ではないと困ったような声で言った。だが、侍従長クンツ殿は、鉄でできていればこの者を打ち砕いていたほどの無言の憤激のまなざしでユンカーをじろりと睨むと、勲章や鎖をしかと見せながら外套をうしろに払って皮剝ぎのほうに歩み寄り、これはヴィルスドルーフの羊飼いが譲り受け、所有者であるユンカーのヴェンツェル・フォン・トロンカが当地の裁判所に協力を要請した黒馬《あお》であるか、と尋ねた。皮剝ぎは、桶の水を手にして、荷車を引くでっぷりとよく肥えた馬に水を飲ませているところだったが、「あの黒い馬のことかね」と言った。――彼は桶を下に置くと、馬の口から馬銜《はみ》をはずし、こう言った。「荷車の柵に繫いでいるあの二頭の黒馬は、ハイニヒェン*の豚飼いが自分に売ってくれたものだ。そいつがどこからこいつらを手に入れたかとか、こいつらがヴィルスドルーフの羊飼いのところから来たかとか、そんなことは自分は知らない。ヴィルスドルーフの裁判所からの使いに言われたのは」、と話しながら、桶をふたたび手に取ると、轅《ながえ》と膝のあいだにはさんだ。「自分が言われたのは、ドレスデンのフォン・トロンカという人の家に連れてゆけということだった。だが、行くように言われたユンカーの名前は、クンツだ。」そう言うと彼は馬が残した桶の残りの水を持ってむこうを向き、それを道の舗石の上にざあっと撒いた。侍従長は、嘲笑う群衆のまなざしにとりまかれ、まわりの様子を察することなくひたすら仕事をこなすこの男に自分のほうを向かせることもできないまま、私が侍従長、クンツ・フォン・トロンカだと言った。おまえが引き連れてくるように言われたその黒馬は、自分の親戚であるユンカーのものであることはまちがいない。また、火災の際にトロンケンブルクを逃れた下僕からヴィルスドルーフの羊飼いのところにもたらされ、もともとは馬商人コールハースの所有であった二頭の馬であることにまちがいはない。侍従長は、両足を広げて突っ立ちズボンをまくりあげているこの男に尋ねた。おまえはこのことについて何も知らないのか、また、すべてはこの点にかかっているのだが、ハイニヒェンの豚飼いはこの黒馬たちをひょっとしてヴィルスドルーフの羊飼いから、あるいはその者から黒馬を買った別の第三者から購入したのではあるまいか。──皮剝ぎは車の脇に立って放尿すると言った。「自分が黒馬を連れてドレスデンに出向くよう言われたのは、フォン・トロンカという人の家で代金を受けとるためだ。あんたが言っていることは、自分にはわからない。ハイニヒェンの豚飼いの前に馬の所有者がペーターだろうがパウルだろうが、あるいはヴィルスドルーフの羊飼いだろうが、馬は別に盗まれたものというわけではないのだから、そんなことは自分にとってはどうでもいい。」そう言うと男は、広い背中に鞭をひっかけて、なにしろ腹が減っていたものだから朝食でもとろうと、その広場にある食堂に出かけていった。侍従長は、ハイニヒェンの豚飼いがデッベルンの皮剝ぎ職人に売り渡したということだが、もし悪魔が跨りザクセンを駆けめぐったのがこの馬でないとしたら、この馬たちをいったいどうしたものか途方に暮れ、何か言ったらどうだとユンカーをうながした。だが、ユンカーは青白い唇をわなわなとふるわせながら、コールハースのものであろうとなかろうと、この黒馬たちを買うのがなにより得策であろうと返答した。そこで侍従長は、自分を生んだ父母を呪いつつ、外套をうしろに払うと、どうしたものかまったく見当もつかないまま、群衆の中から出ていった。彼は、街路を馬でやってきた知人のフォン・ヴェンク男爵を呼びよせると、無頼の輩どもが嘲るように自分に目を注ぎ、ここを離れることになればどっと吹き出そうと、鼻をかむ布を口に押し当てて待ちかまえている様子なので、この場を去るものかと傲然とかまえて、フォン・ヴェンク男爵には、大法官ヴレーデ伯のところで馬を降り、大法官のとりなしによってコールハースを黒馬の検分のために連れてきてもらえないだろうかと依頼した。たまたまコールハースは、リュッツェンでの供託物に関して説明を求められており、裁判所の使いに呼ばれて、ちょうど大法官の居室に居合わせていたのだが、そこに男爵が先ほど述べた目的で部屋に入ってきた。大法官は不機嫌な顔で椅子から立ち上がり、男爵にはまだそれが誰であるかがわかっていなかったのだが、手にした書類を持たせたまま馬商人を脇に立たせておくと、男爵はフォン・トロンカ両殿下が置かれた困った状況について説明を始めた。デッベルンの皮剝ぎが引き連れてきた馬というのは、ヴィルスドルーフの法廷の協力要請が不十分であったために、ユンカーのヴェンツェルがコールハース所有の馬であると認めるのを躊躇せざるを得ないほどひどい状態であり、それでもこの馬たちを元の状態に戻そうと騎士たちの厩舎で試してみるために皮剝ぎから買い取るというのであれば、コールハースが目視査察を事前に行うことが、いま述べた疑念を払拭するために必要である。「そのようなわけで、護衛によって馬商人を家から連れ出し、馬たちのいるマルクト広場に案内していただけないだろうか」と、男爵は言葉を結んだ。大法官は、鼻から眼鏡をはずすと、あなたは二重の意味でまちがっていると言った。一つは、問題となっている状況が、コールハースの目視査察でつきとめる他には手立てがないと考えていること、次に、護衛によってコールハースをユンカーの望む場所に引き連れていく権限がこの大法官である私にあると思い込んでいることである。そう言って大法官は、自分のうしろに立っている馬商人を男爵に紹介し、椅子に腰をおろしてまた眼鏡をかけながら、これについてはご本人に相談していただきたいと言った。──コールハースは、心の内によぎった思いが認められるような表情を何も見せることなく、皮剝ぎが町に連れてきた黒馬を検分するためにマルクト広場まで喜んで同行いたしますと言った。男爵はうろたえてコールハースに向き直ったが、コールハースはふたたび大法官の机に歩み寄り、大法官の紙入れの書類からさらにいくつかの、リュッツェンでの供託物に関する情報を受けとったあと、彼のもとを辞去した。顔全体を赤くして窓辺まで歩み寄っていた男爵も、同じくいとまを告げ、二人はフォン・マイセン侯の差し向けた兵卒三人をしたがえ、群衆がぞろぞろとついてくるなか、城の前の広場へと向かった。侍従長クンツ殿は、彼のまわりにやってきた何人かの友人が異議を唱えるのにも耳を貸さず、この間、民衆に囲まれてデッベルンの皮剝ぎの向かいに陣取っていたのだが、男爵が馬商人を連れて姿を現すと、すぐさま馬商人のほうに近より、誇りと威厳をみせて剣を小脇にかかえながら、車のむこうにいる馬たちはおまえのものかと尋ねた。

馬商人は、問いを発した自分の知らない紳士に対して慎み深く帽子を軽く持ちあげて挨拶すると、彼には答えることなく、騎士たちがみなあとに続くなか、皮剝ぎ職人の荷車に近づいていった。そして、ふらふらとした足でうなだれて立ち、皮剝ぎが目の前に置いた干草を食べようとしない馬たちを、一二歩の距離でたちどまってそこからちらりと眺めると、ふたたび侍従長のほうを向いた。閣下、皮剝ぎの言うことはまったくそのとおりです。荷車に繫がれた馬たちは私のものです。そう言ってとりまく紳士方を見渡すと、もう一度帽子を軽く持ちあげ、護衛のつきそいを受けながらその広場をあとにした。この言葉を聞くと侍従長は、兜の羽根飾りをふるわせるほどの急ぎ足で皮剝ぎのほうに近づき、金の入った袋を彼に向かって放り投げた。男は袋を手にすると、鉛の櫛で髪をうしろにかきあげながら金を眺めていたが、そのあいだに侍従長は、馬たちの綱を解き、引き連れて帰れ、と一人の下僕に命じた。下僕は、主人に呼ばれて、民衆のうちにいた彼の友人や親戚の集まりから離れると、少しばかり顔を赤らめながら、足元にできた糞尿の大きな水たまりをまたいで、実際そのとおり、馬のほうに近づいていった。しかし、馬をはずそうと端綱に手をかけたとたん、彼の身内であるヒンボルト親方が腕をつかみ、皮剝ぎの馬にさわるんじゃない！　と言うと、荷車から彼を引き離して放り出した。親方は、不確かな足取りながら糞尿の水たまりを越えて、この出来事に言葉を失って突っ立っていた侍従長のところにやってくると、このような仕事をさせるなら皮剝ぎの下僕に指示するべきでしょう！　と言葉を継いだ。侍従長は、怒りに口から泡を吹きながらも、親方を一瞥すると向きを変え、取り囲む騎士たちの頭越しに護衛に向かって大声で呼んだ。フォン・ヴェンク男爵の指名により、一人の士官が選帝侯の近衛兵を数人ともない城からやってくると、侍従長はすぐさま、この町の市民たちのしでかした恥ずべき煽動行為を手短に説明し、首謀者であるヒンボルト親方を拘禁するよう士官に要請した。侍従長は親方の胸ぐらをつかみ、おまえは私の命令で黒馬の綱を外そうとしていた私の下僕を荷車から引き離して放り出し、彼に乱暴を働いたと、この男に対する告訴を伝えた。親方はたくみな身のこなしで手をふりほどいて侍従長を押し戻すと言った。旦那、二十歳《はたち》の男におまえのやるべきことはこうだと教えるのは、その男を煽動するということにはなりません。しきたりや礼儀作法に反してでも、＊荷車に繫がれた馬の仕事をやりたいと思っているのかどうか、あいつに聞いてやってください。私がこう言ったあとでもあいつがそうしたいというのでしたら、そうしたらいい！　死んだ馬をひっぺがして皮を剝ごうが知ったことではない！　この言葉を聞くと侍従長は下僕に向き直り、私の命令を実行することについて、またコールハースの所有する馬の綱をほどき、引き連れて帰ることについて何か躊躇《ためら》いがあるかと尋ねたところ、下僕は恥ずかしそうに町の人たちの中にまぎれながら、私にこの仕事をするようおっしゃる前に、まずは馬たちをきちんと汚《けが》れのないようにしていただかなければ、とおずおずと答えて言った。そこで侍従長はこの下僕を追い回して、家の紋章の装飾がほどこされた帽子を彼からむしり取り、足で踏みつけると、剣を皮の鞘から引き抜いて、怒りにまかせて剣身で平打ちして下僕をすぐさま広場から追い出し、その任を解いた。ヒンボルト親方は、この癇癪持ちの人殺しをこの場でたたきのめしてしまえ！と叫び、この騒ぎに激怒した町の人々が集結し、雪崩《なだれ》を打つように護衛の兵たちを追いたてているあいだ、親方はうしろから侍従長を投げ倒し、外套や襟や兜を引きはがすと、手から剣をもぎ取り、憤激のまま侍従長を広場のむこうに放り投げた。ユンカーのヴェンツェルは、この暴動からかろうじて逃げ出すと、身内を助けに駆けつけてくれと騎士たちに呼びかけたのだが、それもかなわなかった。騎士たちがその場に一歩足を踏み出そうとすると、民衆が押し寄せて追い散らされ、転落の際に頭に傷を負った侍従長は、群衆の怒りにそのままさらされることになった。広場を偶然通りかかった騎馬の兵卒の部隊がそこに現れ、選帝侯の近衛兵たちの士官がその騎馬部隊を援軍として呼び寄せたので、なんとか侍従長を救い出すことができたのだった。士官は群衆を追い払うと怒り狂う親方を捕らえ、この者が数人の騎兵によって牢屋に引かれていくあいだ、二人の友人たちが、血にまみれた不幸な侍従長の身体を起こし、家に連れて帰った。馬商人に加えられた不正を償おうとする誠実な善意の試みも、このような悲惨な結末に終わることになったのである。デッベルンの皮剥ぎは、仕事も片づき、これ以上ここにとどまるつもりもないということで、民衆が散り始めると馬たちを街灯の柱に繋いだ。馬は一日中誰にもかまわれることなく、通りの男の子たちやのらくら者にひやかされながらそこに置かれたままとなっていた。世話をし手入れをする者もいないため、警察は自分のところに引き取らざるをえず、夜になるとドレスデンの皮剥ぎを呼んで、追って指示があるまで町の外にある皮剥ぎ場で面倒をみるようにと伝えた。

この出来事は、実際のところ馬商人のせいで起こったわけではないのだが、それでも穏健な人たちや家柄のよい人たちにまで、この訴訟の結末にとってきわめて危険な雰囲気を国中に引き起こすこととなった。この男と国家との関係はまったく耐え難いものであると人々は考え、彼の猛り狂う頑迷な思いを満たすためだけにこのような些細なことで、しかも暴力行為で無理やりしたがわされ、彼に正義をふさわしいものとして認めるくらいであれば、彼に対しては公然と不正を行い、この訴訟の件全体をまた棄却するほうがよいのではないかという意見が、個人の家や公共の広場でも唱えられた。哀れなことにコールハースが完全な破滅へといたることになったのは、大法官があまりにも合法性にこだわり、またそれに由来してフォン・トロンカ家に対する憎悪を抱いていたために、はからずも大法官自身がこういった雰囲気を強固なものとし広めることに寄与することになったからであろう。いまはドレスデンの皮剝ぎに世話されている馬たちを、コールハーゼンブリュックの馬屋を出たときのような状態にふたたび回復させるというのは、ほとんどありえないことであった。しかし、仮に技を用い手当てを続けることによりそれが可能であったとしても、現在の状況のためにユンカーの一門に降りかかった汚辱はあまりにも大きなものであり、第一級の高貴な一族の一つであるフォン・トロンカ家がこの国においてしめる国家の一員としての重みを考えるならば、金によって馬の償いをするという手立てを講じることが、なによりも正当で理にかなったことであるように思われた。しかしながら、この数日後、書記局長カルハイム伯が、病のために動けない侍従長にかわって、大法官にこのような提案を書き送ったのだが、大法官はその書簡をうけて、コールハースに対しては、そのような申し出がなされた場合、それをはねつけることのないよう注意する書状を出しはしたものの、書記局長自身に対してはあまり丁寧ではない簡潔な返答を書き、この件に関して私に個人的な依頼を行うことは差し控えるよう伝え、侍従長に対しては、馬商人は非常に公正で慎み深い男であると述べて、あなたが馬商人に直接話をするのがよかろうと促した。馬商人は、マルクト広場で起こった出来事によって、実際のところこれまでの意志もくだけてしまっていたのだが、大法官の助言にしたがって、ユンカーないしは身内の者たちの側から意向が打ち明けられるのをひたすら待ち、申し出があれば喜んでそれに応じて、起こったことはすべて許そうという気持ちでいた。しかしながら、そのような申し出を行うことなど、誇り高い騎士たちにとっては耐え難いものであり、また、大法官から受けとった返答にたいへん憤激していたため、彼らはこの返答を、翌日の朝、負傷のために床に臥している侍従長を部屋に見舞った選帝侯に見せたのだった。侍従長は、彼の病状のために弱々しくまた涙ぐましい声で、自分は命を賭してまでも、あなたの望みにしたがってこの件の調整に力を尽くしてきたのですが、あなたはさらに私に対して、この私の名誉を世の謗《そし》りにさらすようにと、また和解と譲歩を請いながら、考えられるかぎりのあらゆる恥辱と汚辱を私とわが一門にもたらしたあの男の前に姿を現すようにと命ぜられるのですかと問うた。選帝侯はこの書状を一読すると、法廷は、コールハースとこれ以上協議することなく、馬の回復は不可能だという事情にもとづき、またしたがって馬はいわば死んだものと扱い、金により馬たちの償いをするという判決文をすぐさま作成する権限はないのかと、困ったようにカルハイム伯に尋ねた。カルハイム伯は答えて言った。「閣下、馬たちは実際死んでおります。馬たちには何の価値もなく、皮剝ぎのところから騎士たちの厩舎に連れてゆくまえに、肉体的にも死んだものとなるでしょうから、国法上の意味において死んでいるのです。」それに対して選帝侯は、書状をしまいながら、それについては大法官と直接話そうと答え、なかば身体を起こし感謝して手をにぎった侍従長を安心させながら、健康にはくれぐれも気をつけるよう言葉をかけ、多大な厚意を示しつつ椅子から立ち上がると部屋をあとにした。

ドレスデンがそのようななりゆきであったころ、もう一つ別の、より重要な結果をもたらす雷雲がリュッツェンのほうから現れて哀れなコールハースに襲いかかろうとしており、悪だくみにたけた騎士たちは、その閃光がこの男の不運な頭上に落ちるようにと巧妙に導いてゆくことになった。それはつまり、馬商人によって集められ、選帝侯の大赦が出てからは解雇されていた下僕の一人、ヨハン・ナーゲルシュミットのことであり、この男は二、三週間後には、あらゆる悪行を喜んでやるようなならず者たちの一部をボヘミア国境に新たにかき集め、コールハースがやり方を仕込んだこの仕事を自分の手で続けてゆけばよいではないかと考えていたのだった。この微塵の価値もない男は、一つは自分を追う捕吏たちに恐怖心を吹き込むため、また一つは地方の民衆を手慣れたやり方で自分の悪党の所業に加わるよう誘い込むために、自分はコールハースの名代であると名乗った。そして自分の主人から学びとった賢さによって、大赦は自分の故郷におとなしく帰っていった多くの下僕たちに対して守られておらず、それどころかコールハース自身も、言語道断の約束破りによって、ドレスデンに到着すると監獄に入れられ、番兵の手に引き渡されてしまったのだといいふらした。火つけの人殺しの群れであるにもかかわらず、自分たちは神の栄誉のためだけに立ち上がった軍勢であって、選帝侯により厳かに誓約された大赦が守られることを監視する使命を帯びているのだと、コールハースの書状とそっくりの布告には書かれていた。しかしすべては、先に述べられていたように神の栄誉のためであろうはずもなく、また、自分たちにとってはその運命などまったくどうでもよいコールハースに心服しているからでもなく、ただそのような見せかけに守られていれば、罰を受けることなく気楽に火をつけたり略奪したりできるからであった。騎士たちは、その最初の知らせがドレスデンにもたらされると、訴訟全体にまったく別の様相をもたらすことになるこの出来事に対して喜びをおさえることができなかった。彼らは、小賢しく不満に満ちたまなざしをちらりと投げかけるように、あれだけ何度も切実な警告をしたにもかかわらず、コールハースに大赦を与えたのは失策を犯したことになる、それではまるでありとあらゆる悪党たちに、自分のあとにつづけと信号を発するつもりがあったかのようではないかと過去のことをもちだした。武器をとったのは抑圧された自分の主人の保全と安全確保のためだけだというナーゲルシュミットの口実を彼らが信じるわけもなく、この男が現れたのは、政府を恐怖に陥れ、荒れ狂う頭で思い描いたとおりに判決を一つ一つ勝ち取り、その進行を早めるためにコールハースがたくらんだ企てに他ならないという意見さえ口にしてはばからなかった。それどころか献酌侍従ヒンツ殿下は、宴会のあと選帝侯の控えの間で自分のまわりに集まっていた何人かの狩猟官や廷臣たちに、リュッツェンの盗賊の群れを解散したことは呪わしいごまかしであったとさえいう始末だった。そして、大法官が一途に正義を掲げることをおおいにからかいつつ、あの一味はいままでと同じように選帝侯国の森林の中におり、馬商人の合図さえあれば、また炎と剣を携えてそこから姿を現すのだと、いくつかの状況を巧妙に結びつけて説明した。クリスティエルン・フォン・マイセン侯は、主君の名声にはなはだしい汚点を残すことになりかねないこのような事態の転換を非常に腹立たしいことと感じ、すぐさま選帝侯の城へと向かった。そして、あらたな違反行為を理由に、できることならばコールハースを失脚させようという騎士たちの利己的な関心をしかと見抜きつつ、馬商人に対する事情聴取を遅滞なく執り行わせていただけないかと選帝侯に許可を願い出た。馬商人は、いささか訝しく思いながらも、一人の廷吏によって政府へと引き連れられ、二人の小さな男の子ハインリヒとレオポルトを腕に抱いて姿を現した。というのも、その前日、下僕のシュテルンバルトが、子どもたちが滞在しているメクレンブルクから五人の子どもたちを連れてコールハースのところに到着していたのだが、コールハースは別れ際に子どもらしい涙を流しながら連れていってほしいと願う男の子たちを目にすると、語れば縷々《るる》として続くであろうさまざまな思いが去来して、その子たちを抱き上げ、事情聴取にともなうことにしたからである。クリスティエルン・フォン・マイセン侯は、コールハースがとなりにすわらせた子どもたちを満足そうに眺め、やさしく歳や名前を尋ねたあと、コールハースにむかしの下僕であるナーゲルシュミットがエルツ山地の谷間でどのような勝手なふるまいに及んでいるかを教えた。そして、この男が「令状」と呼んでいるものをコールハースに手渡すと、自分の正当性を明らかにするために、申し立てできることがあればこれに対する申し立てを行ってはどうかと言った。馬商人は、この恥ずべき裏切りの書状には実際のところはなはだしく驚愕したものの、クリスティエルン・フォン・マイセン侯のように誠実な人間に対して、話が進みつつある自分に対する告発は根拠のないことであると、満足のいく説明を行うのは何の苦もないことであった。コールハースの説明では、現在の状況であれば、きわめてよい進展状況である訴訟案件の決定のために、そもそも第三者の手助けなど必要としていないというだけでなく、コールハースの携えていたいくつかの書簡類をフォン・マイセン侯に見せて明らかになったことだが、ナーゲルシュミットがコールハースにそのような手助けをしようという心持ちになろうはずがないという特別な事情があった。というのも、平地ではたらいていた強姦やその他の悪行のかどで、コールハースはリュッツェンで軍勢を解散する直前にこの男を絞首刑にしようとしていたのだが、選帝侯の大赦が出たことでそれまでの事情のすべてが問われないことになったため、ナーゲルシュミットは命拾いをし、その翌日、二人は不倶戴天の敵として別れることになったからであった。コールハースは提案を行い、それがフォン・マイセン侯に受け入れられたので、腰をおろすとナーゲルシュミットに宛てて書状をしたためた。そのなかでコールハースは、彼とその軍勢への約束が守られなかった大赦を保持するため立ち上がったというナーゲルシュミットの口実は恥ずべき卑劣なでっち上げであると明言し、ドレスデンに到着してからは監獄に入れられることも、番兵の手に引き渡されることもないばかりか、自分の訴訟も望むとおりに進んでいると述べた。そして、ナーゲルシュミットのまわりに集まっているならず者たちに警告を与える意味でも、大赦が公布されたあとにエルツ山地で行われた放火殺人のかどで、おまえは法の復讐の手にそのまま委ねられることになると申し渡した。それとともに、先に言及した恥ずべき行いに関し、馬商人がリュッツェンの城で彼に対して行っていた刑事上の審理のいくつかの断片が添えられたが、それは、当時すでに縛り首に決まっていながらも、すでに述べたように、ただ選帝侯の発した特別な許可によって命を救われたこの微塵の価値もない男について民衆を教化するためであった。フォン・マイセン侯は、諸々の状況から必要に迫られて事情聴取のなかで口にせざるをえなかった嫌疑については心配はいらないとコールハースを安心させ、ドレスデンにいるかぎり、あなたに与えられた大赦の約束が破られることは決してないと請け合って言った。そして、子どもたちにテーブルの上にあったくだものを与えながらもう一度握手し、コールハースに会釈すると彼を去らせた。一方、大法官は、それにもかかわらず馬商人の頭上に漂う危険を察知して、このコールハースの一件があらたな出来事によって混乱し紛糾しないうちにこれに決着をつけようと最善を尽くした。しかし、まさにそれこそが政治的手腕に長けた騎士たちが望み、そして目指していたことであり、かつてのように、黙って罪を認めることによって判決をともかく穏やかなものにすることに自分たちの抵抗を限定するのではなく、いまでは悪だくみのこじつけを用いて、この罪そのものを完全に否定し始めた。彼らは、コールハースの黒馬はただ城守や家令が勝手なふるまいをしたためにトロンケンブルクに留め置かれることになったのであり、そういったふるまいについてユンカーは一切関知していない、あるいは不十分なことしか知らなかったという虚偽の申し立てを口にするかと思えば、馬たちは当地に着いたときにはすでに激しく危険な咳で病気にかかっていたと断言しさえした。そのために彼らは、連れてくると彼らから申し出のあった証人たちを召喚したが、詳細な審理や審問を尽くしたのちこういった論証も打ち破られてしまうと、一二年前に家畜の疫病のためにブランデンブルクからザクセンへの馬の移動を実際に禁じた選帝侯の勅令までもちだし、コールハースが国境を越えて連れてきた馬を留め置くのは、ユンカーの権限であるばかりか義務でさえあるということの明白な典拠であると主張した。——コールハースはこの間、コールハーゼンブリュックにいる誠実な領地の管理人から、今回の事態の際に生じたわずかな損失を埋め合わせて農園を買い戻していたのだが、外見上はこの取引の法律上の取り決めのためということで、数日ドレスデンを去って自分の故郷にゆきたいと考えていた。とはいうもののこの決心は、冬作物の種子の注文のために実際差し迫ったものではあったにせよ、先に述べた取引のためというよりも、むしろこのように異様でただならぬ状態にあって自分の状況をしっかりと確かめる意図のためであった、ということは疑うべくもない。その他にもさまざまな理由がそこにはたらいていたであろうが、それがどのようなものか言い当てるのは、彼の胸の内を知る者に任せることにしたい。そういったわけでコールハースは、自分につけられている護衛をあとに残して大法官のもとに出向き、裁判では現在、自分がどうしても必要とされているわけではないように思われるので、そうであるならばドレスデンの町を離れて、八日あるいは一二日間ほど、そのあいだにこちらに戻ってくることを約束するが、ブランデンブルクに行きたいと思っていると領地の管理人の手紙を手にしながら大法官に告げた。大法官は、不満げな憂慮の面持ちで下を向いていたが、率直に言って、あなたがここにいることは、これまでにもましていままさに必要なのだと答えた。相手側が悪だくみとこじつけの抗弁を行うため、裁判ではあなたの陳述と事情説明が、数多くの予測できない状況で必要となる。しかし、コールハースが、この事件について十分な知識をもつ自分の弁護士のことに言及し、八日間に限ると約束して、自分の願いをなんとか聞き入れてもらおうと、控えめではあるがあくまでも主張するため、大法官は少し間をおいたのち、「そういうことであればクリスティエルン・フォン・マイセン侯に通行証を願い出るのがよいだろう」と簡潔に答え、彼を去らせた。――大法官の顔色を見ることについてはしっかりと心得ているコールハースは、決心をさらにかため、ただちに腰をおろして机に向かうと、理由については何もふれることなく、コールハーゼンブリュック往復のための八日間の通行証を、政府の代表者であるフォン・マイセン侯に願うことにした。この書状に対してコールハースは、城代ジークフリート・フォン・ヴェンク男爵の署名のある政府決定書を受けとった。その内容は、「コールハーゼンブリュックへの通行書の申請は、選帝侯陛下に提出され、その直々の許可が得られることになればただちに通行証があなたのところに送付されることになろう」というものだった。コールハースは弁護士に、政府決定書が自分の依頼したクリスティエルン・フォン・マイセン侯ではなく、ジークフリート・フォン・ヴェンク男爵なる人物の署名となっているのはどのような次第によってかと問い合わせたが、それに対する返答として彼が受けとったのは、クリスティエルン・フォン・マイセン侯は三日前、自分の荘園に出かけており、不在期間中の政府の業務は、先に言及された同じ名前の人物*の親戚である城代ジークフリート・フォン・ヴェンク男爵に委ねられているという言葉であった。――こういったいきさつのために胸騒ぎを強く感じながらも、コールハースは、領邦君主本人に提出するという、奇異の念を抱かせるほど大げさな手続きの申請に対する決定書を、何日ものあいだ待ちこがれていた。しかし、一週間が過ぎ、さらにまた何日か過ぎてもなお、その決定書が届くこともなければ、はっきりと告知されていたはずの裁判所での判決が下されることもなかった。そこでコールハースは、一二日目になって、どのようなものであるにせよ政府の彼に対する考え方をはっきり言葉にしてもらおうと固く心に決めて机につき、切実な苦情の申し立ての言葉により、政府に対して請求していた通行証をもう一度あらたに願い出た。しかし、待ち受けている返答が同じようにないまま過ぎた翌日の晩のことだが、コールハースが自分の状況や、とりわけルター博士が彼のために手に入れてくれた大赦のことを考えて想いに沈みながら奥の部屋の窓辺に歩み寄り、彼がここに到着したときにフォン・マイセン侯がつけてくれた護衛が、滞在のために指定された中庭の離れの建物にいないことを目にしたとき、コールハースの狼狽はいかばかりであったことだろう。建物を管理する老齢のトーマスを呼び、これはいったいどういうことかと尋ねたところ、トーマスはため息をつきながら答えた。ご主人様、しかるべき状態になっていないところがどうやらあるようです。兵卒の数は、今日はいつもより増えていますが、夜になると建物全体を囲むように配置されております。二人は盾と槍を持って通りに面した表の扉の前に立ち、別の二人が庭の裏の扉のところにいます。そしてさらにまた別の二人が控えの間で藁の束の上に横になっていますが、ここで寝るのだと申しております。色を失ったコールハースは背を向けると答えて言った。「ただそこにいるというのであれば、どうでもよい。廊下に出ることがあれば、彼らが見えるようにあかりを置いてやるとよい。」そして食器の中の残り物を捨てるという口実で表の鎧戸を開け、老人がそっと教えてくれた状況がほんとうのことであると確認した。折しも護衛の交代が物音をたてないように行われているところだったが、このような措置は、現在のような手配が続くかぎり、誰も考えもしなかったことである。そのあとコールハースは、眠る気もほとんどないままベッドに身を横たえた。翌日何をするかという決心はすぐさま固まっていた。

彼がいま相手にしている政府に対して、自分に約束してくれた大赦を実際には破っておきながら、正義の見せかけをとるということだけはどうしても認めたくなかった。自分がもしほんとうに囚われの身であるのならば、といってもそれはもはや疑いの余地のないことであるのだが、事実そうであるという明確で単刀直入な説明を政府からなんとしても引き出したい。そこでコールハースは次の日、朝になるとすぐさま、ロッケヴィッツ*の管理人のところに行くと称して、下僕のシュテルンバルトに命じて馬を車に繋いで引き連れてこさせた。古い知人であるその管理人は、数日前にドレスデンでコールハースと話をし、子どもを連れて会いにくるようにと招待してくれていた。兵卒たちは、それによって生じた家の動きを認めて額をよせて相談し、仲間の一人をひそかに町に送ると、ほんの数分のうちに政府の下級役人が何人もの捕吏の先頭に立って姿を現した。そして、まるでそこに何か用事でもあるかのように、向かいの家の中に入っていった。コールハースは子どもたちに服を着せることで忙しくしながらも同じくこの動きに気づいていたが、車を必要以上にわざと長いあいだ家の前で停めさせておき、警察の準備が整ったのを見てとるとすぐさま、それには何の注意も向けることなく、子どもたちを連れて家の前に出てきた。そして、扉のところに立っていた兵卒の一隊に、おまえたちは私についてくる必要はないと通りすがりに声をかけると、男の子たちを車の中へと抱き上げ、泣きじゃくる小さな女の子たちにキスをしてなだめた。女の子のほうは、コールハースの指示で、家を管理する老人の娘のところに残していくことになっていた。コールハース自身が車に乗り込むと、すぐさま政府の役人が捕吏をしたがえて向かいの家から出て彼に歩み寄り、どこに行くのかと尋ねた。「友人であるロッケヴィッツの管理人のところに行くところだ。数日前に、二人の男の子を連れて自分のところに来るよう招待を受けているのだ」とコールハースが返事をすると、こういった場合、フォン・マイセン侯の命により、騎馬の兵卒何人かがあなたの付き添いをすることになるので、少しばかり待っていただく必要があると政府の役人が言った。コールハースは車の上から微笑みながら、「一日ほど私を食事でもてなしたいと申し出てくれた友人の家では、私の身柄は安全ではないとお考えか」と尋ねた。役人は、危険はたしかに大きくはありませんと明るく快い声で応じたが、兵卒がいてもあなたの負担になることはまったくないでしょうと付け加えた。コールハースは真剣な声で、「私がドレスデンに到着したときフォン・マイセン侯は、護衛にいてもらうかどうかは私に委ねておられる」と答えた。役人はこのような事情を訝しがり、慎重な言葉づかいで、あなたはここにいるあいだずっと護衛を使っていたのではないかと言ったので、馬商人は、この家で護衛を配置することになったいきさつを話して聞かせた。役人は、城代のフォン・ヴェンク男爵が目下のところ警察の長官であり、その命令により、あなたの身柄を間断なく保護することが私の義務となっているのだと明言した。そして、護衛の随行は承服できないということであれば、自ら政府に赴き、ここに存在するにちがいない誤りを正していただきたいとコールハースに頼んで言った。コールハースは語るようなまなざしで役人を見ると、事態をなんとか変えさせるか、はたまたぶち壊しにしてしまうか、ともかくやってみるしかないと心を決め、「そうしてみよう」と言うと、胸の鼓動を激しく感じながら馬車から降り、家の管理をする男に子どもたちを家の玄関の間に連れていってもらった。そして、下僕が荷車とともに家の前でそのまま待っているあいだ、コールハースは役人と護衛を連れて政府に参上した。そのときたまたま、ちょうど城代のフォン・ヴェンク男爵は、ライプツィヒのあたりで捕縛され、前の晩に引き渡されていたナーゲルシュミットの下僕たち一味を取り調べている最中で、この者たちから聞き出したいと思っていたさまざまなことをフォン・ヴェンク男爵のところにいた騎士たちが問いただしていたところだったが、そこに馬商人が随行する者たちを引き連れて広間にいるフォン・ヴェンク男爵に向かって歩いてきた。騎士たちは突然静かになり、下僕たちの尋問をやめたが、男爵は馬商人の姿を目にするとただちに彼のほうに歩み寄り、何用かと尋ねた。コールハースがうやうやしく、ロッケヴィッツの管理人のところで昼食をともにしたいと考えており、そのときに自分が必要としない兵卒たちを残していくのをお認めいただきたいと申し述べると、男爵は顔色を変え、他に言おうとしたことを飲み込むようにして、「家に静かにとどまり、ロッケヴィッツの管理人のところでの宴会はひとまず延期とするのがよかろう」と答えた。――そう言いながら男爵は、この会話をすべて打ち切るかのように役人のほうに向き直ると、「この男に関して与えた命令はそのとおりである。この者は騎馬の兵卒六人の随行がなければ町を離れることはできない」と言い渡した。――コールハースが、自分は囚われの身であるということか、全世界を前にして私に対して厳かに与えられた大赦の約束は破られたと考えてよいのかと尋ねると、男爵は突然、顔を真っ赤にしてコールハースに向き直り、彼のすぐ近くまでつめよって目を見すえながら、そうだ！　そうだ！　そうだ！　と答えた。――そして、コールハースに背を向けると、彼をそこに立たせたまま、またナーゲルシュミットの下僕たちのところに戻っていった。そこでコールハースは広間をあとにした。自分に残された唯一の救済手段である逃亡も、いま自分がとった手段によってかなり難しいものになったと見てとったのだが、それでもコールハースは自分の行動を賞賛していた。これからは彼のほうでも、大赦の条項にしたがわなければならないという義務から解放されたと感じたからである。家に帰るとコールハースは馬の綱を解かせ、政府の役人に随行されながら、とても悲しく動揺した気持ちで自分の部屋に向かった。役人は、コールハースに嫌悪感を催させるような話し方で、これはきっとすべて誤解によるもので、やがてその誤解も解けるでしょうと請け合ったのだが、その言葉のあいだにも、役人の合図で捕吏たちが中庭に通じる建物のすべての出口に鍵をかけていた。役人はそのようにしながらも、表の大きな出入り口はいままでどおりご随意にお使いいただけますと言った。

そのころ、ナーゲルシュミットのほうは、エルツ山地の森の中で捕吏や兵卒たちによってあらゆる方角から追い立てられ、自分が引き受けたたぐいの役割をやり通すための手立てがまったくなくなった状況にあって、自分の役に立つようにコールハースを抱え込もうという考えを抱くようになった。ナーゲルシュミットは、ドレスデンでのコールハースの訴訟の状況について、街道をゆく旅行者からかなり詳細な情報を得ていたので、自分たちのあいだにある明白な敵対関係にもかかわらず、馬商人の心を動かして彼とあらたな関係を始めることができると信じていた。そこでナーゲルシュミットは、一人の下僕にほとんど読みとれないようなドイツ語で書かれた書状を持たせてコールハースのところに遣わした。そこには次のような内容が書かれていた。「もしあなたがアルテンブルク*に来て、解散した手勢の残りの者たちが当地で集結した軍勢の統率を引き受ける意向があれば、ドレスデンでの勾留から逃亡するために、馬と人と金をそちらに渡してもよいと考えている。ついては、これからはむかしよりもしっかりと命令にしたがい、きちんとした正しい者になることを約束し、また忠誠と信服の証として、自らドレスデンのあたりにやってきて、あなたを牢獄から解放する手助けをしたい。」ところが、この手紙を託された男にとっては運の悪いことに、この者は、ドレスデンのすぐ手前のある村で、小さい頃からよく起こっていたひどい癲癇《てんかん》の発作で倒れてしまった。そのときに、男が胸当ての中に入れていた手紙が、助けに来た人たちによって見つけられてしまい、彼自身は回復するとただちに捕らえられ、民衆が数多くつきしたがうなか、警備の者たちによって政府へと移送されることになった。城代フォン・ヴェンクはこの手紙を読むとすぐさま、城の選帝侯のもとへと向かったが、そこにはクンツおよびヒンツ両殿下(クンツ殿下は傷から癒えたところだった)、そして書記局長カルハイム伯も居合わせていた。この方たちの意見は、コールハースをすぐさま逮捕し、ナーゲルシュミットとの秘密の合意があったという理由で彼に対する裁判を行う必要があるというものだった。馬商人の側からもより早い時点での手紙が先に書かれているのでなければ、また、あらたに残虐な行いを繰り出すために邪悪で犯罪的な結びつきが二人のあいだにそもそも存在していなければ、このような手紙が書かれるはずはない、ということがその証拠だと思われたからだった。選帝侯は、この手紙だけを理由として、コールハースに与えた安導権の約束をたがえるのを頑強に拒んだ。選帝侯はむしろ、ナーゲルシュミットの手紙からは、彼らのあいだにはこれ以前の結びつきは存在しなかったのではないかと思われる節もあるという意見であった。それについて明らかにするために選帝侯が決心したことは、結局のところ、おおいに迷いながらも書記局長の提案にしたがって、この手紙をナーゲルシュミットの遣わした下僕に命じて、あたかもこの男がそれ以前と変わらず自由であるかのように、コールハースに手渡させ、コールハースがナーゲルシュミットに返事を書くかどうか試すというものであった。そこで、牢屋に入れられていたその下僕は、次の朝、政府へと連れてゆかれ、城代からもう一度手紙を渡されると、おまえは自由の身となり、おまえに課せられている処罰も免除するという約束とともに、この書状をまるで何もなかったかのように馬商人に手渡すよう言われた。男はこのよこしまな策略に一も二もなくのり、蟹を売っているという口実で(蟹はあの政府の役人が市場で手に入れてきた)、うわべは秘密めいた様子を見せながらコールハースのところにゆき、部屋に入っていった。子どもたちが蟹で遊んでいるあいだコールハースはこの手紙を読んでいたが、このような状況でなかったならば、彼はまちがいなくこの詐欺師の胸元をつかみ、扉の外に立っている兵卒たちにつきだしたことであろう。しかし、人々の心持ちがこの雰囲気とあれば、このような手段をとったところで好きなように解釈されてしまうだけであるし、いま巻き込まれているこの揉め事から自分を救ってくれるものなどこの世に何もないとすっかり思い込んでいたために、コールハースはこの男のすでによく見慣れている顔を悲しげな目で見つめると、どこに住んでいるのかと尋ね、二、三時間たったらまた来るように、そのときにお前の主人のことについて私の決心を知らせようと言った。コールハースは、たまたま扉のところにやってきたシュテルンバルトに命じて、部屋の中にいる男から蟹を何匹か買わせた。用件もすみ、二人が互いのことを知らないまま別れたあと、コールハースは机について次のような内容の手紙をナーゲルシュミットに宛てて書いた。「まずは、アルテンブルクにいるおまえの軍勢を統率することについての提案は受け入れる。ついては、いま自分が五人の子どもたちとともに置かれている暫定的な勾留から解放されるために、二頭立ての車を一つ、ドレスデン郊外のノイシュタットによこしてほしい。また、もっと迅速に逃亡するためには、ヴィッテンベルクに向かう街道で二頭立ての車がさらに必要となる。理由を説明するとなるとあまりに回りくどいことになってしまうのだが、おまえのところに行くにはこの回り道しかない。私を見張っている兵卒たちは賄賂をつかませればなんとかなると思っているが、力を用いることが必要となる場合のために、勇敢で気の利くしっかり武装した下僕を二、三人ドレスデン近郊のノイシュタットに用意してほしい。これらの準備すべてにかかる費用をまかなうために二〇クローネの金ひと巻きを下僕に持たせて送るが、使途についてはこの一件が片づいたのちにおまえと一緒に計算することにしよう。ちなみに、ドレスデンで私を解放するときにおまえ自身がここにいるということについては不必要なので断る。むしろ、徒党に首領がいないということはありえないので、徒党を一時的にでも統率するために、おまえがアルテンブルクに残ることをはっきりと命ずる。」――下僕が晩方になってやってきたとき、コールハースはこの手紙を彼に預け、この男にもしっかりと金を与えたうえで、くれぐれもこの手紙はよく気をつけるようにと言い含めた。――コールハースの心づもりとしては、五人の子どもたちを連れてハンブルクに行き、そこからレヴァント*や東インド*、あるいは自分の知らない人たちの頭をはるか越えて青い空が続く限り、船の旅を行おうと考えていた。というのも、ナーゲルシュミットとこのために下劣な所業を行うのがいやだということはまた別として、憤激のためにあまりにも屈折した彼の心は、黒馬を肥え太らせることなど諦めてしまっていたからであった。――男がコールハースの返信を城代のところに持参すると、すぐさま大法官は罷免され、かわって書記局長カルハイム伯が法廷の長に任命された。そしてコールハースは、選帝侯の政令によって逮捕され、重い鎖に繋がれて城の塔に連れてゆかれた。いまや街角のあらゆるところに掲示されたこの手紙を理由として、コールハースに対する裁判が行われた。コールハースは裁きの場で、この筆跡は自分のものであると認めるかと、それをつきだす顧問官の問いに対して、「認める」と答え、また、自らの弁護として何か申し述べることはあるかという問いに対しては、うつむいてまなざしを落とし、「ない」と答えた。そこで、皮剝ぎによって灼熱の火挟《ひばさみ》でつかまれ、四つ裂きとされたうえ、身体は車輪と絞首台のあいだで焼き尽くされるという判決が彼に下された。

哀れなコールハースがドレスデンでそのような状況に置かれていたころ、ブランデンブルク選帝侯は、数において勝り恣《ほしいまま》にふるまう者たちの手からコールハースを救い出すために動き、ドレスデン選帝侯国書記局に提出された外交文書において、コールハースはブランデンブルクの臣民であると要求した。というのも、実直な市の統括者であるハインリヒ・フォン・ゴイザウ殿が、選帝侯とシュプレー河畔を散歩しているときに、このなんとも変わった、しかし咎められるところのない男について話をしていたからであった。このときゴイザウは、驚いた主君の問いに迫られて、大書記長ジークフリート・フォン・カルハイム伯*の不適切な処置により、選帝侯自身にも罪が及びかねなかった事情に言及しないわけにはいかなかった。選帝侯はこれにひどく立腹して、この大書記長を問い詰め、すべてはこの者がトロンカ一門と姻戚関係にあったためであると見てとると、数々の不興のしるしを見せつつただちに大書記長を解任し、ハインリヒ・フォン・ゴイザウ殿を大書記長に任命したのだった。

たまたまちょうどそのころポーランド王室が、どのような事情によるものかはわからないが、ザクセン王家と争っており、ブランデンブルク選帝侯に対して、手を組んでザクセン王家に対抗すべくポーランド王室との結びつきを求める訴えかけを、せきたてるように繰り返し送りつけていた。このようなことにかけては存分に手腕を発揮する大書記長のゴイザウ殿は、一個人を顧慮するあまり全体の安寧を危険にさらすようなまずい方法をとることなく、どれほど負担が必要になろうともコールハースに正義をもたらしたいという主君の願いを満たすことができるだろうと思った。そこで大書記長は、人の心にも神の心にもかなうことのない、勝手気ままな処置がなされているとして、コールハースを無条件に遅滞なく引き渡すよう要求した。もしコールハースに罪があるとすれば、この者をブランデンブルクの法にしたがって裁くことになり、ドレスデン宮廷は検事を一人立ててベルリンで訴訟を起こすこともできよう。それぱかりでなく、ザクセンの地でコールハースから奪われた黒馬やその他の極悪非道の虐待と暴力行為のことで、ユンカーのヴェンツェル・フォン・トロンカを相手どってコールハースに正義をもたらすため、ブランデンブルク選帝侯がドレスデンに派遣しようと考えている弁護士用の通行証さえも要求した。ザクセンの官職交代により書記局長に任命されていた侍従長のクンツ殿は、自分の置かれた苦しい立場上、さまざまな理由からベルリン宮廷の感情を害するようなことをしたくはなかったので、受けとった外交文書にすっかり打ちひしがれた主君の名で次のように返答した。「コールハースがこの国で犯した犯罪につき、法にしたがってこの者を裁く権利をドレスデンの宮廷に認めないという非友好的で公正ではない態度には奇異の念を抱かざるをえない。というのも、この者は首都ドレスデンにかなりの地所を所有し、またその資格においてザクセン市民であることを自らまったく否定していないということは、万人の知るところだからである。」しかしながら、ポーランド王室は自分たちの要求を貫徹させるために五千人もの軍勢をすでにザクセン国境に集結させ、また大書記長ハインリヒ・フォン・ゴイザウ殿は、「馬商人の名前にちなむ土地、コールハーゼンブリュックはブランデンブルクのうちにあり、コールハースに対して下された死刑判決の執行は、国際法*の侵害とみなされることになろう」と表明したため、ザクセン選帝侯は、この争いごとから手を引きたいと思っていた侍従長クンツ殿の助言を受けて、クリスティエルン・フォン・マイセン侯を荘園から呼び戻し、この思慮のある人物の言葉を少しばかり耳に入れると、コールハースを要求どおりベルリンの宮廷に引き渡すことに心を決めた。ここで生じた種々の不適切な処置にとうてい満足できないとはいえ、窮状に立たされた主君、選帝侯の望みにしたがってコールハースの件について統率を引き受けなくてはならなくなったフォン・マイセン侯は、どのような理由を掲げてこれからベルリンの王室裁判所でコールハースに対する訴えを起こすことができるとお考えでしょうかと選帝侯に尋ねた。コールハースがナーゲルシュミットに宛てたあの厭《いと》わしい手紙については、この手紙の書かれた曖昧で不明瞭な状況のために証拠としてあげることはかなわず、また、はじめに行われた略奪や放火については、それらを許すとした布告があるため、これに言及するわけにはいかない。そこで選帝侯は、ウィーンの皇帝陛下に対して、コールハースがザクセンに武装侵入したことにつき報告書を提出し、皇帝の定めた公のラント平和令*が破られたことを訴えて、大赦には拘束されていない皇帝陛下に、ベルリンの宮廷裁判所*で帝国の告訴人によりコールハースに対する責任追及を行っていただくよう提議することに決めた。それから一週間後のこと、馬商人は、ブランデンブルク選帝侯が六人の騎兵とともにドレスデンに遣わした騎士フリードリヒ・フォン・マルツァーンによって、鎖に繋がれたまま車に乗せられ、馬商人の願いにより捨て子・孤児《みなしご》養育所から呼び寄せた五人の子どもたちとともに、ベルリンに向けて移送されていた。たまたまそのときザクセン選帝侯は、当時ザクセン国境地域にかなりの地所を所有していた地方長官アロイジウス・フォン・カルハイム伯爵の招待を受けて、侍従長クンツ殿や、その令夫人であり、地方長官の娘であるとともに書記局長*の妹である貴婦人エロイーズ様、またその場にいた狩猟官や廷臣たちはいうにおよばず、その他のまばゆく輝くような紳士淑女の同席のもと、選帝侯のお楽しみになればと催された壮大な鹿狩りを行うべく、ダーメ*の地に向けて旅をしていたところだった。街道を横切るように丘の上に立てられ、三角旗をはためかせたいくつもの天幕の屋根の下で、狩りの埃にまみれた姿そのままに、樫の幹のほうから晴れやかに鳴り渡る音楽の響きのなか、近習《きんじゅ》や貴族の小姓の給仕を受けながら、一行は宴席についていたところ、そこに、馬商人が騎兵の護衛のもと、ドレスデンから街道をゆっくりとやってきた。コールハースの幼くきゃしゃな子どもたちの一人が病気になったため、コールハースに随行していた騎士フォン・マルツァーンは、やむなくヘルツベルク*に三日間ほどとどまることにしたからだった。この措置について騎士は、自分の仕えるブランデンブルク選帝侯に対してのみ責任があると考えており、ドレスデンの政府に対してことの詳細を伝える必要はないと思っていた。選帝侯は、胸を半分はだけ、猟師風に樅木《もみのき》の枝をあしらった羽根飾りの帽子をかぶって、若い頃は自分の初恋の人であったエロイーズ様のとなりにすわっていたが、まわりをとりまく祝祭の優雅な雰囲気で上機嫌になり、「どうだ、向こうにいって、誰かは知らないがあの不幸なやつにこのワインの盃をさしだしてやろうではないか」と言った。エロイーズ様は、心をこめたまなざしを選帝侯に向けるとすぐさま立ち上がり、食卓のものをすっかりとりつくすような勢いで、小姓の手渡した銀の器にくだものや焼き菓子やパンをいっぱいに詰めた。そして、さまざまな飲み物を手に、一行がわらわらと天幕を出ていこうとしたところ、地方長官が困惑した顔つきで彼らのところにやってきて、ここにとどまっていただけませんかと言った。そのようにうろたえるとはいったい何があったのかと選帝侯が驚いて尋ねると、口ごもりながら侍従長のほうを向き、車の中にいるのはあのコールハースなのですと答えた。コールハースはすでに六日前に出発したというのは世間では周知のことだったので、誰にとっても不可解な知らせではあったが、それを聞くと侍従長のクンツ殿はワインの入った盃をとり、天幕のほうに向きなおってワインを地面にぶちまけた。選帝侯は顔じゅう真っ赤になって、侍従長の合図で貴族の小姓がそのために差し出した盆に自分の盃を置いた。騎士フリードリヒ・フォン・マルツァーンが、自分の知らない一行からうやうやしく挨拶をうけながら、街道を横切るように張り渡されている天幕の紐をぬけてゆっくりとダーメのほうに進み続けているあいだ、紳士淑女たちは地方長官の招きに応じて、これ以上そのことに注意を向けることもなく、天幕へと戻っていった。地方長官は、選帝侯が腰を落ち着けるとすぐさま、ダーメに向けてひそかに人をやり、当地の市当局にはたらきかけて、馬商人がすぐにそのまま旅を続けるようにさせようとした。しかしながら騎士は、時間もすでにずいぶんと遅いことであるし、この地で宿泊することにしたいと明言したので、道からはずれたところにあり、茂みにつつまれた市当局の所有する農園にひっそりと泊まってもらうことでよしとしなければならなかった。さて、紳士淑女の方々はといえば、夕方頃になり、ワインや豪華なデザートを楽しんで気もまぎれ、あの出来事もすっかり忘れてしまったところで、地方長官が、鹿の一群が目撃されたので、もう一度狩りの待ち受け場にいこうではないかという考えをもちだした。一行はその提案に大喜びでのり、それぞれライフル銃の準備をすると、二人一組で、溝や藪をこえて近くの森の中へと急いだ。選帝侯と、見物の場に居合わせようとその腕にすがっているエロイーズ様は、この二人にあてがわれた使者の案内で進んでいたのだが、驚いたことに、彼らはコールハースがブランデンブルクの騎兵とともに滞在している家の中庭をぬけるところにそのまま来てしまった。貴婦人はそれを聞くと、「行きましょう、陛下、行きましょうよ」と言って、彼の首にかかっていた鎖をふざけながら絹の胸当ての中に隠した。「おつきの人たちがあとからやってくる前に農園の中にしのびこんで、そこで泊まっているあのとんでもない男を見ましょう。」選帝侯は赤くなりながら彼女の手をとると、エロイーズ、あなたはなんということを考えつくのだと言った。しかし、彼女は驚いた顔で選帝侯を見ると、「陛下は狩りの服装につつまれていらっしゃるから、誰も陛下だとはわかりませんよ」と言い返し、選帝侯の手を引いていった。ちょうどそのとき、すでに好奇心を満たした狩猟官が何人か家から出てきて、地方長官のとった手立てのおかげで、実際のところ、ダーメの地域に集まっているこの一行が誰なのか騎士も馬商人も知っていないと請け合った。そこで選帝侯は微笑みながら帽子を目深にかぶると、「〈愚行〉よ*、世界を支配しているのはおまえだ、おまえの居場所は美しい女性の口にある」と言った。――紳士淑女たちが農園の中にいるコールハースのところにやってきたとき、ちょうどコールハースは壁に背中を向けて一束の藁の上にすわり、ヘルツベルクで病気になった彼の子どもに丸パンと牛乳を与えているところだった。話の端緒とするため貴婦人はコールハースに、あなたは誰か、子どもはどこが悪いのか、どのような犯罪を行ったのか、このように護衛されてあなたはどこに連れてゆかれるのかと尋ねたところ、コールハースは彼女の前で皮の帽子を軽く浮かせて挨拶すると、自分の仕事を続けながら、これらの問いすべてに対してたっぷりとではないにせよ満足のいく返答をした。選帝侯は狩猟官たちのうしろに立っていたが、絹の糸でコールハースの首からさがっている小さな鉛のロケットに気づき、そのとき会話をするのに他にふさわしい話題をもちだすこともできなかったため、そのロケットにはどのような意味があるのか、そのなかには何が入っているのかと尋ねた。コールハースは、「はい、このロケットでございますか」――と答えると、それを首から外して蓋を開け、封蠟を施した小さな紙片を取り出した。——「このロケットには不思議ないきさつがございます。七箇月にもなりましょうか、私の妻を埋葬したちょうどその翌日のことでした。私に多くの不正をなしたユンカーのフォン・トロンカを捕らえるために、みなさまもおそらくご存知かと思いますが、コールハーゼンブリュックを出発しておりましたところ、仔細は存じませんが何かの交渉ごとで、ザクセン選帝侯とブランデンブルク選帝侯が、探索のために私が通りかかったユーターボック*という小さな市場町で会合の場をおもちになるということがございました。夕方頃にはお二人の希望どおりに合意がなされたということで、お二人はなかよくお話をしながら町の通りをぬけ、ちょうど楽しく開催されていた歳の市の見物にお出かけになりました。そこでお二人は、腰掛けにすわり自分をとりまく民衆に暦を見ながら占いをしているジプシーの女に出会ったので、冗談めいた調子でその女に、何かわれわれにとってうれしいことでも教えてはもらえまいかとお尋ねになったのです。私は自分の部隊の者たちとともにちょうど宿屋に着いて馬から降りていたところで、この出来事が起こった広場に居合わせていたわけですが、あれだけの民衆のうしろで、自分の立っていた教会の入り口のところでは、あの不思議な女が二人の殿方に何を言っているのか聞きとることはできませんでした。この女は自分の知っていることを誰にでも教えるわけではないと、人々が笑いながらささやきあい、ここで始まろうとしている見もののために押し寄せていたので、実際のところたいして興味もなかった私は、物見高い連中に場所をあけてやって、うしろの教会の入り口のところにくりぬいて彫ってあるベンチの上にのぼったのです。その場所からは、何にさえぎられることもなく見渡すことができ、二人の殿方と、そしてお二人の前で腰掛けにすわり何やらしきりに書きつけている女が見えるのですが、それを目にしたとたん、女は突然松葉杖に寄りかかりながら立ち上がると、群衆の中をキョロキョロと見回して、この女とは一言も言葉を交わしたこともなく、生まれてこのかたこの女の智慧を望んだこともないこの私のことを、目でカッととらえて見るのです。そして、ぎっしりと集まった人だかりをかき分けて私のほうに近づいてくると、「ほらここだ！　あの旦那が知りたいというのなら、おまえさんにそれを聞くといい！」と話しかけるのです。そう言いながら、女は痩せこけた骨だらけの両手でこの紙切れを私に差し出しました。群衆はみな私のほうを向くのですが、私は驚いてしまって、おばあさん、いったい何をくれるのかい、と言うと、聞き取れないようなことをいろいろと口にして、ずいぶん怪訝には思ったのですがそのなかには私の名前も聞こえてきて、「お守りだよ、馬商人コールハース。しっかりとっておくのだよ、いつかおまえさんの命を救ってくれることになるだろう！」と答えると姿を消してしまったのです。

――ということですが」、とコールハースは人のよい顔で話を続け、「実を申しますと、ドレスデンではほんとうにひどい目にあいましたけれど、それでも命を失うことにはなりませんでした。ベルリンではどのようなことになりますか、そこでもまたなんとか生きながらえることができるかどうか、それは未来が教えてくれることになりましょう」。

――この言葉を聞くと、選帝侯はベンチにどっと腰をおろした。貴婦人が驚き、どうかなさいましたかと尋ねるのに対して、なんでもない、なんでもないのだ、と答えはしたものの、貴婦人がかけつけて抱きとめる間もなく、選帝侯は気を失って床に倒れてしまった。ちょうどこの瞬間、用があって部屋に入ってきた騎士フォン・マルツァーンは、なんということだ、この方はどうされたのだと言った。貴婦人が、水をください！と叫んだ。狩猟官たちは選帝侯を抱え上げると隣室に置かれたベッドに運んだ。小姓の呼びよせた侍従長が、なんとか息を吹きかえすようにとさまざまに手を尽くしてもうまくいかず、これはどうみても卒中の発作のようですねと説明すると、動転のきわみという事態になった。献酌侍従が医者を連れてくるために騎馬の使者をルッカウ*に向けて遣わしているあいだ、地方長官は、選帝侯が目を開けたため、選帝侯を馬車に乗せると、この地域にある自分の狩猟館へと一歩一歩ゆっくり引き連れていった。しかし、そこに到着したあとも、選帝侯はさらに二度失神した。次の日の朝かなり遅くなってから、ルッカウの医者が到着したときになって、神経熱がでそうな重大な症状があったものの、選帝侯はようやくいくらか回復したのだった。選帝侯は意識を取り戻すや否や、ベッドの中で半分身を起こし、まず最初に口にしたのが、コールハースはどこにいるのかという問いだった。選帝侯の問いを誤解した侍従長は、選帝侯の手を握ると、あの恐ろしい男のことにつきましてはどうぞご安心ください、あの男は定められているとおり、あの奇妙で不可解な出来事のあと、ブランデンブルクの護衛のもと、ダーメの農園にとどめ置かれましたと答えた。侍従長は、心からのいたわりの気持ちを口にし、また彼の妻が無責任な軽率さのために選帝侯をこの男に引き合わせたことについて厳しく批難をしておきましたと誓いながらも、どうして選帝侯はあの男と話をしているとき、あれほど不可思議で途方もないほどの衝撃にとらえられることになったのでしょうかと尋ねた。選帝侯は、あの男が鉛のロケットに入れて携えていたあのとるにたらない紙片を目にしたことが、自分の身にふりかかった不愉快な禍いすべてのもとになっているということは、おまえに打ち明けておかなければなるまいと言った。こういった事情を説明するために、選帝侯はさらにさまざまなことを言い添えたのだが、その事情は侍従長には理解できないものだった。そして突然、侍従長の手を自分の両手でしっかりと握り、この紙片を手に入れることは自分にとってほんとうに重要なことなのだと強調すると、すぐさま馬に乗ってダーメに出かけてくれないか、そしてどれほどお金がかかってもかまわないので、紙片をあの男から買い取ってきてもらえまいかと侍従長に頼みこんだ。侍従長は困惑を隠そうとつとめながら、もしこの紙片が選帝侯にとっていくらかの価値をもつものであるとすれば、あらゆることのうち最も必要であるのは、そういった事情をコールハースには黙っていることですと強調した。不注意にもらしてそのことを知られてしまうと、憤激にとらわれ、貪欲な復讐心に駆り立てられているあの男の手からその紙片を買い取るには、選帝侯が所有するすべての財産をもってしても足らないことになってしまうでしょう。侍従長は、他の手段を考える必要があるでしょう、あの悪党はどうやらもともとあの紙片にはそれほど執着はないようですから、例えば計略によって、何も心に抱くところのない第三者の手を借りることで、陛下にとってそれほど重要なあの紙片を手に入れることは可能であるかもしれません、と選帝侯を安心させるために言葉を継いだ。選帝侯は汗を拭いながら、その目的のためにすぐさま誰かをダーメに遣わし、どのようなやり方をとっても、ともかくその紙を手に入れるまでは、さしあたり馬商人をその先護送するのをとどめることはできないだろうかと尋ねた。侍従長はその言葉に耳を疑いながらも、残念ながら諸々のことを考え合わせると馬商人はすでにダーメを出発しており、国境をこえてブランデンブルクの領内にいるはずだと思われ、その領内で馬商人の護送を妨げたり、ましてや護送を取りやめさせようと企てようものなら、きわめて不愉快で面倒な事態というばかりか、まったく取り返しのつかないような問題を引き起こすことになるでしょうと答えた。選帝侯が完全に希望を失ってしまった者のような身ぶりで、黙ってまたベッドに身を横たえたので、侍従長はあの紙片にはいったいどのようなことが書いてあるのですか、どのような不思議で説明のつかない偶然から、陛下はあの紙片がご自分に関わるものであると知ることになったのでしょうかと尋ねた。これについては侍従長が自分の言うことにしたがってはくれないだろうと思い、選帝侯は侍従長にぼんやりとしたまなざしを向けるだけで何も答えることはなかった。選帝侯はじっと動かないまま、不安にかられた胸の鼓動を感じながら横たわり、物思いに沈みながら両手のあいだに持っていたハンカチの先端に目を落としていたが、突然、侍従長に向かって、フォン・シュタインというこれまでもよく秘密の用向きで使っていた若くて元気で機転のきく狩猟官を、別の仕事の相談をしたいからということで部屋に呼んでくれないかと言った。このことについて詳しく説明を与え、いまはコールハースが所有しているこの紙片がどれほど重要なものであるかを教えると、選帝侯はこの狩猟官に、私との特別な親交を永続的にもつ権利を得たいとは思わぬか、コールハースがベルリンに着く前にこの紙片を手に入れてくれまいかと問うた。狩猟官は、かなり不可思議なこととはいえ事情をある程度見てとるとすぐさま、全力で務めを果たす所存でございますと力強く答えた。そこで選帝侯はこの狩猟官に馬でコールハースのあとを追わせることにし、金でいうことをきかせることはおそらくできないであろうから、巧妙に話をもちかけて、自由と命の保証をかわりに与えるとか、さらにはもしコールハースがそうしたいとこだわるのであれば、慎重にではあるが、彼を護送しているブランデンブルクの騎兵たちの手から逃げるために、馬や人や金の用意を手伝うということについても、その役目を任せることになった。狩猟官は選帝侯自らの手による信任状を乞うと、数人の下僕を連れてすぐさま出立し、馬が息を切らすのもかまわず進んでいったので、さいわいにしてある国境の村でコールハースに出会った。彼はそこで騎士フォン・マルツァーンや五人の子どもたちとともに、家の戸口の前の野外に用意された昼食をとっているところだった。狩猟官は騎士フォン・マルツァーンに、自分は異国の者であり、旅をしている途中にあなたの連れている不思議な男を見たいと思っているのだがと告げると、すぐさま騎士は愛想よくコールハースを引きあわせ、ぜひ食事もとテーブルに招き入れた。騎士は出発のためのさまざまな用事でいったりきたりしており、また騎兵たちは家の反対側にあるテーブルで食事をとっていたので、狩猟官が、自分は何者であるか、どのような特別な任務をおびてコールハースのところにやってきたのかをコールハースに打ち明ける機会がそのうちやってきた。馬商人は、ダーメの農園で件《くだん》のロケットを見て気を失った人の身分も名前もすでに知っており、そのことを発見したことによる自分の興奮状態が最高潮に達するには、あの紙片の秘密をのぞいて見さえすればよいのだとわかっていたのだが、さまざまな理由により単なる好奇心からは決して開かないと決心していた。馬商人は、あらゆる犠牲を払う心づもりでのぞんでいたにもかかわらず、ドレスデンではからずも身をもって知ることとなった、貴族の気高さからも君主の品位からもかけ離れたあの自分に対する扱いに思いを致しながら、「この紙片は手放しません」と言った。狩猟官は、自由と命の保証を与えようとさえ申し出ているのに、そのように不可思議にも拒む理由は何であるかと尋ねると、コールハースは答えた。「よろしいでしょうか、殿下の主君がおいでになり、王笏を携え統治する余を支える多くの者たちをしたがえながらも、余は自分の身を滅ぼす、とお話しになったとします。――身を滅ぼすというのは、おわかりでしょうか、私の心が抱いている最大の望みですが、殿下のご主君に対しましては、生きていることよりも価値があるこの紙片をお渡しすることはお断りし、このように申し上げることにいたします。あなたは私を断頭台におくることはできるでしょう。私のほうでもあなたに手痛い一撃を与えることができ、そしてそのようにしようと思っています。」そう言うとコールハースは、顔に〈死〉を浮かべながら、一人の騎馬兵を呼び寄せ、食器にまだたっぷりと残っている食べ物をとっていくようにと言った。コールハースがそこで過ごした残りの時間、食卓についていた狩猟官にとって自分はまるでそこにいないかのようであったが、馬車に乗り込むときになってようやくコールハースは狩猟官のほうをふりかえり、別れの挨拶のまなざしを向けたのだった。――この知らせを聞くと選帝侯の容体はさらに悪化し、医者は不吉な結果を招きかねない三日のあいだ、同時にいろいろなところが弱っていた選帝侯の命がどうなるかと、これ以上ないほど憂慮のときを過ごすことになった。しかしながら、自然な健康の力により、何週間かを痛ましくも病床で過ごしたのち、少なくとも、馬車に乗せられベッドと布団がしっかりと用意されて、政務にあたるためにドレスデンに連れ帰ってもらえるほどには体調が回復した。選帝侯はドレスデンに到着すると、すぐさまクリスティエルン・フォン・マイセン侯を呼び、皇帝によるラント平和令が破られた咎で皇帝陛下に訴状を提出するため、コールハースの案件での弁護士としてウィーンに遣わされることになっていた、法官のアイベンマイアーの派遣についてはどうなっているかと尋ねた。フォン・マイセン侯は、選帝侯がダーメに出かけた際に残されたご命令どおり、法学者ツォイナーの到着後、アイベンマイアーはただちにウィーンに出立いたしました、ツォイナーはブランデンブルク選帝侯が黒馬の件でユンカーのヴェンツェル・フォン・トロンカを訴えるために弁護士としてドレスデンに派遣した者ですと答えた。選帝侯は顔を紅潮させて仕事机に歩み寄りながら、なぜこのように事を急いだのかと問い、自分の知るかぎり、アイベンマイアーが最終的に出発するかどうかは、コールハースへの大赦に力のあったルター博士との相談が事前に必要であるため、さらに詳細で確かな命令によると言い渡してあったはずだがと言った。そう言いながら選帝侯は、机の上に置かれた手紙や書類を、憤りを抑えた面持ちで重ねていた。フォン・マイセン侯は大きく目を見開いて選帝侯を見ると、少し間をおいたのち、このことにつき陛下にご満足いただけなかったことは遺憾に存じます、とはいえ、申し上げた時点で弁護士を派遣することが自分の義務とされていた国務参議会の決定をご覧いただくことができますと答えた。フォン・マイセン侯はさらに、国務参議会ではルター博士と相談するということはまったく話にのぼっておりません、もっと前の時点であれば、ルター博士がコールハースに与えたとりなしのことで、この聖職者の言葉を尊重するということもあるいは意味のあることであったかもしれませんが、世の中すべての人の眼前でコールハースへの大赦の約束を破って彼を逮捕し、法の裁きと処刑のためにブランデンブルクの法廷へと引き渡してしまったいまこの時点ではそのようにはまいりませんと言葉を継いだ。選帝侯は、アイベンマイアーをすでに派遣したという過失は、実際、それほど大きなものではないが、ともあれアイベンマイアーは追って命令があるまでのあいだ、さしあたりウィーンにおいて原告という資格で出廷しないよう望むと述べ、そのために必要な処置についてはすぐに急使をやってアイベンマイアーに発令してほしいとフォン・マイセン侯に依頼した。フォン・マイセン侯はそれに答えて、残念ながらそのご命令は一日遅れで間に合わないものとなってしまいました、ちょうど本日届きました報告によれば、アイベンマイアーはすでに弁護士の資格で出廷し、ウィーンの帝国書記局に訴状を提出している状況でございますと言った。選帝侯が驚いて、いったいなぜこのように短時間でできてしまうのかと尋ねると、この者が出発してからすでに三週間が過ぎております、また彼が受けとった通達では、ウィーンに到着後はこの業務をただちに執り行うことが彼の義務とされておりますとフォン・マイセン侯はさらに言葉を継いだ。ブランデンブルクの弁護士ツォイナーは、ユンカーのヴェンツェル・フォン・トロンカに対して断固たる行動をとっており、将来的な原状回復を目的として、黒馬を皮剥ぎの手からさしあたり回収することをすでに法廷に申請し、相手側のあらゆる抗弁をも顧みることなく、実際やり遂げておりますので、この場合におきましては、一つのことが遅滞するだけでそれだけふさわしくない結果をもたらすものとなっていたでしょうとフォン・マイセン侯は意見を述べた。選帝侯は呼び鈴を引きながら、「どうでもよい、たいしたことではない」と言って、その他にドレスデンの様子はどうであるかとか、自分の不在の間にどのようなことがあったかとどうでもよいことを尋ねながらフォン・マイセン侯のほうに向き直ると、自分の心の奥底の状態を隠すこともできず、フォン・マイセン侯に手で会釈すると彼を去らせた。選帝侯は同じ日のうちにフォン・マイセン侯に書面を送り、この件については政治的重要性をもつものであるため自ら取り扱うことにしたいとの口実のもと、あらゆるコールハース関係の書類を要請した。紙片の秘密について教えてもらえるただ一人の男を殺してしまうと考えるのはあまりにも耐え難いことであったため、選帝侯は皇帝に宛てて自ら手紙を書き、おそらく近いうちにもっとはっきりとご説明することになる重要な理由により、アイベンマイアーが提出したコールハースに対する訴状は、こののちさらに決定を行うまでのあいだ、さしあたっては撤回させていただけないだろうかと、心からの切実な願いを伝えた。皇帝は、帝国文書局によって作成された外交文書のなかで、選帝侯に対して次のように返答した。「そなたの胸中で突然の心変わりが生じたように思われるが、そのことをたいへん訝しく感じている。ザクセン側から余に提出された報告により、コールハースの事案はいまや神聖ローマ帝国全体の事項となっており、それにしたがって皇帝たる余は、神聖ローマ帝国の首長としてこの事案の原告となり、ブランデンブルク王家にて出廷することを自らの義務と心得ている。宮廷裁判所陪席判事フランツ・ミュラーはすでに、公のラント平和令を侵害した咎によりコールハースにその責任を問うため、弁護士の資格でベルリンに赴いているのであるから、これから訴状を撤回することは決してありえず、この案件は法の規定にしたがって粛々と進めざるをえないであろう。」この手紙は選帝侯を完全にうちのめした。さらに、選帝侯をきわめて暗鬱な思いに駆り立てたのは、ほどなくしてベルリンから私的な書状がいくつか届き、そのなかで王室裁判所での裁判開始が告げられ、コールハースはおそらく、彼につけられた弁護士たちがどれほど手を尽くしたとしても、断頭台で命を終えることになるであろうと述べられていたことであった。そこでこの不幸な君主はさらに別の試みを思い立ち、ブランデンブルク選帝侯に馬商人の命を乞う書状を自らしたためた。ザクセン選帝侯は、この男に約束された大赦はこの者に対する死刑判決の執行を当然ながら許容するものではないという口実を掲げ、コールハースに対して表向きは厳しく対処してきたように見えるとしても、彼の命を奪おうという意図では決してなかったのだと断言し、ベルリンの側から彼に保護を授けようと口では言ったとしても、結局は思いもかけぬ事態の変化により、彼がドレスデンに残ってザクセンの法によりこの件が裁かれるよりも、さらに不利な結果に終わることになるとすれば、自分はどれほど絶望的な気持ちになることであろうかと書いた。ブランデンブルク選帝侯は、この申し立てのうちにいかがわしく不明瞭な点がいくつもあるように思われたので、「皇帝陛下の弁護士がこの件を扱う力の入れようからすれば、私に表明されたあなたのご希望にしたがうかたちで、法の厳格な規定からそれることは、決して容認されない」と返答した。ブランデンブルク選帝侯はさらに「あなたの示された懸念は実際のところ行きすぎている。というのも、大赦によってコールハースが許されることになった犯罪についての訴訟は、彼に大赦を与えたあなたではなく、大赦とはまったく結びついていない神聖ローマ帝国の首長によって、ベルリンの王室裁判所にて係属中の案件とされたものだからだ」と言い添え、「ナーゲルシュミットの暴力行為が、前代未聞の傍若無人ぶりで、すでにブランデンブルク領にまで及んでいる状況が続いているいまとなっては、見せしめの威嚇となる例を確定することがどれほど必要なものであるか」を説いて、「もしこれら一切を顧慮するつもりはないということであれば、皇帝陛下ご自身にご相談されるようお願いしたい。コールハースに有利となる決定が上から下されることがあるとすれば、それはこのような方面からの表明によってのみ起こりうることである」と述べた。選帝侯は、これらの試みがすべて失敗に終わってしまったことを悲嘆し憤懣を抱いたことで、あらたに病気にかかってしまった。ある朝、侍従長が部屋を訪れたとき、選帝侯は、コールハースの命に猶予を与え、それによって彼の所有する紙片を自分のものとする時間だけはなんとかかせぐためにウィーンとベルリンの宮廷に送った書状を見せた。侍従長は身を投げ出すように選帝侯の前に膝をつくと、どうかお願いですから、その紙片には何が書かれているのか教えていただけないでしょうかと言った。選帝侯は侍従長に、部屋の扉に閂をかけてベッドに腰をおろしてほしいと言い、侍従長の手を取ってため息をつきながらその手を心臓に押しつけると、次のように話し始めた。「聞いたところでは、奥方がすでにあなたに話しておられるとのことだが、ブランデンブルク選帝侯と私は、ユーターボックで行われた会合の三日目に一人のジプシーの女に出会ったのだ。ブランデンブルク選帝侯は生来あのように才気煥発な方なので、ちょうど夕食の席でもその占いの技について不作法な言い方で話題としていたこの不可思議な女の評判を、公衆の面前でからかってやり、台無しにしてやろうと思い立った。そこでブランデンブルク選帝侯は、腕組みをして女の机の前に歩み寄ると、私に予言をしてもらいたいが、今日のうちに確かめることのできるそのしるしを見せてほしい、さもなければ、たとえおまえがローマの巫女《シビュラ》であろうとも、おまえの言葉など信じることはできぬ、と言ったのだ。女は私たちを頭から爪先までちらり見てとると、そのしるしとは、庭師の息子が庭園で育てているツノの生えた大きなノロジカが、私たちが帰ってしまう前に、いまいるこの市場で、私たちのところにやってくるということだ、と言った。知っておいてもらう必要があるのだが、ドレスデン料理で使われるこのノロジカは、柵板で高いところまで囲われ、庭園のいくつもの樫の木が影を落としている仕切りの中で、鍵と門をかけて管理されているもので、他にもジビエに類する小さな野生鳥獣がいるために、庭園全体またそこに通じる小さな庭も入念に保護されており、いったいどうやってこのノロジカが、あの不思議な予告どおり、私たちのいる場所までやってくるというのかまったく見当もつかなかった。それでもブランデンブルク選帝侯は、そこにはいかさまでもあるのではないかと心配をして、私と少しばかり打ち合わせをすると、余興として、この女がこれから起こることについて何を言おうとも言い抜けができないように、恥をかかせてやろうと心を決めて城に使いをやり、このノロジカをすぐさま殺し、続く数日のいずれかの日に食卓に供するようにと命じたのだ。ブランデンブルク選帝侯は、こういったことが聞こえるように女の前でやりとりをしていたが、女のほうに振り向くと、さて、私の将来について何かわかることはあるだろうかと尋ねた。女は選帝侯の手をじっと見ると言った。おめでとうございます、選帝侯閣下！閣下は長く統治されることとなり、ご出身の一族も長く存続することとなるでしょう。ご子孫も偉大で栄光あるものとなり、世界のすべての君主や支配者たちから抜きん出た偉大な権力をもつ者となることでしょう。ブランデンブルク選帝侯は、頭の中で思いをめぐらせながらじっと女を見つめると、ややあって私のほうに歩み寄り、予言をぶち壊しにしようとして使者を送ったのが、いまとなってはほとんど残念に思えるほどだと小声で言った。そして、選帝侯につきしたがう騎士たちの手から、大歓声のなか、金《かね》がこの女の膝の上にうずたかく降りそそいでいるとき、ブランデンブルク選帝侯自らも服の隠しに手を入れて金貨をそこにつけ加えると、こちらの殿方に教えていただける予言の言葉も、私自身のものと同じようにすばらしい響きのものであろうかと尋ねた。女はそばに置いてある箱を開け、金を種類と量によってたっぷり時間をかけて入念に仕分けして蓋を閉めると、日光が煩わしいとでもいうように手を太陽の前にかざし、私をじっと見つめた。私が同じ問いを女に向かって繰り返し、女が私の手を調べているあいだ、冗談めかしてブランデンブルク選帝侯に、どうやら私には快い言葉を告げてもらうことはできないようですなと言ったところ、女は松葉杖を手にしてゆっくりと腰掛けから立ち上がり、謎めいたしぐさで両手を前に掲げながら私のすぐそばまでぴたりと近づくと、はっきりと聞き取れる声で、そのとおりです！　と耳元でささやいた。——そうか、と私はうろたえながら口にし、その女の姿から一歩退いたのだが、女はまるで、冷たく命のない、大理石の目のようなまなざしでうしろに置いてある腰掛けを見ると、戻って腰をおろした。私の一族にはどの方面から危険が迫っているのか？　女は木炭と紙を手にとり膝を組むと、書いてさしあげようかと言った。私としては、実際かなり困惑していたのだが、こういった状況では他にどうしようもないため、うむ、そうしてくれと応じたところ、「さてそれでは、三つのことを書きましょう。あなたの一族の最後の君主の名前、その者が国を失う年号、そして武器の力により国を奪うことになる者の名前です」と女は答えて言った。それを民衆すべての目の前ですませてしまうと、女は立ち上がり、干からびた口に封蠟を含んで湿らせると紙片にそれを貼りつけ、中指につけている鉛でできた指輪の印章をそこに押し付けるのだ。それでその紙片を、わかっていただけると思うが、言葉で表せないほどの好奇心にとらえられてつかもうとしたところ、女は「なりません、閣下!」と言って横を向き、杖を一本持ちあげると、「あそこにいるあの男、あの羽付帽子をかぶってベンチの上に立ち、群衆のうしろで教会の入り口のところにいるあの男から、あなたにその気があればですが、この紙片を買い受けるがよいでしょう!」と言うのだ。その言葉とともに、言われたことがまだよくつかめず、驚きのあまり言葉もなく立ちつくす私をその場に残し、女は自分のうしろにある箱をぱたんと閉めて背中にかつぐと、とりまいている群衆のうちにまぎれこんでいったので、そのあと女が何をしているか、それ以上わからなくなってしまった。ちょうどそのとき、それでほんとうにほっとしたのだが、ブランデンブルク選帝侯が城に遣わしていた騎士が姿を現し、笑いながら、ノロジカは殺され、二人の狩人によって自分の目の前で台所に引きずられてゆきましたと選帝侯に報告した。選帝侯は、私をこの場所から連れ出そうと思って陽気に私の腕に自分の腕を差し入れ、ほら、どうだ、予言もよくあるいかさまだったというわけだ、女のために使った時間も金もその甲斐はなかったなと言った。ところが、まだその言葉が続いているうちに、広場で叫び声があがり、みなの目が城の中庭から駆けてくる大きな肉屋の犬に向けられたとき、私たちがどれほど驚いたことか！その犬は、台所でよい獲物とばかりノロジカの首をくわえると、下僕や下働きの女たちに追い立てられて、私たちから三歩のところでその獣の首を地面に落としたのだ。このようにして、女の予言は実際に、女が言ったことすべての証として成就することになり、ノロジカは、たしかに死んでいたとはいえ、市場にいる私たちのところまでやってきたというわけだ。冬の日に天から落ちる稲妻でさえ、この光景を目にするほどには、私を壊滅的に打ちのめすことはできない。一緒にいた人たちから解放されたあとすぐに、私が力を尽くした最初のことは、女が示した羽付帽子の男を急いで突き止めることだった。だが、三日のあいだたえまなく偵察させていたのだが、私の部下の誰一人として、ほんの少しでもそれについて知らせをもたらしてくれることができる者はいなかった。ところが、クンツよ、いまになって、ほんの数週間前のことだが、ダーメの農園でその男を自分の目で見たのだ。」――そう言うと、ザクセン選帝侯は侍従の手を離し、額の汗を拭いながらまたベッドに身を横たえた。侍従長は、この出来事についての自分自身の考えと、選帝侯がこれについて抱いている考えとの関係を説明し、選帝侯の考えをあらためさせようとするのは無駄な努力であると思い、その紙片を手に入れるためにどうぞ何か手立てを講じてみてくださいと述べ、この男については、今後は運命に委ねるのがよいでしょうと勧めた。選帝侯はそれに答えて、この紙片を手にできない無念さに耐えねばならないという思いや、そこに書きとめられた智慧の言葉がこの男とともに滅びゆくのを目にするのだという思いは、自分を悲嘆と絶望に陥れるほどであるのに、どうしてよいのか自分には手立てが何もわからないのだと言った。それでは、あのジプシー女自身を探し出そうとなさいましたかと友が尋ねたところ、選帝侯は、自分が偽りの口実のもとに発した命令により、政府が今日にいたるまで選帝侯領のあらゆる場所でこの女のあとをたどり探し求めてきたのだが、それも徒労に終わっているのだと答えた。そう言いながら選帝侯は、詳しくそのわけを説明するのは拒んだのだが、ともかくある理由から、その女の居場所をザクセン内でつきとめることはできないのではないかと考えていたようだ。さて、たまたま侍従長は、解任されじきに亡くなった大書記長のカルハイム伯*の遺産の一部として、妻がノイマルクで手に入れることになったかなりの地所の件でベルリンに旅をしようと思っていたところだった。侍従長は実際に選帝侯のことをとても大切に思っていたので、少しばかり思案したのち、このことについては私にお任せいただけないでしょうかと選帝侯に尋ねたところ、選帝侯は侍従長の手をとって心から自分の胸にひしと押しつけながら、「あなた自身が私であると思って、どうかあの紙片を手に入れてくれ！」という答えであったので、侍従長は仕事を他の人に委ねると、旅立ちを何日か早め、妻を家に残して何人かの従者をしたがえるだけでベルリンに向けて出発した。

コールハースはこの間、すでに述べたようにベルリンに到着し、ブランデンブルク選帝侯の特別な命令によって騎士牢に入れられたが、そこでは五人の子どもたちとともに快適このうえない待遇を受けていた。ウィーンからの皇帝の弁護士が現れるとすぐに、コールハースは、皇帝の定めた公のラント平和令を侵害したという咎により、王室裁判所の裁きの場で釈明を求められることになった。彼は弁明のなかで、ザクセンでの武装襲撃やそこで行われた暴力行為については、ザクセン選帝侯とリュッツェンにて締結した和議により、自分を訴追することはできないはずであると異議を唱えたが、それに対しては、ここで訴えているのは皇帝陛下の弁護士であり、皇帝陛下がそれに配慮することはありえないのだとコールハースは教示を受けることになった。そしてまた、この件についてコールハースに詳細な説明がなされ、ユンカーのヴェンツェル・フォン・トロンカを訴える本案件においては、ドレスデンから十分な補償が与えられることになるだろうとの明確な言葉があったので、コールハースもやがてすぐにこれを甘んじて受け入れることとなった。たまたま、侍従長が到着したちょうどその日にコールハースへの判決が下され、剣によって死がもたらされるという宣告が与えられた。この判決が執行されるということは、たしかに寛大なものではあったといえ、これだけ状況が複雑なものとなったいま、誰も信じることができないどころか、ベルリンの人々はみな、選帝侯がコールハースに対して抱いている好意を考えると、選帝侯が一言特別な命令を下せば、つらく長きにわたるものとなるにせよ、必ずやただの懲役刑にかわることであろうと望んでいた。しかしながら侍従長は、君主から与えられた使命が果たされるとすれば、そのためにはもはや一刻の猶予もないと見てとると、自分の仕事にとりかかり、ある朝、コールハースが通りゆく人々を何気なく眺めながら牢獄の窓辺に立っているときに、普段の宮廷服を着た自分の姿をコールハースにはっきりこと細かに見えるようにとしむけた。そして、その頭が急に動いたので、馬商人は自分に気づいたなと侍従長はおしはかり、またとりわけ、コールハースがロケットのさがっている胸のあたりをわれ知らず手で握りしめているのを認めて、おおいに喜んだ。これらのことから侍従長は、この瞬間にコールハースの心のうちに生じたことは、あの紙片を手に入れるための試みを一歩先に進める十分な準備になったと考えたのだった。侍従長は、松葉杖をついてよろよろと歩く古物売りの老女がベルリンの街路で、古服・古布を商うならず者たちの一群の中にいるのを認め、歳や着ているものから、選帝侯が自分に説明してくれた女の様子にかなり合致するように思われたので、その女を自分のところに呼び寄せた。そして、コールハースの前にほんのわずかのあいだ現れて彼に紙片を手渡した女の顔貌《かおかたち》が、彼の心のうちに深く刻み込まれたということはあるまいと想定して、あの老女をこの女と偽って送り込み、うまくいくものであれば、コールハースのところであのジプシー女であるかのようにふるまってもらおうと心を決めた。そこで侍従長は、老女がこの仕事をうまくできるように、選帝侯とあのユーターボックのジプシー女とのあいだで起こったすべてのことを老女に詳しく話して聞かせたのだが、ジプシー女がコールハースにどこまで打ち明けたのかはわからなかったため、紙片のうちに含まれているあの三つの秘密の項目についてはとくに念入りに言い聞かせることを忘れなかった。そして、ザクセン宮廷にとってきわめて重要なその紙片を、計略であろうが力づくであろうがなんとか手に入れるためにこれまでどのような準備を進めてきたか、ほんとうならば切れ切れでわかりにくい言い方で口にすべきものではあるが、この女に詳細に説明すると、紙片はコールハースの手元ではもはや安全でないという口実をもうけ、宿命の日を迎える数日のあいだ預かっておくと言って、コールハースに紙片を手渡すように要求する役目を女に依頼した。古物売りの女のほうでも、かなりの額の報酬を約束してもらい、そのうち一部については、侍従長は女の求めに応じて前金で支払うはめになったのだが、申し渡された仕事の遂行についてすぐさま引き受けることとなった。ミュールベルク近くで命を落とした下僕ヘルゼの母親は、政府の許可を得てコールハースをときおり訪ねており、彼女は古物売りの女とは数箇月以来顔見知りであったので、数日たったある日、古物売りの女は、牢番に少しばかりの金をつかませて馬商人のところにうまくもぐり込むことができた。──コールハースは、この女が彼のいるところに入り込んできたとき、女の手にはめられた印章の指輪や首にかけられた珊瑚のネックレスを見て、ユーターボックで彼に紙片を手渡したあのジプシーの女、自分の知っているあの老女その人であると思った。本当らしく見えることがつねに本当のこととは限らないのだが、いま述べていることは、たまたまこの場で起こったことなのである。とはいえ、そのことに疑念をはさむ自由は、もちろんそうしたい人には認めなければならない。侍従長はとてつもない失策を犯していたのであって、ジプシー女に似せようとベルリンの路上でつかまえた古物売りの老女は、彼が似せることができたと思っていた、あの秘密に満ちたジプシー女当人だったのである。松葉杖で身体を支え、女の奇妙な風貌に驚いて父親にしっかりとすがる子どもたちの頬を撫でながら、少なくともこの女の語ったところによると、彼女はかなり以前よりザクセンからブランデンブルクに戻ってきており、侍従長が昨年初めにユーターボックにいたジプシー女のことについて、ベルリンの街路で無頓着に尋ねまわっていたので、すぐさま侍従長のところに押しかけ、偽名を使って、彼がやってもらおうとしていた仕事への協力を申し出た、ということだった。馬商人は、この老女と亡くなった彼の妻リースベトが不思議なほど似ていることに気づき、彼女にリースベトの祖母でしょうかと尋ねかねないほどだった。というのも、この女の顔の表情、骨張っていながらもいまでも美しい両手、とりわけ話しているときの手つきが、妻のことをほんとうにありありと思い起こさせたというだけでなく、妻の首のしるしとなっていた痣《あざ》がこの女の首にもあることに気づいたからであった。馬商人は、心のうちにさまざまな思いが尋常でないほど入り乱れながらも、女にはとにかく椅子にすわってもらい、あなたが侍従長の仕事で私のところに来たというのは、いったいどのようなわけでしょうかと尋ねた。コールハースの老犬が女の膝を嗅ぎまわり、手で撫でてもらって尻尾を振っているあいだ、女はそれに答えて言った。「侍従長が自分に託したことは、ザクセン宮廷にとって重要な三つの問いに対する秘密に満ちた答えがあの紙片には含まれているのだとあなたに知らせ、また紙片を手に入れようとしてベルリンにいる外交使節には用心するように言って、紙片はあなたが携えている胸のところでは今後は安全ではないからといいくるめて、あなたから紙片を受けとってくることでした。しかし、自分がやってきたのは、計略にせよ暴力にせよ、紙片をあなたから奪おうという脅しはばかげたものであり、空虚なおどかしにすぎないということ、いま勾留されているブランデンブルク選帝侯の庇護のもとにあれば紙片のことで何も恐れることはないということ、そしてこの紙は私などに預けるよりも、あなたのところにあるほうがはるかに安全であり、誰であれどのような口実であれ、紙片を引き渡したためにそれが奪われることのないようくれぐれも注意してほしいとあなたに申し上げるのが目的でした。――とはいえ、あの紙片を使って、ユーターボックの歳の市であの紙片をあなたに手渡したのはそもそものためでしたが、国境で貴公子《ユンカー》のフォン・シュタインを通じてあなたに伝えられた申し出に耳を傾け、この先あなたご自身には用のないこの紙片を、ご自分の自由と命と引き換えに、ザクセン選帝侯に引き渡すというのも賢明なことかと思います」と言葉を結んだ。コールハースは、踏み躙《にじ》られた瞬間に、その敵の踵《かかと》に対して致命傷を与える力が自分に与えられたことに歓声をあげ、なんとあってもそのようなことはありません、おばあさん、なんとあっても！　と答えた。そして、老女の手をしっかりと握ると、紙片に書かれているその途方もない問いに対する答えというのはいったいどのようなものなのでしょうかと知りたがった。女は、足もとでうずくまっていた一番小さな子どもを膝に抱き上げると、「馬商人コールハースよ、なんとあってもとおっしゃるが、このかわいらしい、小さなブロンドの男の子のためとあればどうでしょうか」と言いながらその子に笑いかけ、目を見開いて彼女をまじまじと見つめていた男の子を抱きしめて口づけすると、痩せこけた手で鞄の中にもっていたリンゴを一つその子に差し出した。コールハースはうろたえて、子どもたちも大きくなったら自分のとった行いをほめてくれるだろうし、自分としても、子どもたちやその子孫のためになることといえば、この紙片を手元に置いておくのが一番よいと思っていると言った。さらに重ねて、自分の経験にしたがっていえば、またあらたに騙されることはないと誰が私に保証してくれるというのか、また、つい先頃のリュッツェンで集めた軍勢のときのように、この紙片もまた選帝侯に差し出して結局は無駄に終わるだけのこととなるのではないかと尋ねた。そしてこう語った。「ひとたび私との約束を破った者と、もう一度約束を交わすことはない。ただ、おばあさん、あなたがきっぱりと明白に命じるのであれば、私がこれまで被ったすべてのことに対して不思議ななりゆきで償いを与えてくれることになったこの紙片と別れることになりましょう。」女は子どもを床におろすと、いろいろな点から見てあなたの言っていることはそのとおりです、どうぞ思うとおりのことをなさるとよいでしょうと言った。そう言って松葉杖をまた手にとって出ていこうとした。コールハースは、不思議な紙片の内容について、さきほどの問いをもう一度口にした。女は「それだったら開けてみればいい、ただの好奇心でしかないが」とそっけなく答えるのだが、コールハースとしては、女が行ってしまう前にまだ他にも知りたいことが山のようにあった。あなたはいったい誰か、あなたに備わっている予言の言葉はどのようにして身につけることになったのか、紙片は選帝侯のために書いたのに、なぜ選帝侯にそれを渡すのを拒んだのか、そしてこれほど多くの人たちがいるなかで、なぜよりによって予言の言葉などまったく欲していなかった自分に、その不思議な紙を手渡したのか――偶然のことだったのだが、まさにその瞬間、階段を上がってくる警察の下級役人たちのたてる物音が聞こえてきたため、女はこの場所にいるときに彼らに出くわしてしまうと突然心配にかられ、彼に答えて言った。「さようならコールハース、さようなら！　次に会うときには、それらすべてを教えます。」そして、そう言いながら扉のほうに向かい、「元気で、子どもたち、みんな元気で」と呼びかけると、小さな子どもたちに順番に口づけをして去っていった。

そのころ、ザクセン選帝侯のほうは、苦悶に満ちた想念にとりつかれ、当時ザクセンでおおいに名声を博していたオルデンホルムとオレアリウスという名の二人の占星術師を呼びよせ、選帝侯とその子孫一族全体にとってきわめて重要な、あの秘密に満ちた紙片の内容について見解を求めていた。この二人は、何日もかけてドレスデンの城の塔の中で深慮の探究を続けても、その予言がもっとのちの世紀に関わることなのか、はたまた今この時代に関わることなのか、あるいはひょっとして、いまだに厳しい戦争の状況にあるポーランド王室のことを念頭に置いているのか、意見の一致をみることがなかったため、そのような学者の論争によって、この不幸な君主がとらわれていた絶望、とはいわないまでも、不安がまぎれるどころか、いっそう強められ、しまいには彼の心にまったく耐えられないほど、それが大きくなってしまっただけのことだった。さらに加えて、そのころ侍従長は、彼を追ってベルリンにやってこようとしていた妻に依頼して、あれ以来姿を見せなくなったあの女を使った試みが失敗に終わり、なにしろ、コールハースに下された死刑の判決は、文書が念入りに検討されたのち、いまやブランデンブルク選帝侯の署名も完了し、死刑執行の日取りも棕櫚《しゅろ》の主日*の次の月曜日にすでに定められていたので、コールハースの所有する紙片を手に入れる望みがどれほど難しい状況にあるか、彼女が旅立つ前になんとかうまく選帝侯に伝えてもらおうとした。選帝侯はこの知らせを聞くと、心は苦悩と後悔に引き裂かれ、完全に見放された者のごとく部屋に閉じ籠もり、二日の間、生きることに倦《う》み疲れて何も口にしようとしなかったのだが、三日目になると突然、フォン・デッサウ侯爵のところに狩りにゆくと政府に短い通告を行い、ドレスデンから姿を消した。選帝侯がいったいどこに向かったのか、実際にデッサウ*に赴いたのかどうかについては、われわれが比較参照しそれにもとづいて報告を行っているいくつかの年代記で、この箇所については奇妙なことに互いに矛盾し打ち消し合っているために、不問に付すことにしたい。確かなことは、フォン・デッサウ侯爵が、そのときブラウンシュヴァイク*にいる伯父のハインリヒ公爵のところで病の床にあり、狩猟ができる状態ではなかったということ、また、貴婦人エロイーズ様が、翌日の夕方、自分の身内であると偽り、フォン・ケーニヒシュタイン伯爵なる人物と連れ立って、ベルリンにいる自分の夫、侍従長クンツ殿のところに到着したということである。——その間、コールハースに対しては、ブランデンブルク選帝侯の命により死刑判決が読み上げられ、鎖が取り外され、そしてドレスデンの法廷では否認されていたのだが、彼の財産について記載された文書が送られていた。法廷からコールハースのところに派遣された評議員たちが、死後、所有するものをどのようにしたいかと彼に尋ねたので、コールハースは公証人の助けを借りて、子どもたちのために遺言書を作成し、誠実な友であるコールハーゼンブリュックの領地の管理人を子どもたちの後見人に指名した。そのような次第で、彼の最後の数日の安らぎと満たされた心はたとえようのないものであった。他に類を見ないブランデンブルク選帝侯の特別のはからいにより、少しばかりのちには、コールハースのいる牢獄さえ開け放たれ、市中に数多くいた彼の友人たちすべてが、昼夜を問わず、自由に彼のところに出入りすることが許されたからである。それればかりでなく、さらには神学者のヤーコプ・フライジング*が、ルター博士の使者として自筆の手紙(疑いなくきわめて注目すべきものであったが、その後失われてしまった)を携えて彼の牢屋を訪れたので面会することができ、また、補助を行う二人のブランデンブルク教区監督の立ち合いのもと、この聖職者から聖餐の恵みを受けることができたので、コールハースはおおいに満足をうることになった。さて、町の人たちはコールハースを救う特別な命令があればという望みをいまだに捨てきれず、町がざわめいていたが、自らに正義を取り戻そうとあまりに性急な試みを企てたことの責任をとり、世の中に対して償いをするその日、棕櫚の主日のあとのあの不吉な月曜日が、そうこうしているうちにやってきた。コールハースが、強健な護衛にともなわれ、腕に二人の子どもたちを抱えて(この優遇措置は彼が法廷の場ではっきりと要求したものであった)、神学者ヤーコプ・フライジングの先導のもと牢屋の扉から出てきたまさにそのとき、知人たちがコールハースの手をしっかりと握り、彼に別れを告げる悲しげなその一群のなか、選帝侯の城の管理人が、顔に困惑の表情を浮かべながら彼のところに近づき、コールハースに一枚の紙を手渡した。管理人によると、一人の老女があなたのためにということで自分に手渡したという。コールハースは、ほとんど知らないその男を怪訝に見やりながらその紙を開いてみたが、封蠟に押しつけられた指輪の印章を見て、すぐさまあのジプシー女のことに思いいたった。だが、そこに次のような知らせを目にして、コールハースがどれほど驚愕したことであろうか。「コールハース、ザクセン選帝侯はベルリンにいます。すでに刑場に先回りして来ており、これはあなたにとって大切なことであればですが、青と白の羽飾りのついた帽子でそれとわかるでしょう。なぜそこに来ているかは、申し上げるまでもありません。あなたが埋葬されたらすぐに掘り起こしてロケットを手にし、そこにある紙片を開こうとしているのです。――エリーザベトより」*――コールハースは仰天して城の管理人のほうに向きなおると、この紙片を渡した老女はあなたの知っている人かと尋ねた。ところが、城の管理人が「コールハース、その女は」――と答えながらも、話しているさなかに奇妙にも言葉がつかえてしまったため、ちょうどそのときまた動き始めた行列に引っ張ってゆかれて、手足すべてが震えているように見えたその男が何を言おうとしていたのか聞き取ることができなかった。――コールハースが刑場に到着すると、数えきれないほどの群衆のなか、ブランデンブルク選帝侯がお供の人たちを引き連れて（そこには大書記長ゴイザウ殿の姿もあった）馬をとめている姿が目に入った。選帝侯の右側には、皇帝の弁護士であるフランツ・ミュラーが、死刑判決の写しを手に携えている。左側には、ドレスデン宮廷裁判所の判決文を手にして、ドレスデン側の弁護士である法学者アントン・ツォイナーが控えている。開いた半円の残りの部分を民衆が輪をなして閉じているが、その円の中心に一人の伝令が立ち、一包みの物品を手にするとともに、健康につやつやと輝き、蹄《ひづめ》で地面をふみならす二頭の黒馬を引き連れている。大書記長ハインリヒ・フォン・ゴイザウ殿が、主君の名のもと彼がドレスデンで起こしていた訴えを、一つ一つの点に関して、しかもユンカーのヴェンツェル・フォン・トロンカに一切の手心を加えることなく貫徹していたからであった。馬たちは、旗をその頭の上で振ることによって名誉を回復され、*養っていた皮剝ぎの手から取り戻されたのち、ユンカーの手下のものによって肥え太らされ、そのために設置された委員会の同席のもと、ドレスデンのマルクト広場で弁護士に引き渡されていた。護衛にともなわれてコールハースが丘の上にいる自分のところに近づいてきたとき、選帝侯は語った。さて、コールハースよ、今日こそ汝の正義が果たされる日である。見よ、汝がトロンケンブルクにおいて暴力により失ったすべてのもの、また汝の領邦君主である余が汝のもとに返す責務を負うものを、ここに引き渡して戻す。すなわち、黒馬、首巻き、貨幣、下着類、さらにはミュールベルクで亡くなった下僕のヘルゼの治療費である。余に満足してくれるか。——コールハースは、大書記官の合図で手渡された判決文を、きらきらと輝く目を大きく見開きざっと読み通すと、腕に抱えていた二人の子どもたちを自分の横の地面におろした。そして、ユンカーのヴェンツェルを禁錮二年の刑に処すという条項も判決文のうちに含まれているのを見出すと、あふれる感情に圧倒され、二つの手を胸で交差させながら、遠くから選帝侯の前にひざまずいた。コールハースは立ち上がって手を膝の上に置きながら、この地上での私の一番の願いはこれで果たされましたと喜ばしい声で大書記官に言い、馬たちに近寄ると、じっくりと吟味してそのよく肥えた首を軽くたたいた。そして、大書記官のところに戻ってくると、「この馬たちは二人の息子ハインリヒとレオポルトに与えます」と朗らかな声で大書記官に告げた。大書記官ハインリヒ・フォン・ゴイザウ殿は、馬の上から彼のほうをやさしく見下ろしながら、選帝侯の名において、あなたの遺志は神聖に守られるであろうと約束し、包みのうちにある他のものについても随意に扱うがよいと促した。そこでコールハースは、広場にいるのを目にしていたヘルゼの母親を群衆の中から呼び寄せると、母親に品々を手渡しながら、「ほらおばあさん、これはあなたのものですよ」と言い――さらにヘルゼのための損害の賠償として包みの中に含まれていた金も、年老いた日々を暮らし、力を得るための贈り物として与えたのだった。――選帝侯は高らかに言い渡した。「さて、馬商人コールハースよ、汝にはかくの如く償いが与えられたが、ここにその法的代理人たる弁護士が臨席する皇帝陛下に対し、ラント平和令違背の罪につき、汝もまた償いの覚悟をするがよい。」コールハースは帽子をとり地面に投げると、その用意はできておりますと言った。そして、子どもたちをもう一度地面から持ちあげて胸に強く抱きしめると、二人をコールハーゼンブリュックの領地管理人に委ね、管理人が静かに涙にくれながらも子どもたちを広場から連れ出しているあいだ、コールハースは首切り台へと向かった。彼が首から首巻きの結びを解いて胸当てを開いていたちょうどそのとき、人々のつくる輪のほうにちらりと目を向けると、わずかしか離れていないところに、二人の騎士の身体でなかば隠されながらもこの二人にはさまれるように、青と白の羽根飾りをつけたよく知る男がいるのを認めた。コールハースは、彼をとりまく護衛が不審に思うほど急な足取りでその男のすぐ前にまでやってくると、胸のところからロケットをはずした。彼は紙片を取り出すと、その封をとき、それにさっと目を通した。そして、甘い希望を抱き始めた青と白の羽根飾りをつけた男を、じっと目をそらすことなく見すえながら、紙片を口の中に入れるとそれを飲み込んだ。青と白の羽根飾りをつけた男は、それを目にすると痙攣しながら気を失った。しかしコールハースは、この男につきしたがう者たちが仰天しかがみこんで男を地面から起こしているあいだに、断頭台のほうへと向かい、そこで首切り役人の斧のもと、彼の首は落ちた。ここにコールハースの物語は終わる。

亡骸は、民衆がみな嘆き悲しむなか棺に収められた。そして郊外の教会の墓地にきちんと埋葬するために担ぎ人たちが遺体の棺を持ちあげているあいだ、選帝侯は亡き人の息子たちを呼び寄せ、この者たちは貴族の子弟の学校で教育すると大書記官に告げて、二人を騎士に叙した。ザクセン選帝侯はほどなくして、心も身体も破れ果ててドレスデンに帰ったが、この地のその後については歴史をたどって読んでいただかなくてはならない。しかし、コールハースについては、前の世紀にもなお、メクレンブルクにて楽しく力強い子孫が暮らしていた。

チリの地震

チリ王国*の首都サンティアゴで、何千人もの人間が破滅することとなったあの一六四七年の大地震の瞬間、ある犯罪で告訴されたヘロニモ・ルヘラという名の若いスペイン人が、投獄された牢獄の柱にもたれかかり、自ら首をくくろうとしていた。一年ほど前のこと、町一番の富裕な貴族であるドン・エンリケ・アステロンにより、彼は教師として雇われていたその家から追い出されてしまったのだが、それというのも、若者がこの貴族の一人娘であるドニャ・ホセファと懇《ねんご》ろな仲になっているとわかったためだった。老貴族は娘を厳しく戒めていたのだが、自惚《うぬぼれ》の強い息子が意地の悪い注進をしたために秘密の逢引きの約束が父親にわかってしまい、老貴族は激怒して娘を土地のカルメル会修道院に入れてしまった。

ある偶然が幸いして、ヘロニモはここであらたに連絡をとることができるようになり、ある夜、秘めやかに修道院の庭を幸福の満ちる場としたのだった。さて、聖体の祝日*のこと、修道女たちの厳かな行列のあとを修練女たちが続き、*みながちょうど歩き始めたとき、哀れなホセファは、鐘の音が響き渡るなか、陣痛のために大聖堂の階段でくずおれてしまった。

この出来事は途方もないセンセーションを巻き起こすことになった。彼女の状態にはなんらの顧慮も与えられることなく、この若い罪人はただちに牢獄に入れられ、何週間かの産後の養生が終わると、すぐさま大司教の命令によってきわめて厳しい裁き*が行われた。町中では、人々がおおいに憤激しながらこの醜聞を口にし、批判の言葉はこの醜聞の場となった修道院全体に対して厳しく向けられることになったため、アステロン家のとりなしの願いも、またいつもは非の打ちどころのない態度のためにこの年若い女性に好感を抱いていた修道院長自身の希望さえも、彼女のさらされている修道院の掟の厳しさをやわらげることはできなかった。できたことといえば、彼女が受けていた火刑の判決を、副王*の一言によって、斬首の刑にかえることくらいであったが、サンティアゴの女性たちは老いも若きもそのことにおおいに憤激していた。

処刑の行列が通ることになっている街路では、金をとって家の窓が貸し出され、また家々の屋根も取り払われて、町の敬虔な娘たちは女友達を招き、仲のよい人たちとともに、神の報復に委ねられることになるこの場所に居合わせようとしたのだった。

同じときに自らも牢獄に繋がれていたヘロニモは、この恐ろしい事のなりゆきを耳にしたとき気も失わんばかりであった。彼は脱出を目論んだがそれも無駄に終わった。大胆不敵な考えを抱いたその翼が彼をどこに導こうとも、それは閂《かんぬき》と壁にゆきあたり、また格子窓をやすりで切り取ることを企てたものの、それが露見してのち、さらに狭いところに閉じ込められるという結果を招くことになった。彼は、聖母の肖像画の前に身を投げ出し、いまとなっては彼にとって救いをもたらしてくれるとすれば唯一の人である聖母マリアに、はてしない熱情をこめて祈った。

しかし、恐れていたその日となり、それとともに彼の心の内でも、自分の状況がまったく望みのないものであることをはっきりと悟ることになった。ホセファを刑場へと導く鐘の音が鳴り響き、絶望が彼の心をおおいつくした。ヘロニモにとって生きていることは厭《いと》わしいものと思われ、偶然によって彼の手に渡ることになった縄で自らの命を絶とうと心を決めた。ヘロニモは、先にも述べたように、いましも付け柱のところに立ち、彼をこの世から引き離してくれることになる縄を、飾り縁《ぶち》のところに埋め込まれている鉄の鎹《かすがい》にしっかりと結《ゆわ》えつけた。そのとき突然、あたかも天空が崩壊するかのように、市街の大半ががたがたと音をたてて崩れ落ち、命あるものはすべて瓦礫の下に埋められてしまったのである。ヘロニモ・ルヘラは恐怖のためにかたまってしまった。そして、あたかも意識がことごとく打ち壊されてしまったかのように、さきほど彼が死のうとしていたあの柱で、倒れないようにと身を支えた。地面は足元でぐらぐらと揺れ、牢獄の壁はことごとく破壊されて、建物全体が通りのほうに向かって倒壊しそうに傾いていたのだが、この建物がゆっくりと倒れるのを迎えるかのように向かい側の建物が倒れてきて、偶然にもそこにアーチができたために、建物の完全な倒壊がなんとかおしとどめられたのだった。ヘロニモはがたがたと震え、髪の毛は逆立ち、両膝は彼の下でいまにも折れんばかりであったが、斜めに傾いた床を踏み越えてゆき、二つの建物がぶつかりあって牢獄の前面の壁が壊れて口を開けたところに、彼はすべり降りていった。

ヘロニモが外に出るやいなや、すでに揺れのために損壊していたこの通り全体が、二度目の地面の揺れで完全に倒壊した。このようにすべてが破滅のうちにあるところからどうやって助かろうかなどと、我を忘れているため何も考えないまま、あらゆる方向から死が彼に向かって攻撃を仕掛けてくる瓦礫や家の木組みを乗り越えて、一番近いところにある市門の一つに急いで向かった。そこに今度はまた別の建物が倒壊し、彼のまわりに破片をまきちらしながら、彼を横道へと追い立てた。するとそこではあちこちの切妻から、煙をもうもうとたてながら炎があたりを舐め尽くし、恐怖に慄《おのの》かせながら彼をまた別の横道へと追いやる。すると今度はマポチョ川が岸辺を乗り越えて彼のほうに押し寄せ、轟々と音をたてながら彼をまた別の横道へと無理やり引き連れてゆく。こちらには打撲で倒れた人たちの山、こちらには瓦礫の下で喘ぐ声、またこちらでは燃えさかる屋根から下に向けて叫ぶ人々、こちらには波と格闘する人間や動物たち、こちらには人を助けようと奮闘する勇気ある救助者もいる。またこちらには、死人のように青ざめて立ちすくみ、言葉もなく震える手を天に向けて差し出している者もいる。ヘロニモは門にたどりつき、その向こうにある丘に登ると、そこで気を失って倒れた。

彼が完全に意識を失って横になっていたのは一五分ほどのことであろうか、ようやく目を覚ますと、背中を市街のほうに向けたまま地面から半分ほど身を起こした。この状態で何をしてよいのかもわからないまま、額や胸に手を触れてみたが、海のほうから西風が、ふたたび戻ってきた彼の命に吹きよせ、そしてあちこちを見回して、サンティアゴの花盛りの一帯に目がとまったとき、彼はいいようもない歓喜の念にとらえられた。ただ、取り乱した人たちの群れがいたるところに見られ、それが彼の心をしめつけた。いったいどうして自分やこの人たちがここにいるのか理解できなかったのだが、ふりかえって自分のうしろにある市街が倒壊しているのを目にしたときはじめて、彼は自分が経験したあの恐ろしい瞬間のことを思い出した。彼は額が地面につくほど深々と身をかがめると、自分が奇跡のように救われたことを神に感謝した。そして、あたかも彼の心に刻みこまれた一つのおぞましい印象が、それ以前の印象をすべてそこから追い払ってしまったかのように、彼はこのすばらしい生を享受し、色とりどりの事象を愉しむことができる喜びに涙した。

そのあと、自分の手の指輪に気づいたとき、彼は突然ホセファのことも思い出し、そして彼女のことともに自分の牢獄やそこで耳にした鐘の響き、その鐘が落下する前の瞬間のことも思い出した。彼の胸にはふたたび沈鬱な思いがあふれた。彼は神に祈ったことを後悔し始め、雲の彼方で支配しておられる方がおぞましいものに思われた。彼は、財産を救い出そうと一生懸命になって、いたるところ雪崩《なだれ》を打って市門の外に出てくる人たちの中に入りこみ、おずおずとではあるがアステロンの娘のことを思い切って尋ね、また彼女の処刑はすんでしまったのかと聞いた。しかし、ことの次第の詳細を彼に教えてくれるような人は誰もいなかった。胸に二人の子どもを抱えながら、ほとんど地面に押さえつけられるほど首にとてつもない量の道具類をかついでいる女が、まるで自分で見てきたかのように、その女は首を切られたよと通りがかりに言った。ヘロニモは向きを変えた。時間を計算してみると、彼女の処刑が行われてしまったことは自分でも疑いようのないことであると思われたので、人気《ひとけ》のない森の中で腰をおろすと、心をおおう沈痛な思いに身をまかせた。彼は、すべてを破壊しつくす自然の猛威がふたたび彼に襲いかかってくれればよいのにと願っていた。あらゆる方向から死が自ら進んで彼に救いをもたらしてくれると思われたあの瞬間に、苦しみに満ちた心がこのように求めている死からなぜ自分は逃げてしまったのかわからなかった。この樫の木がいま何本も根こそぎ倒れ、その梢が自分になだれ落ちてこようとも、心揺らぐことはないと固く決心した。存分に涙を流し、熱い涙のさなかにもまた希望が萌《きざ》してきたように思われて、彼はそこで立ち上がると野原をあちこちさまよい歩いた。人々が集まっている山の頂にはすべて足を運び、避難する人たちの流れにまだ動きがある道にやってくると、人々に接した。また女性の衣装のようなものが少しでも風にひらめくと、ふるえる足が彼をそこへ運んだ。だが、いとしいアステロンの娘を包む衣装は一つとしてなかった。日は傾き、それとともに彼の希望もまた沈もうとしていたのだが、ヘロニモがある岸壁の縁にやってきたそのとき、人がわずかしかいない広々とした谷を見晴らす風景が彼の前に開けた。ヘロニモは、何をしようとしているのか心が決まらないまま、それらの人々のいくつかの集まりを通り抜け、また引き返そうと思ったそのとき、突然、峡谷に水をもたらす泉のところで、滔々《とうとう》と流れる水でひたむきに子どもの身体《からだ》を洗う、一人の若い女を目にした。女を目にしたとき、彼の胸ははげしく躍った。もしやという予感に満たされ、ヘロニモは飛ぶように岩を駆け降りると、ああ、聖母マリアさま！と叫び、女がその物音で恥ずかしそうにふりかえったそのとき、ホセファだとわかった。どれほど幸せな心持ちで、天の奇跡に救われたこの不幸な二人が抱き合ったことであろうか！

ホセファは、死への道のりの途上で、ほんとうに刑場のすぐ近くまで来ていたのだが、そのときいくつもの建物がめりめりと倒壊して、突然、この処刑の行列がすべて追い散らされることになった。驚愕に駆られたホセファの足が向かったのは、一番近くにある市門だった。しかし、そのうち冷静な思考が戻ってくると、彼女は向きを変え、小さく無力な自分の子どもが取り残されている修道院へと急いだ。見ると修道院全体がすでに炎に包まれており、彼女の最期の時となるはずであったあの瞬間にこの乳飲み子の面倒はみますと約束した修道院長が、入口の前に立って、この子を救おうといましも助けを求めて叫んでいるところだった。ホセファは、もうもうとたちのぼる蒸気をものともせず、四方から崩れ落ち始めている建物の中に突進し、天のあらゆる天使たちが彼女を取り囲んで守っているかのように、無傷のまま、すぐさま子どもを連れて表玄関から出てきた。ホセファが、両手を頭の上で打ち合わせている修道院長の腕の中にいましも身を投げかけようとしていたそのとき、修道院長は、他のほとんどすべての修道女たちとともに、崩れ落ちる建物の切妻によって無惨にも押し潰されてしまったのである。ホセファはこのあまりに恐ろしい光景に震えながらあとずさりした。彼女は修道院長の目を急いで閉じてやると、恐れ慄きながらも、天が彼女にふたたび授けてくださったこの大切な子どもを破滅の手から奪いとるべく、そこを逃れ去ったのだった。

ほんの数歩ほど進んだところで、こんどは大司教の遺体に出くわしたが、人々は無惨に潰れたその身体をちょうど大聖堂の瓦礫の中から引き出していたところだった。副王の宮殿は倒壊して消滅し、彼女に判決が言い渡された裁判所も炎に包まれていたが、さらに父親の家があった場所にも、湖のように水が押しよせ、赤い蒸気を煮立たせていた。ホセファは渾身の力でなんとかもちこたえようとしていた。悲嘆の心を胸のうちから追いやって、自らのものとした子どもを手に、通りから通りへと果敢に進んでいったのだが、市門の近くにたどり着いたとき、ヘロニモが嘆息をもらしていたあの牢獄もまた廃墟と化しているのをまのあたりにした。それを目にするとホセファはよろめいて、意識を失わんばかりに街角にくずおれようとした。ところがその瞬間、地震の振動によってすっかり緩んでいた建物が彼女のうしろで倒壊し、それにぎょっとした彼女はまたもやそこを追い立てられた。ホセファは子どもに口づけし、目から涙を拭うと、自分のまわりの身の毛のよだつ出来事をもはや気にとめることもなく、市門にたどり着いた。戸外に出ていると、どうやら崩壊した建物に住んでいた人たちすべてが、必ずしもその下敷きになって押し潰されてしまったわけではないということがやがてわかってきた。

次の分かれ道のところでホセファは立ち止まり、小さなフェリペについでこの世で最愛のあの人が自分の前に姿を現すのではないかと待ち焦がれた。しかし、やってくる人はおらず、また人々がさらにごった返すようになったので、ホセファは先に進み、ふりかえってはまた思い焦がれた。そして、彼女から姿を消してしまったと思い込んでいた彼の魂に祈りを捧げるために、涙をひたすら流しながら、松の木が生い茂って陰をつくっているうす暗い谷の中へとひっそり入っていった。ところがこの谷で、最愛の人にめぐりあい、ここはあたかもエデンの谷であるかのような至福に包まれることになったのである。

ホセファはいま、心を打ち震わせながらこれらすべてをヘロニモに語り、自分自身はすでに十分口づけをしつくしていたので、ヘロニモが口づけできるようにと子どもを手渡した。――ヘロニモは子どもを受けとり、父親としての喜びにいいようもなく包まれてその子を撫でたが、知らない人の顔を見て泣き出したために、やむことなく愛撫を重ねて、なんとか子どもは口をとじたのだった。そのあいだにも、詩人のみが夢見ることができるような、やさしい香りに包まれ、銀色に輝く静かな美しい夜の帷《とばり》がおりた。谷にある泉の流れに沿って、月光の薄明かりのなか、あちこちで人々が居場所に腰をおろし、苔や木の葉の柔らかい寝床を準備して、あの苦しみに満ちた一日の疲れのあと休息をとろうとしていた。ある者は家を、ある者は妻や子どもを、またある者はすべてを失ってしまうというように、哀れな人たちはいまもなお悲嘆にくれていたので、ヘロニモとホセファは、自分たちの心の密やかな喜びの声が誰の気持ちも曇らせることがないようにと、さらに鬱蒼とした茂みの中へとひっそり入っていった。二人は、よい香りをはなつ果実をいっぱいにつけた枝を大きく広げている、立派なザクロの木を見つけた。梢ではナイチンゲールが官能的な歌をさえずっている。ヘロニモはこの木の幹のところに腰を落ち着け、ホセファは彼の膝に、フェリペはホセファの膝にと、みなはヘロニモの外套にくるまれてすわり、休息をとった。彼らが眠りにつくころには、木の影がまばらな光をともないながら彼らの上を移りゆき、曙の光で月の色も霞んでいた。修道院の庭のことや牢獄のこと、おたがいを思って二人が苦しんできたことなど、話は尽きることがなかったからである。二人が幸せになるために、この世界にどれほどの悲惨な苦しみがもたらされなければならなかったかを思うと、心が強く揺さぶられた。

地面の揺れがおさまったらすぐに、ホセファの親しい友だちのいるコンセプシオン*に向けて出発し、友だちから少しばかりのお金を前借りすることを期待して、そこからスペイン行きの船に乗り込もう、スペインにはヘロニモの母方の親戚が住んでいて、そこで幸せな人生を終えようと二人は心に決めた。そして、口づけを何度もかわしながら、彼らは眠りについた。

目覚めたとき太陽はすでに高くのぼっており、あたりには、火を起こしてささやかな朝食の準備に勤しむいくつもの家族があることに気づいた。ヘロニモもちょうど、自分の家族のために食べ物をどのように手に入れようかと考えていたところ、よい身なりをした若い男性が、子どもを一人腕に抱いてホセファのところに歩み寄り、この幼子の母親はあの木の下のところで怪我をして横になっているのですが、この子に少しばかりのあいだあなたのお乳を与えていただくことはできないでしょうか、とつつましく尋ねた。ホセファは、この人を見て自分の知人だったので少しとまどったが、彼女のとまどいを誤って理解した男性はさらに続けて言った。ほんの少しのあいだでよいのです、ドニャ・ホセファ、この子は、私たちみなに不幸をもたらしたあの時間以来、何も口にしていないのです。そこで彼女は言った。「私が黙っていたのは――別の理由のためなのです、ドン・フェルナンド。この恐ろしいときにあって、自分のもっているものから分け与えることを拒む者などおりません。」そう言って、自分の子どもを父親に渡すと、その知らない小さな子どもを受けとり、乳を含ませた。ドン・フェルナンドはこの厚情にいたく感謝し、ちょうどいま火を起こしてささやかな朝食を準備しているところですが、私たちが集まっているところに一緒にいらっしゃいませんかと尋ねた。ホセファは、お申し出を喜んでお受けいたしますと答え、ヘロニモもなんら異存はなかったので、ドン・フェルナンドについて彼の家族のところに向かったところ、ホセファは、とても気品のある若い淑女であると自分も知っている、ドン・フェルナンドの妻の二人の姉妹から、ほんとうに愛情のこもった優しさで迎えられることになった。

ドン・フェルナンドの妻ドニャ・エルビーラは、両足にひどい怪我を負って地面に寝ていたが、やつれ果てた自分の子どもがホセファの胸に抱かれているのを見ると、親しみをこめてホセファを寝ている自分のところに引きよせた。肩を怪我していたドン・フェルナンドの義理の父ドン・ペドロも、心をこめてホセファにうなずきかけた。——

ヘロニモとホセファの胸に奇妙な考えがわきおこった。このように親しく好意をもって迎えられていると、あの過去のことはどう考えればよいのか、刑場のこと、牢獄のこと、鐘のことはどう考えればよいのか、わからなくなってしまったのである。あれはただ夢を見ていただけだったのだろうか。轟音に満ちたあの恐ろしい一撃のあと、あたかも人々はすべて罪を許されたかのようである。人々の記憶は、あの衝撃の地点にまでしか立ち戻ることができないのだ。ドニャ・イサベルは、友人のところで、昨日の朝のあの見せ物を見ましょうと招待されてはいたもののそれに応じていなかったのだが、その彼女だけが、ときおり夢見るようなまなざしをホセファにただよわせている。だが、おぞましい不幸についての報告があらたにもたらされると、それが現在から逃れ去ったばかりの人々の心を、またもや現在へと荒々しく引き戻した。

人々は、最初の大きな揺れのあとすぐに、町は大勢の男たちの目の前で出産する女であふれかえっていたとか、修道僧たちが十字架を手にして町の中を歩き回り、世の終わりが来た！と叫んでいたとか、副王の命令で教会を明け渡すようにと要求した衛兵に対して、チリの副王はもう存在しない！という答えが返ってきたとか、あの恐ろしい瞬間には、略奪をやめさせるために副王は絞首台を作らせなければならなかったとか、無実の男が、燃えさかる家のうしろからなんとか逃げ出したところ、家の持ち主に性急すぎるといって捕らえられ、すぐさま首をくくられてしまったとか、そういう話をしていた。

ドニャ・エルビーラの負傷のことでホセファは忙しくしていたが、ドニャ・エルビーラは、さまざまな話が入れ替わり立ち替わりゆきかうそのさなかに機会をとらえて、この恐ろしい日をあなたはどのように過ごしていたのですかとホセファに尋ねた。そこでホセファは、心がしめつけられるような気持ちではあったものの、主だった出来事を話したところ、ほんとうにうれしいことに、この淑女の眼に涙が浮かぶのを目にしたのだった。ドニャ・エルビーラはホセファの手をとるとしっかりと握り、話さなくてよいと目で合図をした。ホセファは天国の人たちのところにいるような心持ちだった。あの過ぎ去った一日を、それがいかに多くの悲惨をこの世にもたらすものであったとしても、天がこれまで彼女に与えたことがないような「恵み」であると呼ぶある感情を、ホセファはどうしても抑えることができなかった。実際のところ、人間のもつ地上のあらゆる財産が滅び去り、自然全体がいまにも瓦礫と化してしまおうとするこのおぞましい瞬間のさなかに、人間の精神そのものが、あたかも美しい花のように開花しようとしているように思われたのである。野原には、目の及ぶかぎり、あらゆる身分の人たちが入り混じって横たわっているのが見えた。貴族に乞食、品のよいご婦人に農婦、官吏に日雇い人夫、修道僧に修道女、彼らが互いに同情しあい、かわるがわる援助をしあい、自分の生活を保つために持ち出したものを喜んで分かち与えるそのさまは、みなにふりかかったあの不幸によって、そこから逃れたあらゆる人たちがあたかも一つの家族になったかのようであった。

いつもならばお茶の席で話の種とされてきたようなたわいない雑談などではなく、いまやとてつもない行動の例がいろいろと語られている。これまでは社会の中でほとんど注目されてこなかった人たちが、ローマ人のような英雄の偉大さを示したといったことである。恐れをものともせず、危険を顧みない行為に喜んで向かい、自己を否定して神々しい自己犠牲を示し、あたかも何の価値もない所有物であるかのように、あと何歩か進めば命などまた見つかるとでもいうかのように、ためらうことなく命を投げ捨ててしまうといった例が山のようにあった。たしかに、この日に何も感動的なことなど起こらなかったという人や、あるいは自分自身で何も壮大なことをしなかったという人など誰一人としていなかったのだから、苦しみはどの人の心の中でもあまりにも多くの甘い喜びの気持ちと混じり合うこととなり、その結果、ホセファが思うには、みなの幸福の総計については、一方では減少し、他方ではそれだけ増えているのではないか、などとは決していえないのだ。

二人がこのようなことを思いめぐらし疲れて黙りこくってしまったあと、ヘロニモはホセファの腕をとると、彼女を連れて、言い表すことができないほど晴れやかに、ザクロの森の葉陰の中をあちらこちら歩き回った。ヘロニモは、人々がこのような雰囲気であり、あらゆる状況が完全に変わったいまとなっては、船でヨーロッパに向かうという自分の決断を放棄することにしたいとホセファに言った。私のことでいつも好意を示してくれた副王がもしまだご存命であるならば、その足元にひれ伏してもよい。私の願いは(と言ってホセファに口づけした)あなたとチリにとどまることだ。ホセファは、自分にも同じような考えが浮かんだところだと答えた。父がもしまだ生きていれば、いまでは父の怒りを鎮められないことはもはやないであろうと自分も思っている。副王にひれ伏すよりも、むしろコンセプシオンに行き、そこから書状にて副王との和解のやりとりを行うのがよいのではないか。コンセプシオンであれば、いずれにしても港の近くであり、首尾よくいき、やりとりによって二人が望むような転換が生じることになれば、また簡単にサンティアゴに戻ることができる。ヘロニモは少しばかり考えたのち、この方策が賢明であると賛意を示し、将来の晴れやかな時間に思いをめぐらせながら、ホセファを連れてもう少しのあいだ小道を行き来し、それから彼女とともにみなが集まっているところに戻ってきた。

そのようにしているうちに午後となり、地面の揺れの衝撃も静まったために、あたりに群がっている避難の人たちもわずかばかり落ち着いてきたが、そのとき、地震の被害をまぬがれた唯一の教会であるドミニコ教会で、これ以上の災害がもたらされることのないよう神に嘆願するために、修道院の高位聖職者が自ら朗読する盛儀ミサが執り行われるとの知らせが広まった。

民衆はすでにいろいろなところから出発して、いくつもの人の流れとなって町へと急いでいた。ドン・フェルナンドの仲間たちの集まりでは、自分たちもこの荘厳な典礼に参加し、人々の行列に加わるべきかという問いが投げかけられていた。ドニャ・イサベルは、いくらか胸苦しい不安を覚え、きのう教会でどのような災いがあったかをみなに思い起こさせた。このような感謝の典礼はこれから幾度でもあり、そのときになれば危険はいまよりもさらに過去のものとなっているので、それだけ晴れやかに落ち着いて、自分の心を感情にまかせることができるでしょう。ホセファは、いくぶん熱に浮かされたようにすぐさま立ち上がると、このように創造主が想像を超えた崇高な力をお示しになったいまこのときほど、創造主の御前《みまえ》にひれ伏したいという抑え難い気持ちを心から感じたことはありませんと述べた。ドニャ・エルビーラは勢い込んで、そのとおりですとホセファの考えを支持した。彼女はミサを聞くべきだと主張し、みなさんを連れて行くようにドン・フェルナンドに呼びかけると、ドニャ・イサベルも含め、一同はその場から立ち上がった。しかし、胸の動悸が高まるドニャ・イサベルが出発のための細々した準備をためらいがちに行っているのをみなが目にし、どうかしたのかと問うと、ドニャ・イサベルは、よくわからないのだが、悪い予感がするのだと答えるので、ドニャ・エルビーラは彼女を落ち着かせ、ここで私と病気の父のところに残っていてはどうかと声をかけた。ホセファは、それならドニャ・イサベル、ご覧のように私のところにまた戻ってきたこの子を引き受けていただけるでしょうねと言った。ドニャ・イサベルは、もちろんですと答えると、その子を手にとろうとしたが、子どもは自分の身に不当なことがなされようとしていると悲しい声で泣き出し、どうしても手渡されることを承知しなかったので、ホセファはにっこりと微笑みながら、それでは私と一緒にいましょうねと言って子どもに口づけし落ち着かせたのだった。ドン・フェルナンドは、ホセファのふるまいのすべてが気品と優雅さに満ちていることをとても好ましく思い、彼女に腕を差し伸べた。小さなフェリペを抱いたヘロニモは、ドニャ・コンスタンサの手をとり、この集まりにいたその他の人たちがそれに続いた。そして、この順番で一行は町に向けて出発した。

まだほんの五十歩も進まないうちに、そのあいだドニャ・エルビーラと密かにではあるが激しく言葉を交わしていたドニャ・イサベルが、「ドン・フェルナンド！」と呼ぶ声が聞こえ、一行に向かって不安にかられた足取りで急いで追いかけてくるのが見えた。ドン・フェルナンドは立ち止まって振り向いたが、腕にとったホセファをはなすことなく、ドニャ・イサベルを待っていた。ドニャ・イサベルは、ドン・フェルナンドが自分のほうにやってくるのを待ち受けているかのように少し離れたところで立ち止まったので、ドン・フェルナンドは、どのような用件かと尋ねた。そこでドニャ・イサベルは彼に近づいてきたのだが、どうもそのようにしたくない様子であり、ホセファに聞こえないように、彼の耳にいくつかの言葉を小声で伝えた。「つまり、起こるかもしれない災いというのは、そういうことか？」とドン・フェルナンドは問うた。ドニャ・イサベルは、取り乱した顔つきで彼の耳にささやき続けた。ドン・フェルナンドの顔は不機嫌のために紅潮した。彼は、それでもよい！　ドニャ・エルビーラには落ち着いてもらうことにしようと答えると、ホセファの手をとってさらに進んでいった。――

一行がドミニコ会の教会に到着したとき、パイプオルガンの壮麗な音楽がすでに響き渡り、数えきれないほどの人の群れがそこでひしめきあっていた。群衆は教会前の広場の正面入口の前のところまでひろがり、教会の両方の壁の高いところでは、子どもたちが絵画の額縁にぶらさがって、期待に満ちた目をしながら、帽子を手に持っていた。あらゆるシャンデリアからはまばゆい光が降り注ぎ、夕暮れの始まるこのとき、立ち並ぶ柱は神秘的な影を投げかけ、教会の最も奥まった背景となっているステンドグラス細工の大きなバラの花は、それを照らす夕日そのものと同じように赤く燃えている。そして、パイプオルガンの音がやんだいまこのとき、あたかも誰の胸にも一切の音が鳴っていないかのように、全会衆のうちに静寂が支配していた。今日、サンティアゴにあるこのドミニコ会大聖堂ほど、キリスト教の大聖堂から、熱い感情の炎が天に向かって燃え盛ったことはない。また、ヘロニモとホセファの胸のうちほど、燃え立つような熱い思いをそこに加えたものはなかった。

荘厳な儀式は、祭服を身につけた最長老の司教座聖堂参事会員である司祭の一人が説教壇から行う説教で始まった。彼はすぐさま、典礼用白衣《スルプリ》がゆったりとまわりを包む両手をわなわなと天に向けて高く差し出しながら、瓦礫となって崩壊しつつある世界のこの場所にあって、われわれ人間がまだ天の神に向かって口ごもりながらも語りかけることができることを、ほめたたえ賛美し感謝する言葉から始めた。そして全能の神の合図一つで生じたこの出来事を、彼は描写した。最後の審判でさえもこれほど恐ろしいものではありえない。大聖堂が被った亀裂の一つを指し示しながら、昨日の地震は最後の審判の単なる前触れに過ぎないのだと彼が言うと、全会衆がその言葉に慄いた。それに続き、聖職者の雄弁な言葉の流れにのって、町の道徳的退廃の話となった。ソドムとゴモラでさえ目にしたことのないようなおぞましい行いに対する罰を、全能の神はこの町に与えたのだ。それでも、町がまだすっかりこの大地から壊滅させられていないのは、ただただ神の尽きることのない寛大な忍耐力のおかげなのであると司祭は言った。

しかし、司教座聖堂参事会の司祭がこの機会をとらえて、カルメル修道会の僧院の庭で行われた悪行についてくどくどと話し始めたとき、説教の言葉ですでに切り裂かれていたこの二人の不幸な者たちの心は、あたかも短刀で刺し貫かれたかのようだった。司祭は、世の中には寛大さを求める声も見受けられるが、それは神をも恐れぬ非道であるといい、忌まわしく思うあまり横道にそれてしまった話の中で、名前を出しつつ、これら非道の行いの者たちの魂を地獄のあらゆる首領たちに委ねると口にした。ドニャ・コンスタンサはヘロニモの腕にすがってビクッと身体を震わせると、ドン・フェルナンド！と叫んだ。しかし、ドン・フェルナンドはこの二つのことがうまく結びつくように、しっかりとしかし密やかに答えた。「これ以上はしゃべらないで、ドニャ・コンスタンサ。目玉も動かさないで、気を失ったふりをしてください。そのあと私たちは教会を出ます。」ところが、窮地を脱するために考え出されたこの巧妙な方策をドニャ・コンスタンサが実行に移すまえに、司教座聖堂参事会司祭の声を大きな声でさえぎるように、一つの声が鳴り響いた。サンティアゴの市民のみなさん、ここから離れて！ここにあの非道の者たちがいる！　二つめの声が恐怖に慄いて、どこに？と問うなか、驚愕の輪が彼らのまわりを広く取り囲むようにできあがり、そこに第三の声が、ここだ！と答えるとともに、信仰心から非道なふるまいに及び、ホセファの髪をつかんでぐいと下に引っ張ったので、もしドン・フェルナンドが支えていなければ、よろめいて彼の息子もろとも倒れてしまうところだった。「おまえたち、気は確かか？」と若者は叫び、ホセファの身体に腕をまわした。「私はドン・フェルナンド・オルメス、おまえたちみなが知っている当市の軍司令官の息子だ。」ドン・フェルナンド・オルメスだと？　ホセファのために仕事をしたことがあり、少なくとも彼女の小さな足と同じくらいには彼女のことをよく知っている靴直し職人が、大声でドン・フェルナンドにつめよった。この子どもの父親はいったい誰だ？　靴直し職人はふてぶてしく挑発的な顔つきで、アステロンの娘のほうに向き直った。この問いを耳にすると、ドン・フェルナンドは蒼白になった。彼はヘロニモをおずおずと見つめたかと思うと、次には自分を知った人がいないかと集まった人々を見渡した。ホセファは、この恐ろしい状況に迫られて大声で叫んだ。これは私の子どもではありません、ペドリーリョ親方、あなたはそう思っておられますが。彼女はとてつもない不安にかられながらドン・フェルナンドにまなざしを向けると叫んだ。このお若い方は、ドン・フェルナンド・オルメス、みなさん誰もが知っている当市の軍司令官のご子息です！　靴屋は尋ねた。おいみんな、この若い男を知っている者はいないか。まわりにいる何人かは口々に言った。誰かヘロニモ・ルヘラを知っている者はいないか？　知っている者は出てこい！　ちょうどそのとき、小さなファンが騒動におびえ、ホセファの胸を離れてドン・フェルナンドの腕に抱かれようともがいて逃げ出した。それを見ると、あいつが父親だ！と一つの声が響き渡り、さらに、あいつがヘロニモ・ルヘラだ！　と別の声。あいつらこそが神を冒瀆する人間だ！　と三つめの声。さらに、石打ちの刑だ、石打ちの刑だ！　とイエスの神殿に集まったキリスト教徒たちすべて*が叫んだのだった。それを見て今度はヘロニモが叫んだ。待て！　このひとでなしどもめ！　ヘロニモ・ルヘラを探しているというのなら、ここにいる！　その人を放せ、その人にはなんの罪もない！――

荒れ狂う群衆は、ヘロニモの言葉にうろたえてはっとなり、ドン・フェルナンドからいくつもの手が離れていった。ちょうどこの瞬間、かなりの位にある一人の海軍将校が急いで駆けつけ、この騒動をかき分けてくると、ドン・フェルナンド・オルメス、なんという目に遭われたのですか、と尋ねたので、いまはすっかり解放されたドン・フェルナンドは、真に英雄の果敢さを備えた落ち着きをもって、「そのとおり、ドン・アロンソ、この人殺しの下僕たちを見てください！　もしこの立派な方が、いきりたつ群衆を落ちつかせるために、自分がヘロニモ・ルヘラだと偽って言ってくださらなければ、私の身は危ないところでした。あなたにご厚意をお願いしたいのですが、この方と、そしてこの若いご婦人もいっしょに、お二人の安全のために勾引していただけないでしょうか。そして、この下劣な男も！」とペドリーリョ親方をつかみながら言った。「こいつがこの暴動を煽動したのです！」靴屋は大きな声で叫んだ。ドン・アロンソ・オノレーハ、あなたの良心にかけてお尋ねしますが、この若い女性はホセファ・アステロンではないでしょうか？　ホセファのことをよく知っているドン・アロンソは答えるのをためらったが、それによってさらに怒りに火がつき、多くの声があがった。この女だ、この女だ！　こいつを殺してしまえ！　そこでホセファは、ヘロニモがそれまで抱いていた小さなフェリペを、小さなファンとともにドン・フェルナンドの腕に渡して言った。逃げてください、ドン・フェルナンド。あなたの二人の子どもたちをどうぞ救ってください。そして、私たちのことは私たちの運命の手に委ねてください！

ドン・フェルナンドは二人の子どもたちを受けとると、自分の仲間に危害が及ぶのを許すくらいであれば、むしろ命を失ったほうがましだと言った。彼は海軍将校の剣を請うて受けとると、ホセファに腕を差し出し、自分に続くよううしろにいる二人に声をかけた。このように準備万端となると、人々も十分な敬意をこめて彼らに道をあけたので、彼らは実際、教会から出ていくことができ、なんとか助かったと思ったのである。ところが、同じように人がひしめきあう教会前の広場に彼らが足を踏み入れるやいなや、彼らのあとをついてやってきたいきりたつ群衆の中から叫び声が上がった。おいみんな、こいつがヘロニモ・ルヘラだ。おれがこいつの父親なんだから！と言って、ドニャ・コンスタンサのすぐ横にいるヘロニモを棍棒ですさまじく殴りつけ、打ち倒してしまった。なんてこと！とドニャ・コンスタンサは叫ぶと義兄のところに逃げ込もうとした。しかし、この修道院の売女め！という声が響くと、別のほうから次の棍棒の一撃が彼女を襲い、彼女は命を失ってヘロニモのとなりに倒れこんだ。なんと恐ろしいことを！と知らない男が叫ぶ。これはドニャ・コンスタンサ・シャレスではないか！どうしてあいつらはおれたちを騙したんだ！ と靴屋は答えた。ほんものを探し出して、そいつをぶち殺してしまえ！ ドン・フェルナンドは、コンスタンサの遺体を目にすると怒りに燃えた。彼は剣を抜くとそれを振りあげ、切りつけた。もしひらりと向きを変えて、この怒りの一撃から身をかわしていなければ、このおぞましい残虐行為を引き起こした狂信的な人殺しの下僕を真二つに切り裂いていたであろう。しかし、彼に押しよせてくる群衆を抑えこむことはできず、それを見てとったホセファは、ドン・フェルナンド、子どもたちとともにどうぞご無事で！ と叫ぶと——さあ、私を殺しなさい、この血に飢えた猛獣たち！ と言い、この戦いを終わらせようと自ら群衆の中へと躍りこんだ。ペドリーリョ親方は棍棒で彼女を殴り倒した。さらに、彼女の血を全身に浴びながら、あの隠し子もこいつのあとを追わせて地獄に送ってやれ！ と叫びながら、殺しの欲望がまだ満たされないまま、あらたに突進してきた。

神々しい英雄ドン・フェルナンドは、いまや背中を教会に寄りかからせながら、左手に子どもたちを、右手に剣を持って立っていた。一撃ごとに稲妻のように一人を打ち倒した。獅子の抗いもこれには及ばない。血に飢えた犬どもの死体が七つ彼の前に横たわり、この悪魔の徒党の首領自身も傷を負っていた。しかし、ペドリーリョ親方は動きを止めるどころか、子どもたちの一人の両足をつかんでドン・フェルナンドの胸から引き離すと、子どもを高くぐるぐるぐると振りまわし、教会の柱の角で打ち砕いた。その出来事に、あたりは静まりかえった。そして、人々はみなそこから離れていった。ドン・フェルナンドは、頭から脳髄が流れ出した姿で彼の小さなフアンが自分の前に横たわっているのを目にし、いいようのない苦痛に貫かれて、天を仰ぎ見た。

海軍将校がふたたび姿を現し、彼を慰めようとした。そして、この不幸に際して自分が何もできなかったことは、さまざまな事情のためにやむをえないことではあったが、悔やまれると申し述べた。だがドン・フェルナンドは、あなたには何の非もないと述べ、ただお願いがあるのだが、これから遺体を運ぶのを手伝ってもらえないだろうかと言った。夜の帷がおりて闇に包まれるなか、遺体はすべてドン・アロンソの住まいへと運ばれた。ドン・フェルナンドは、小さなフェリペの顔を見てとめどなく涙を流しながら、遺体のあとからついていった。彼はドン・アロンソのところで一夜を明かすことにもなった。そしてこのあと長いあいだ、偽りの装いを演じることによって、妻にこの不幸な出来事の全容についてなかなか知らせることができないでいた。一つには、妻が病気であったからであるが、さらには、この出来事に際しての自分のふるまいを妻がどのように評価するかわからなかったためでもある。しかし、そのあと少したって、たまたまある人の訪問により、そこで起こったことすべてについて知らされると、このすぐれた婦人はひとり静かに母親の心の苦痛のうちに泣きつくし、ある朝、まだきらめく涙を残しながらも、ドン・フェルナンドの首を抱きしめ、口づけしたのだった。ドン・フェルナンドとドニャ・エルビーラはこのあと、この小さな見知らぬ子どもを養子として迎えた。ドン・フェルナンドは、フェリペをファンと比べて考え、この二人を手に入れたときのことを思うと、思わずうれしくなってしまいそうになるほどであった。

サント・ドミンゴでの婚約

サント・ドミンゴ島のフランス領にあるポルトー＝プランス*でのこと、今世紀のはじめ黒人たちが白人を殺害していたとき*、ギヨーム・ド・ヴィルヌーヴ殿のプランテーション*にコンゴ・ホアンゴという名の恐ろしい老黒人*が住んでいた。アフリカの黄金海岸出身であるこの男は、若い頃には誠実でまじめな気質の人間であると思われており、かつて主人がキューバに渡航したときにその命を救ったことがあるということで、主人は数え切れないほどの恩恵を次々と施していた。ギヨーム殿はこの男にただちに自由を授け、またサント・ドミンゴに帰ってくると、屋敷と農園を割り当ててやったばかりか、そのあと何年かして、土地の慣習に反することではありながらも、彼をギヨーム殿のかなりの規模の所有地の監督者にさえしたのだった。さらには、このホアンゴにふたたび結婚しようという気がなかったために、妻の代わりとして、プランテーションにいたバベカンという名の、ホアンゴの亡くなった最初の妻を通じて縁戚関係にあった年配のムラート*をあてがってやった。それどころか、この黒人が六〇歳になったときには、相当な金額の恩給をつけて退職させてやり、さらに恩恵の極めつけであったのは、遺言のなかで彼に遺贈を授けたことであった。しかしそれでもなお、これほどまでの感謝のしるしをもってしても、深い怒りをたたえたこの男の憤激からヴィルヌーヴ殿を守ることはできなかった。コンゴ・ホアンゴは、国民公会の無思慮な措置*を受けて、これらのプランテーションで復讐の思いにみなが我を忘れたとき、小銃を手にとると、自分を祖国から引き離した暴虐を決して忘れることなく心にとどめて、主人の頭を弾丸でぶちぬいた最初の者たちの一人だった。彼は、主人の奥方と三人の子どもたちやその他の居留地の白人たちが逃れていた屋敷に火をつけ、ポルトー＝プランスに住んでいた相続人たちが権利を要求できたはずのプランテーション全体を廃墟と化し、また、所有地に属する営業設備をすべて破壊しつくしてしまうと、彼が集めて武装させた黒人たちとともに、近隣をわたり歩いて、仲間が白人と戦う支援を行った。ホアンゴは、武装した集団となって国をあちこち回る旅行者たちを待ち伏せすることもあれば、また、居留地に堡塁を築いていた入植者たちにも白昼襲いかかることがあり、そこで見つけ出した者はすべて殺してしまった。そればかりか、非人間的な復讐欲にとりつかれ、ホアンゴ自身はこの戦いですっかり若返ることになったのではあるが、歳をとったバベカンや、その娘でトニという名の一五歳の年若いメスティーソ*にまで、この憤りに満ちた戦いに加わるようにと要求したのだった。ホアンゴがいま住んでいるプランテーションの本館は一軒だけ離れて街道沿いにあり、彼が留守にしているあいだに、食べ物や一夜の宿を求めて白人やクリオーリョ*の逃亡者がよく現れていたので、彼が「白人の犬ども」と呼んでいる者たちにはさまざまな手助けや親切をほどこして、自分が帰ってくるまで引きとめておくようにと女たちによく言い聞かせていた。バベカンは、若い頃に受けた残酷な刑罰のために消耗性の病を患っていたほどであり、そのような場合には、トニの顔の色が黄色《おうしょく》といってよいほどであったので、こういった恐ろしい計略にはとりわけ役にたつこの年若い娘に一番上等の服を着せてうまく利用することにしていた。バベカンは、よそ者に愛撫されてもそれを拒むのではないよとトニに声をかけていたが、ただし一線を越えることは禁じる、それは死刑をもって報われることになると言い渡していた。コンゴ・ホアンゴが黒人の一団を連れてこの地域で行っていた偵察行動から戻ってくると、すぐさま死を与えられることが、この巧みな技にかかってしまった哀れな者たちの運命であった。

さて、誰もがご存じのように、一八〇三年、デサリーヌ将軍*が三万人の黒人たちを引き連れてポルトー＝プランスに向けて進軍してきたとき、白い色を身に帯びているすべての者が、防衛のためにこの地に身を投じた。ポルトー＝プランスは、この島におけるフランス支配の最後の拠点*であり、もしここが陥落することになれば、その地にいるあらゆる白人がことごとく孤立無援のまま破滅にいたる。たまたま、老ホアンゴが身のまわりの黒人たちをしたがえ、フランス軍の歩哨たちの只中をくぐり抜けて、デサリーヌ将軍に火薬と弾丸の輸送を行うために出かけていたまさにその留守中のこと、嵐のように雨が降りしきる夜の闇のなか、屋敷の裏の扉を叩く者があった。年老いたバベカンはすでにベッドの中にいたのだが、起き出すと、腰のまわりにスカートだけをまとうと窓を開け、誰かと尋ねた。「マリアさまとすべての聖人の名にかけて」と、窓の下に立ちながら見知らぬ男がささやくような声で言った。「顔の覆いを取る前に質問にお答えください。」そう言うと、彼は夜の闇の中で手を伸ばし、この年老いた女の手をつかんで尋ねた。「あなたは黒人なのでしょうか。」バベカンは言った。さてさて、黒人よりもなお黒いこの闇夜の中で好きこのんで顔を見ようというのでしょうから、あなたはきっと白人なのでしょうね。そして、お入りなさいと言い添えた。何も恐れることはありません。ここに住んでいるのはムラートの女が一人、そして私の他にこの家にいるのはただ一人、私の娘だけで、メスティーソです。そう言うとバベカンは、あたかも下に降りていって、彼のために扉を開けるつもりであるかのように窓を閉じた。しかし、鍵がすぐに見つからないと口実をもうけて、戸棚から急いでかき集めたいくつかの衣服を携え、上の部屋にこっそりあがってゆくと、娘を起こした。「トニ!」と彼女は呼んだ。「トニ!」——どうしたのお母さん?——「急いで!」とバベカン。「起きて着替えなさい!

ほら、服と白の下着に靴下！　追われている白人が扉のところにいて、入れてもらいたがっているんだよ！」――トニはベッドの中でなかば身を起こしながら、白人なの？　と尋ねた。老女が手にしている衣服を受けとるとトニは言った。お母さん、その人は一人きりなの？　その人をうちに入れても、何も怖いことはない？――「何も怖いことはないよ」と灯りをつけながら老女は答えて言った。「そいつは武器を持ってなくて一人きり。私たちが自分に襲いかかるのではないかと思って、恐怖で脚ががたがた震えているよ。」そう言うと、トニが起き上がってスカートと靴下を身につけているあいだに、バベカンは部屋の隅に立ててあった大きなランタンに火を灯し、急いで少女の髪を土地の風習どおりに頭の上に結い上げ、上衣*の紐を結んでやったあと、トニに帽子をかぶせて手にランタンを持たせてやり、中庭に降りていってあの見知らぬ男を連れて入るようにと命じた。

そうしているうちにも、何匹かいる庭の番犬が吠え立てたために、ホアンゴが結婚によらず黒人女に産ませたナンキーという名の男の子が、弟のセピーとともに別棟で寝ていたところを起き出してきた。そして、月明かりのなか、男がただ一人、屋敷の裏の階段のところに立っているのを目にしたので、こういった場合にと指示を受けていたとおり、この男が入ってきた庭の扉の鍵を閉めるために、すぐさまそちらに急いで向かっていった。見知らぬ男は、このような手配が何を意味するのかわからなかったのだが、子どもが近くにやってきたときに黒人の子どもだとわかり、ぎょっとして、この居留地に住んでいるのは誰だ？　とこの子に尋ねた。「ヴィルヌーヴ殿が亡くなったあと、この所有地は黒人ホアンゴのものとなっています」と子どもが答えるやいなや、男はすぐさまこの子を投げ倒し、その子が手に持っていた庭の門の鍵を奪い取ると外に逃げ出そうとしたのだが、ちょうどそのとき、ランタンを手にしたトニが屋敷の前に出てきた。「急いでください！」と彼の手をつかんで扉のほうに引きよせながらトニは言った。「こちらに入ってください！」こう言いながら、トニは光が彼女の顔を十分に照らすようにうまく灯りをかざす配慮をしていた。――おまえは誰だ？　見知らぬ男は、度重なる出来事のために動転して、彼女の若く愛らしい姿をじっと眺めながら、逆らうように叫んだ。この屋敷で助けていただけるとのことだが、ここにはいったい誰が住んでいるのだ？――「お日さまの光にかけて、私の母と私以外には誰もおりません」と少女は言って、懸命に男を連れていこうとした。なんだと、誰もいないと？　一歩あとずさりして、見知らぬ男は手を振り払いながら大声で言った。ホアンゴという名の黒人がここに住んでいると、たったいまこの男の子が言ったばかりではないか。――「ちがいます、と申し上げているのです！」少女は、憤懣を表すように足踏みをして言った。「それに、たとえこの屋敷がそのような名前の荒くれ者のものであるにせよ、いまこのときその者は不在にしており、ここから十マイルも離れたところにおります。」そう言うと、少女はその見知らぬ男を両手で屋敷の中へと引っぱってゆき、男の子には、誰が来たかを人に言ってはならないと言い聞かせ、扉のところにたどり着くと、見知らぬ男の手をつかんで、母親の部屋がある階段の上に連れていった。

「さて」と、こういった窓の下のやりとりをすべて聞きとっており、月明かりに照らされて男が将校であると見てとっていた老女は言った。「あなたがそのようにすぐにでも使えるようにと携えておられる剣はどういう意味のものでしょうか。」彼女は眼鏡をかけながらさらに続けた。「私たちは、自らの命の危険をともないながらも、あなたを私たちの家にかくまうのを認めてさしあげたのです。あなたは、同国の方々のしきたりにならって、この好意に裏切りで報いるためにここに入ってこられたのでしょうか。」――とんでもない！　と、見知らぬ男はババカンのすわっている椅子のすぐ前にまで歩み寄って答えた。彼は年老いた女の手をとると、それを自分の胸に押しつけ、部屋の中をおずおずとあちらこちら見やると、腰に下げている剣をはずしながら言った。あなたの目の前にいるのは、人間のうちでもっとも惨めな者ではありますが、恩知らずの悪人ではございません。――「あなたはどなたですか？」と老女は尋ねた。そう言いながら彼女は腰かけを彼のほうに足で押しやると、少女には、台所に行き、できるだけ急いでこの方に夕食の用意をしなさいといいつけた。見知らぬ男は答えて言った。私はフランス軍の将校です。とはいっても、おそらくご自身で見てとっていただけるように、フランス人ではありません。私の祖国はスイスであり、名前はグスタフ・フォン・デア・リートといいます。ああ、祖国を離れて、このような災いに満ちた島と祖国とを取り替えることなどしなければよかったのですが！　私はフォール＝ドーファン*からやってきたのですが、ご承知のようにそこでは白人はみな殺されてしまいました。私の目指していることは、デサリーヌ将軍が彼の率いる部隊によってポルトー＝プランスを包囲することに成功する前に、そこに行きつくことです。――「フォール＝ドーファンから！」と老女は叫んだ。「あなたの肌の色では、この反乱の只中にあるムーア人*の土地を通りぬけ、この恐ろしい道のりをここまでやってくるというのは、ほんとうに運のよいことでしたね。」神さまとすべての聖人が私を護《まも》ってくださったのです！　と見知らぬ男は答えて言った。――それにおばあさん、私は一人ではないのです。私が残してきた随行者には、立派なご高齢の紳士である私の叔父、そしてその奥様と五人の子どもたちがいます。さらに家族の召使や女中が何人かいることはいうまでもありません。総勢一二人の一隊ですが、それを二頭のみすぼらしい騾馬《らば》の力を借り、いうにいわれぬ苦労を重ねながら夜の道をたどり率いてこなければならないのです、というのも、昼日中に街道に姿を現すわけにはいきませんから。「それはまたなんてこと！」と、心から同情するように頭を振ってタバコを一つまみしながら、老女は叫んだ。「それでいまこのとき、あなたが一緒に旅をされている方々はどちらにいらっしゃるのでしょうか。」――あなたは、と少しばかり思いをめぐらせたのちに見知らぬ男は答えた。あなたは信頼することができます。あなたのお顔の色からは、私と同じ肌の色がかすかにさしているように思えます。家族は、ご存じのところかと思いますが、ここから一マイル離れたところ、カモメ池のすぐそばで、隣接する山の森林の荒地の中にいます。飢えと乾きのためにやむをえず、一昨日、ここを避難所とすることにしました。昨夜、土地の居住者のところで少しばかり食べ物を手に入れようと、召使たちを遣わしたのですが、それもかないませんでした。捕らえられて殺されるのではないかという恐怖のために、そのための決定的な一歩を踏み出せなかったのですが、それで私自身が今日このように命の危険を冒してでも出てゆき、運を試すことになったというわけです。もしすべてが私の思い違いということでなければ、と老女の手を握りしめながら男は続けた、天は私を、この島のあらゆる住人がとりつかれている冷酷で途方もない怨恨をともにすることのない、思いやりのある方たちのところに導いてくださったのでしょう。お礼はたっぷりいたします、どうかいくつかの籠に食料と飲み物を詰めていただけないでしょうか。ポルトー＝プランスまであと五日ほどの旅ですので、もし町にたどりつくための食料を調達していただけるようでしたら、私たちはいつまでもあなた方を命の恩人と思うことでしょう。——「ほんとうにこの気狂いじみた怨恨ときたら」と老女は偽って言った。「まるで、一つの身体《からだ》についている二つの手や、一つの口にある歯が、一方が他方と作りがちがうからといって、おたがいに腹を立てあっているようなものではないですか。私など、父親はキューバ島のサンティアゴ*の出身ですが、昼になると私の顔では陽の光が暗く陰ってしまうというのに、それをどうしたらよいというのでしょう。あるいは、娘はヨーロッパで孕んでそこで生まれたのですが、かの大陸の陽の光*がいっぱいに彼女の顔から反射しているとしても、それをどうしたらよいのでしょう。」——なんですって、と見知らぬ男は叫んだ。あなたはお顔立ち全体からするとムラートで、したがってアフリカのご出身、そのあなたが、私を家に導き入れてくれた若く可愛らしいメスティーソの少女ともども、われわれヨーロッパ人と同じ劫罰を受けているということなのでしょうか？——「天にかけて！」老女は眼鏡を鼻からはずすと答えて言った。「労苦と悲惨な思いを重ねてきたこの年月に自分の手で働いて稼いできた少しばかりの財産が、あの地獄からやってきた憤激せる泥棒一味の気を引かないとでもお思いでしょうか？　もし私たちが策略や、やむをえず自らを守る必要から弱者の手に与えられたあらゆる術策をいろいろと用いて、やつらの迫害から身を守ることができないとしたら！　私たちの顔に近しい関係のしるしがあるとしても、これはまちがいないことですが、私たちの身を守ってくれることにはならないのです。」——ありえないことだ！と見知らぬ男は叫んだ。それで、この島の誰があなた方を迫害しているのですか。「この屋敷の所有者、黒人コンゴ・ホアンゴですよ」と老女は答えて言った。「このプランテーションの以前の所有者であったギヨーム殿は、擾乱《じょうらん》が起こったときにあの男の憤激の手にかかり命を失ってしまったのですが、この方がお亡くなりになってからというもの、身内として家の切り盛りをしているこの私たちが、あの男のほんとうに身勝手で乱暴なふるまいにさらされてきたのです。白人の逃亡者がときおり何人かこの街道を通りかかってやってきますが、そのような人たちに人間的な気持ちからパンを一かけ、飲み物を少しでもさしあげますと、あの男はそれに対して、私たちに悪態をついたり虐待したりして報いるのです。あの男は私たちのことを「白人の犬ども」や「クリオーリョのはんぱ犬」と呼んでいるのですが、その私どもに対して黒人による復讐をたきつけられるというのが、あの男の願っているただ一つのことで、それは一つには、白人に対する非道なふるまいを咎《とが》める私たちを厄介払いするためであり、また一つには、私たちが残すことになるわずかばかりの所持金をせしめるためなのです。」――なんと不幸な方たちなのでしょう、と見知らぬ男は言った。ほんとうに痛ましい目にあっておられる方たちだ！――それで、いまこのとき、その荒くれ者はどこにいるのでしょうか。「デサリーヌ将軍の軍隊のところです」と老女は答えた。「このプランテーションに属しているその他の黒人たちとともに、将軍が必要としている火薬と弾丸の輸送を行っているのです。新しい計画でまた出かけるというのでなければ、十日か十二日でここに戻ってくるでしょう。そして、この島から白人どもを根絶やしにする仕事に彼が全精力を傾けて加わっているときに、私たちがポルトー＝プランスに向かって旅をする白人たちに手助けと宿を提供したということを、神さまどうぞお護りください、よもやあの男が耳にするようなことがあろうものなら、これはまちがいないことですが、私たちはみな、死に魅入られた者となりましょう。」人としての思いやりや同情の気持ちを愛する天の神さまが、と見知らぬ男が答えて言った、不幸な男になされた行いにより、あなた方を護ってくださるでしょう。――これまでもあなた方は、と彼は老女に近づきながら続けた、この黒人の不興をかったことがあるでしょうし、服従することにまたお戻りになるとしても、そうしたところでこの先どうにもならないでしょうから、どれほどの報酬を望まれてもけっこうですので、どうか心を決めて、私の叔父と、旅であまりにも疲れ切っているその家族を、一日か二日ほど、こちらのお屋敷に泊めていただき、少しばかり休ませていただけないでしょうか。──「お若い方！」と老女は仰天して言った。「なんということをお望みになっておられることか！　このように街道沿いにある家に、あなた方ほどの大人数の一隊をお泊めして、土地の住民にそれが露見しないなどということがありえますでしょうか。」──できますとも、と見知らぬ男は迫るように答えた。私はすぐさま自分でカモメ池のところに出かけてゆき、まだ夜が明ける前に、一行をこの居住地に引き入れます。そして、この一行と召使たちをみな、お屋敷の同じ一つの部屋の中に泊めていただき、最悪の場合、さらに用心が必要とのことでしたら、部屋の扉や窓を施錠するということでいかがでしょうか。──老女は、しばらくこの提案について考えていたが、それから答えて言った。「もしあなたが、今夜のうちに御一行を山のはざまからこの居住地に導き入れようとすれば、そこからこちらに戻ってくるときに、まちがいなく武装した黒人の一隊と出くわすことになるでしょう。先に派遣されていた狙撃兵たちを通じて、軍用街道にいるように指示されているでしょうから。」──わかりました、と見知らぬ男は答えた。それではとりあえずのところ、あの哀れな人たちに食べ物を入れた籠を持っていくことでよしとして、あの人たちをこの居住地に連れてくる仕事は、次の夜にとっておくことにいたしましょう。おばあさん、それはやっていただけますか？──「さあて」と老女は、この見知らぬ男の唇から骨ばった手に雨あられのように口づけを受けながら言った。「私の娘の父親がヨーロッパ人ですので、追い立てられている同郷のあなた方にご厚意を示すことにいたしましょう。明日、夜が明けたところで机に向かい、書状を書いて、居住地の私のところにいらっしゃるよう御一行を招いてください。中庭でご覧になった男の子が、いくらかの食料を携えて書状をその方々のところに届けることにし、その人たちの安全のために夜のあいだは山の中にとどまって、次の日の夜が明けたところで、招きに応じてもらえるようであれば、その子がこちらに来る道中の道案内をかってくれることでしょう。」

そうしているうちに、台所で用意した食事をもってトニが戻り、テーブルの準備をしながら、見知らぬ男をちらりと見て、からかうように老女に尋ねた。ねえ、お母さん、教えてよ。あのお方は、扉のところでびっくりしていたけれど、もう立ち直ったのかしら。毒も短刀も自分を待ち受けているわけではないと、それに黒人のホアンゴは屋敷にはいないと納得されたのかしら。母親はため息をつきながら答えた。「ねえおまえ、ことわざにもあるように、火傷をした子は火をこわがる、ということだよ。もしこの方が、この家に住む人がどのような人種なのかわかる前にこの家に入り込もうとしていたとすれば、それはかなり愚かなふるまいをしでかしていたことになるだろうね。」少女は母親の前に立つと、自分はランタンをこういうふうに持って、光がすっかり顔に当たるようにしていたのだと、そのときの話をした。それでもこの方の頭は、ムーア人や黒人という思い込みでいっぱいになっていて、パリやマルセイユのご婦人が扉を開けたとしても、その人を黒人女だと思われたことでしょうと少女は言った。見知らぬ男は彼女の身体に腕を優しくまわしながら、あなたのかぶっていた帽子にさえぎられてお顔をしっかりと見ることができなかったのだときまり悪そうに言った。もし、いまそうしているように、あなたの目を見ることができていたら、と彼女をしっかりと自分の胸に抱きよせながら男は続けた、あなたのその他の部分がすべて黒い色だったとしても、あなたとともに毒杯を仰ぐことだってしたでしょう。これらの言葉を口にして男は赤くなったが、母親はどうぞすわってくださいと強くすすめ、それに続いてトニもテーブルの彼のとなりに腰をおろすと、この見知らぬ男が食べているあいだ、両肘をついて男の顔をながめていた。見知らぬ男は少女に、歳はいくつか、生まれ故郷はどこかとたずねた。それに対しては母親が答えて言った。「トニは一五年前、自分が前の雇い主であったヴィルヌーヴ様の奥方様とともにヨーロッパを旅したとき、妊娠して産み落とした子です。」母親はさらに付け加えた。「あとになってから自分が結婚した黒人のコマールはこの子を養子として引きとってくれたのですが、実際の父親はベルトランというマルセイユの富裕な商人で、そこからとって、この子はトニ・ベルトランという名前なのですよ。」

——トニは彼に、フランスでそのような方をご存知でしょうかとたずねた。見知らぬ男は、いいえ、この国は広く、自分が西インド諸島に向けて船に乗った際にそこに短いあいだ滞在したときにも、そのような名前の人物に会ったことはなかったと答えた。老女はきっぱりと言った。それにベルトランさんはもうフランスにはいませんよ、私の手に入れたかなり確かな消息ではね。あの方の野心的で向上心の強い気性は、市民的な活動の枠におさまることで満足するようなものではなく、フランス革命が起こったときには公の仕事にも首をつっこんで、一七九五年にはフランスの公使団とともにトルコの宮廷に出かけたのですが、私の知っているところでは、いまにいたるまでそこから戻ってきていません。見知らぬ男は、トニの手をとりながら彼女に微笑みかけ、そういうことならばあなたは上品で富裕な少女だということになりますねと言った。この有利な点をぜひ活かすようになさいと男は少女を力づけ、もう一度あなたのお父さんの手助けによって、いまの生活よりももっと輝かしい暮らしぶりに導き入れてもらえる望みがありますよと口にした。「まず無理ですね」と、老女は感情を抑えながらはっきりと言った。「ベルトランさんは、ご自分が結婚しようとしていた若く富裕な許嫁《いいなずけ》の手前恥ずかしかったために、私がパリで妊娠していたときに、この子の父親であることを法廷で否認したのですよ。この人が厚かましくも私の面前で行ったあの宣誓は決して忘れませんよ、その結果として胆汁熱を出してしまい、そのあとさらに、今度はヴィルヌーヴ様から鞭打ち六〇回ということになり、その結果、今日にいたるまで消耗性の病気に悩まされているのですから。」――トニは物思いに耽るように手を頰に当てていたが、見知らぬ男に、あなたはどのような方で、どちらからやってきてどこに行こうとしているのかと尋ねた。男は、老女が憤慨して語っていたために少し当惑していたが、少女の問いに答えて、自分は叔父であるシュトレームリ氏の家族を、二人の若い従弟たちの護衛のもと、カモメ池のほとりの山の森林の中に残してここにきており、この家族とともに、フォール＝ドーファンからやってきたのだと言った。彼は少女の求めに応じて、その町で起こった暴動のいくつかの出来事について話して聞かせた。みなが寝静まった真夜中の時間、謀反の合図が出されたのを皮切りに、黒人による白人の殺戮が始まったこと、フランス開拓団の軍曹であった黒人たちの首領が、悪意に駆られてただちに港のすべての船に火をつけ、白人たちがヨーロッパに逃げ帰る道を断ち切ってしまったこと、自分たちの家族はほとんど時間がなかったのだが、身の回りのものを携えてなんとか市門の外に出られたこと、港湾のあらゆる場所で暴動が激しくなっていたために、家族はなんとか調達した二頭の騾馬の助けを借りて、この国をはるばる通り抜けてポルトー＝プランスへの道をたどるしか方策が残されていなかったこと、ポルトー＝プランスだけはかろうじて強力なフランスの軍隊に護られ、この時点では、ますます勢いを増している黒人たちの力に対して抵抗を繰り広げているといったこと。——トニは、どうしてそこの白人たちはそのように憎まれることになったのでしょうと尋ねた。——見知らぬ男は狼狽しながらも、それは白人たちが島の支配者として黒人たちに対してとっていた関係のためであり、正直言って、私自身はそれを擁護しようなどという厚かましい気持ちはないが、何百年にもわたってこのように続いてきた関係全体のためだと答えた。ここのすべてのプランテーションをとらえた自由の狂気が、黒人やクリオーリョを駆り立てて、彼らを抑圧する鎖を断ち切らせ、また白人の何人かの悪質な者たちから被った非難に値する虐待行為のために、白人への復讐を行うことになったのだ。——とくに、と少しばかり沈黙したのち彼は続けて言った、ある年若い女の子のとった行動は、身の毛がよだつほどきわだったものでした。この少女は黒人の出で、暴動が激しくなってきたちょうどそのとき黄熱病*で床に伏せっていたのですが、この町で起こっていたその病気は人々の悲惨さを倍増させるほどでした。その少女は三年ほど前に、ある白人の農場主に奴隷として仕えていたのですが、農場主の願いにしたがおうとしなかったために、感情を傷つけられた農場主は少女に対してひどい扱いをしたうえ、そのあと彼女をあるクリオーリョの農場主に売り渡したのです。反乱がいたるところで起こったその日、少女は、かつて主人であった農場主が、自分を追う黒人たちの怒りを目の当たりにして近くにある木造小屋に逃げ込んだと耳にすると、あの虐待のことをいまも忘れず心に抱きながら、あたりが夕闇に沈むころ自らの兄弟をその農場主のところに遣わして、彼女のところで夜を明かすようにと誘いました。その不幸な男は、少女の体調が思わしくないことも、さらには何の病気にかかっているかも知らないままやってきて、自分は助けてもらったと信じ込んでいたために、感謝の心でいっぱいになり少女を腕にかき抱いたのです。ところが、半時間ほど彼女のベッドの中で愛撫しむつまじく戯れて過ごしていたところ、突然、少女は荒々しく冷たい怒りを顔に表すと、ベッドで身を起こしてこう言ったのです。あんたがキスしたのは、死をその胸のうちに宿す疫病の女だよ。行って、あんたと同類のやつらみんなに黄熱病をうつしてやりな！――老女は大きな声でそれに対する嫌悪感を口にしていたが、将校はトニに、あなたはそのような行動をとることはできますかと尋ねた。いいえ！　トニはどぎまぎして下を見ながら言った。見知らぬ男はテーブルにクロスを広げながら、私の心の感覚からすれば、白人がこれまで行ってきたどのような暴虐のふるまいがあったにせよ、これほどまでに卑劣で忌まわしい裏切りを正当化できるものではないときっぱり言った。天の復讐も、と熱情に駆られて立ち上がりながら彼は言った、それによって武装を解くことになるでしょう。天使たちでさえも、そのことに憤って不正を行っていた者たちの側につき、人と神の秩序を保つためにしかるべき立場をとることになるでしょう。こう言うと男は少しのあいだ窓際に歩み寄り、嵐のような雲が月や星々を覆うように動いている窓の外の夜をながめた。そのとき母親と娘とが、決して男がそれに気づいたというわけではないのだが、互いに目配せをするように相手の顔を見ているかのごとく思われたので、男は不愉快で腹立たしい気持ちになった。彼はふりかえると、寝ることのできる部屋はどちらか教えていただきたいと言った。

母親は壁時計を見ると、いずれにせよもう真夜中に近いことであるしと言い、灯りを手にとって、自分についてくるようにと見知らぬ男に言った。母親は長い廊下を通って定められていた部屋に男を案内した。トニは見知らぬ男の外套や、その他脱いでいたいろいろなものを運んだ。母親は、クッションが心地よく重ねられた、男が寝ることになっているベッドを示すと、トニにはさらに、この方に足湯を用意しなさいといいつけてから、男にどうぞおやすみくださいと言って部屋を辞去した。見知らぬ男は剣を部屋の隅に立てかけて、ベルトにつけていた二丁のピストルを卓上に置いた。トニがベッドを押して動かし、白い布をその上に広げているあいだ、彼は部屋の中を見渡していた。部屋にゆき渡っている豪華さや趣味のよさから、ここはこのプランテーションの前の持ち主の部屋であったにちがいないとすぐさま推測できてしまうと、不安な気持ちが禿鷹のように心のうちにわきおこり、ここに着いたときと同じく空腹で喉が渇いたままでも、自分の仲間のいる森に無事に戻ることができればよいがと願わずにはいられなかった。そのあいだ少女は、近くにある台所から、よいにおいの香草が香りたつお湯を桶に入れて運び込み、窓に身をもたせかけていた将校に、どうぞお湯に足をつけてさっぱりした気持ちになってくださいと勧めた。将校は無言のまま首巻をはずし、ベストを脱いで解放されると、椅子に腰をおろした。彼はいましも素足になろうとするところであったが、少女が膝をついて彼の前にしゃがみ込み、足をお湯につけるための細々とした心づかいをしているあいだ、心がとらえられるような彼女の姿をながめていた。黒い巻き毛がふっくらとなった彼女の髪は、ひざまずいていると、彼女の若々しい胸の上に垂れ下がっていた。ことのほか優雅な表情が唇のあたりで、そしてうつむいた目のところできわだっている長いまつげの上のあたりで揺らめいている。彼には不快に思われる肌の色は別として、これほど美しいものを見たことはないと誓って言ってもよいほどであった。そのとき、誰と似ているのか彼自身まだはっきりとわからなかったのではあるが、似ているというかすかな感覚があることに気づいた。それは、この家に入ったときからすでに感じていたものであり、また彼女にどうしても心を向かわせるものでもあった。仕事をしながら少女が立ち上がったとき、男は少女の手をとり、彼女にその気持ちがあるかどうかを確かめるにはただ一つの手段しかないと思い定め、彼女を自分の膝の上に引きよせると、「あなたにはもう結婚の約束をした方がいるのですか」と尋ねた。いいえ、と少女は恥ずかしそうに愛らしく、大きな黒い目を伏せながらささやくように答えた。彼の膝の上で身じろぎもせずに言葉を続け、近所の若い黒人コネリーが三箇月前に私に求婚するところだったのですが、まだ自分は若すぎるからと断ったのですと言った。見知らぬ男は両手で彼女のほっそりした身体を抱くように支えながら、「私の祖国では、そこで広くゆき渡っていることわざ*にもあるように、一四歳と七週間の少女は十分に結婚できる歳になっているのです」と言った。男が胸にかけている小さな金の十字架を少女がじっとながめていると、「歳はいくつですか」と男は尋ねた。——一五歳です、とトニは答えた。「それでは大丈夫ではないですか！」と見知らぬ男は言った。——「その人には、あなたが望むほどには、一緒に家庭をもつほどの財産がなかったということなのでしょうか。」トニは目を上げて彼を見ることなく答えた。そんなことはありません！——むしろ、と手にした十字架をあれこれ動かしながら少女は言った。コネリーは、状況がこのように大きく変わってからは、裕福な人になったのです。父親が、もともとはその主人である農場主のものだった居住地のすべてを手にすることになったからです。——「それではどうしてその人の申し出を断ったのですか」と見知らぬ男は尋ねた。彼は親しみをこめて彼女の額から髪を撫で上げながら言った。「その人のことが気に入らなかったとか。」少女はちょっと首を振ると声を立てて笑った。そして見知らぬ男が、あなたの好意を得るのは白人でなければならないということでしょうかね、とふざけるように耳元でささやいて尋ねると、少女はちらりと夢を見るような物思いを見せたのち、かっと燃えて赤くなった顔がいいようもなく魅力的な様子で、突然、彼の胸に身をあずけた。彼女の優雅さと愛らしさに心を動かされ、見知らぬ男は少女を、可愛い子！と呼ぶと、神の手によってあらゆる心配事から解き放たれたかのように腕に抱きしめた。少女から見てとれるこれらすべての身振りが、ただ単に冷酷でおぞましい裏切りの卑劣な表れであると思うことなど彼にはできなかった。彼の心を不安にしていたさまざまな思いは、恐ろしい鳥の群れが一斉に飛び立つように消えていった。彼は、自分の心が一瞬でも思い誤ったことを考えたと自らを咎め、膝の上で少女を揺らしながら、その子が自分におくってくれる甘い息を吸い込みつつ、あたかも和解と赦しのしるしであるかのように少女の額に口づけをした。そうしているあいだにも少女は、誰かが廊下のほうから扉に近づいているかのように、奇妙とも思えるほど突然聞き耳を立ててすっと身を起こすと、物思いに耽り夢を見るように、胸の上のほうでずれてしまった服の生地を直した。そしてそれが気のせいであったとわかると、そこではじめていくぶん明るい表情を見せながらまた見知らぬ男のほうを向き、お湯を早くお使いにならないと冷めてしまいますよとうながした。――どうしたのですか？ と見知らぬ男が無言のまま物思いに耽るように彼女をじっと見つめているので、少女はどぎまぎして言った。何をそんなにしげしげと見ておられるのですか。上衣をしきりにさわりながら、少女は自分の困惑を隠そうとしていたが、大きな声で笑って言った。おかしな方、私を見て何か気にかかるところでもあるのですか。見知らぬ男は、手を額のところに当てると、少女を膝からおろしながら、ため息を抑えるように言った。「あなたと、ある親しい女性とが、ほんとうに不思議なほど似ているのです。」――彼の快活さがさっと消えてしまったことをはっきりと見てとったトニは、親しみをこめ思いをともにするように彼の手をとると、どなたと似ているのですかと尋ねた。そのように問われて、男は少しばかり思いをめぐらすと言葉を継いだ。「その人はマリアヌ・コングレーヴという名前で、生まれた町はストラスブール*でした。父親はこの町で商人をしていましたが、革命が起こる少し前に私はここで彼女と知り合いになったのです。彼女から承諾の言葉をもらい、また母親からも賛成の内諾をいただいて、私はほんとうに幸せでした。ああ、この世で最も誠実な心の持ち主でした。私が彼女を失ったあの恐ろしく心をかき乱すようなときのことが、あなたを見ていると、あまりにもありありと心によみがえったために、悲しみのあまり涙を抑えることができないのです。」なんですって、トニは心をこめ親密に身体をぴたりとよせながら言った、その方はもう生きておられないのですか？——「亡くなったのです。」見知らぬ男は答えた。「あの人が亡くなったときになってはじめて、人としての品性やすばらしさとは何かを知ったのです。いったいどういうわけか」と、沈鬱な思いで少女の肩に頭をもたせかけながら男は続けた、「無思慮にも、ある晩、公共の場所で、設置されたばかりのあの恐ろしい革命法廷についてあれこれ発言をするということをやってしまったのです。私は告訴され、お尋ね者となりました。私は幸いにも郊外に身を隠すことができたのですが、当の私がいないということで、逆上して私を追い求める徒党が、なんとしても誰か犠牲者を仕立てあげなければと、私の婚約者の家にやってきて、私がどこにいるかは知らないと彼女がほんとうのことを言ってもその言葉にいきり立ち、この女は私としめしあわせていると口実をもうけて、前代未聞の軽率な行いなのですが、私ではなく、彼女を刑場へと引き立てていったのです。この恐ろしい知らせがもたらされると、私はすぐさま逃げ込んでいた隠れ場所から出てきて、人の群れをかき分けながら刑場へと急ぎ、大声で叫びました。ここだ、この人でなしどもめ、私はここだ！　ところが、すでにギロチンの足場の上に立たされていた彼女は、残念ながら私のことを知っていなかった裁判官たちに尋ねられ、そのときの彼女の一瞥は私の心の中に消えることなく刻まれているのですが、私から顔を背けると、私はこの人を知りません！ と答えたのです。――それを受けて、鳴り渡る太鼓の音と喧騒のなか、血に飢えた待ちきれない人間たちにせきたてられ、そのあとほんのわずかな間をおいてギロチンの刃《やいば》が落ち、そして彼女の首は胴体から離れてしまったのです。――私がどのようにして助かったのかはわかりません。そのあと一五分ほどして、気がつくと私はある友人の家にいたのですが、そこで私は失神を繰り返し、なかば正気を失ったまま、夕刻に馬車に乗せられ、ライン川の向こうに連*れていかれたのです」。――こう言うと、見知らぬ男は少女を手から放しながら窓のほうに歩み寄った。少女は、男がはげしく心を揺さぶられ、ハンカチを顔に当てているのを見ると、さまざまなことから人間的な感情が呼び起こされ、その気持ちが抗い難いものとなった。彼女は突然すばやい身体の動きで彼を追うと首に抱きつき、二人の涙はそこで交じりあった。

そのあとのことの次第については、ここまでくれば、どなたでもおのずと読みとっていただけるであろうから、ご報告するまでもないだろう。われにかえったとき、身知らぬ男は自分の行為が自らにどのような結末をもたらすことになるかわかっていなかった。さしあたりのところ、自分は助かったということ、そして彼がいまいるこの家では、この少女について何も恐れる必要はないということはわかった。彼女が腕を組んでベッドの上で泣いているのを目にすると、男は少女を落ち着かせるためにできるかぎりのことを試みた。彼は、いまは亡き婚約者、誠実なマリアヌの贈り物である小さな金の十字架を自分の胸からはずすと、彼女の上にかがみ込んでいつ終わるともなく愛撫をしながら、これは婚約の贈り物ですと言って、それを彼女の首にかけた。少女がぼろぼろと涙を流し、彼の言葉を聞こうともしないので、男はベッドの端に腰をおろし、彼女の手を優しく撫でたり口づけしたりしながら、明日の朝、あなたを妻にほしいとお母さんに申し上げたいと彼女に言った。男は、アーレ*河畔に自分が自由に使える小さな所有地を持っているということ、彼女と、この歳で旅をしてもさしつかえないのであればその母親も、そこに迎え入れるに十分広く心地よい住まいがあること、畑に庭、牧草地や葡萄の丘のこと、そしてまた、年老いた立派な父親が、自分の息子の命を救ってくれたということで、感謝と愛情を込めて彼女を受け入れてくれるであろうということを話して聞かせた。少女の涙がとめどなく枕の上にこぼれ落ちているのを見て、男は彼女を抱きしめ、自分自身も心を深く動かされて、何かあなたに悪いことをしてしまったのでしょうか、私を許してもらえないでしょうかと訊いた。あなたへの愛は決して自分の心から去ることはない、そして正しい感覚がつねになく混乱し無我夢中になっているなかで、私のうちに注ぎ込まれた愛欲と心配とが混じりあい、自分はそのような行為にいたっただけなのだと男は誓って言った。おしまいに彼は、朝空の星も瞬いていることであり、これ以上ベッドにいると、母親がやってきて、ここにいるあなたを驚かせることになるだろうからとうながした。そして、あなたの身体のためにも、起き上がって数時間自分の寝床で休むようにと言った。少女の状態を見て、いいようもなく恐ろしい不安に襲われ、抱き起こしてあなたの部屋に運んでいきましょうかと彼は尋ねた。しかし、そのように言われても少女は何も答えることなく、身動きもせず静かに嘆きながら、両手で頭をかかえこみ、ベッドの皺だらけのクッションに身を横たえているので、すでに二つの窓から陽の光がうっすらと見えて明るくなっているそのとき、返答をもらえないままではあるが、とうとう彼女を持ち上げるより他はなかった。彼は少女を死んだ人のように肩にかつぎ、階段を登って彼女の部屋に運んでゆき、ベッドの上におろして何度も何度も愛撫をしながら、もう一度さきほど彼女に言ったことをすべて繰り返して伝えたあと、もう一度、私の大切なフィアンセ、と少女に言うと、彼女の両頰に口づけし、急いで自分の部屋に戻っていった。

　夜がすっかり明けるとすぐに年老いたババカンが上の階にいる娘のところにやってきて、ベッドに腰をおろすと、見知らぬ男と彼の同行者たちに対してどのような計画を考えているか打ち明けた。ババカンが言うには、黒人コンゴ・ホアンゴは二日後でなければ帰ってこないので、そのあいだ見知らぬ男はこの家にとどめておくようにし、彼の身内の家族がここにやってくると人数が多いため危険であるかもしれないから、家に入れないようにすることが大切である。この目的のためにと考え出したのだが、いましがた入ってきた知らせではデサリーヌ将軍が軍を引き連れてこの地域にやってくるということにして、それではあまりにも危険だということで、三日目になって将軍が通り過ぎたあと、男の希望どおり家族をこの家に受け入れることができるようになる、とあの見知らぬ男に思わせるのだ。家族のほうはそのあいだ、ここからいなくなってしまわないように食料を与え、あとで彼らを捕らえるために、この家に避難することができると思い込ませて足どめしておかなければならない、とババカンは言葉を結んだ。そして、家族はおそらくかなりの家財を携えているであろうから、このことは重要であると言い添え、いま知らせた計画がうまくいくよう、全力をあげて自分を手伝うようにと言った。トニはベッドの中で半分身を起こし、憤りのために顔を紅潮させて答えた。「家に招きよせた人が客人として保護される権利をこのように侵害するのは、恥ずべき卑劣なことです。迫害されている人が、私たちの保護のもとに信頼して身を任せているのなら、私たちのところでは二重の意味で安全なはずです。お母さんが私に言ったような血生臭い襲撃をやめるつもりがないのなら、私はすぐにでもあの見知らぬ人のところに行って、助けられたと思っているこの家がどれほどの殺人者の巣窟であるかを知らせます。」トニ！と、母親は両手を腰に当て、大きく目を見開いて少女を見た。――「だってそうでしょう！」とトニは声を落として応じた。「あの若い方は、生まれからしてフランス人でさえなく、私たちも見たようにスイス人であり、そのような方に対して、盗賊のようなやり方で襲いかかったり、殺したり、そして持ち物をまきあげたりするような悪いことを、あの方は何か私たちにしたでしょうか。ここで農場主たちに対して向けられている不満が、あの方のいらっしゃったこの島の地域についても同じようにあてはまるでしょうか。むしろあらゆることから見て、あの方は最も高貴で素晴らしい人であり、黒人が白人に対して咎めだてするような不正とは何の関わりもないのではないでしょうか。」――少女のただならぬ表情を見ながら、老女は唇を震わせ、驚いた、と口にした。そして問いかけた。門からの道のところで、このあいだ棍棒で殴り倒したあの若いポルトガル人にどういう落ち度があったというのか。三週間ほど前に黒人たちに中庭で撃たれて死んだあの二人のオランダ人は、何か罪を犯したとでもいうのか。暴動が起こってからライフルや槍や短刀によってこの家で処刑されたあのフランス人や、その他いろいろやってきた白人の逃亡者にどういう罪の責任を負わせたというのか知りたいものだ。「お日さまの光にかけて」と荒々しく立ち上がりながら娘は言った、「私にそのような残虐な行為を思い出させるとは、お母さんはほんとうにまちがったことをしています。私に無理やり関わらせている非人間的な行いには、もうずっと以前から私は心の奥底で憤慨していたのです。これまで起こったすべてのことへの神の復讐を鎮めるためにも、誓って言いますが、あの若い方がこの家にいらっしゃるかぎり、髪の毛一本でも撓《たわ》めることを許すくらいであれば、むしろ私は十回死んでもよいくらいです」。——まあいい、と老女は突然娘のいいなりになるような言い方をした。それならあの見知らぬ男を行かせたらい。だけど、コンゴ・ホアンゴが帰ってきて、と母親は部屋を出ていこうと立ち上がりながら言い添えた、白人がこの家に泊まったということが耳に入ったら、そのときは、はっきりと言い渡されている命令に逆らってあの男を立ち去らせるようにおまえさんを動かしているその同情の気持ちの責任は、自分でとってもらうよ。

　この言葉は、見かけはたしかに穏やかではあるものの、老女の積年の恨みがひそかに外に表れたものであり、少女は少なからずうろたえたまま部屋にとり残されていた。白人に対する年老いた母親の憎しみのことはわかりすぎるほどよくわかっており、その怒りに満足感を与えるこのような機会を、母が何もしないでみすみすやりすごそうとは少女には思えなかった。母親がすぐさまとなりのプランテーションに人をやり、この見知らぬ男を取り押さえるために黒人たちを呼び寄せるのではないかと恐れて、少女は衣服を身にまとうとすぐに下の居間に母親を追って降りていった。母親は食料品の棚のところで何かしている様子だったが、あわててそこを離れると糸紡ぎ機のところに腰をおろした。そのとき、少女は扉に貼ってある御触書を前にすることになった。そこには、白人をかくまい宿を与えることをすべての黒人に禁ずる、破れば命をもって償うことになると書かれていた。少女は恐怖にとらわれ、あたかも自分の犯した不正を悟ったかのように突然向き直ると、自分が背後から見られているとよくわかっていたので、母親の足元にひれ伏した。少女は母親の膝にしがみつきながら、さきほどあの見知らぬ男のために自分が無我夢中で厚かましくも口にしたことを許してほしいと言った。自分はまだ寝床にいたため、夢か現《うつつ》かわからない状態であり、あの男を策略によって欺くという母親の提案に驚いてしまったのだと少女は弁解し、処刑すると定めている土地の現行の掟どおり、この男は復讐の手にそのまま委ねますと言った。老女はしばらく少女をじっと見たあと口を開いた。「おやおや、そのようにおまえが言ったことで、あの男は今日のところは命拾いをすることになったよ。おまえがあの男を守ってみせると言って脅すものだから、食べ物には毒を盛ったところで、そうすればコンゴ・ホアンゴの命令どおり、少なくとも死んでからコンゴ・ホアンゴに引き渡すことになっただろうからね。」そう言うと母親は立ち上がって、卓上にあった壺のミルクを窓の外にざあっと捨てた。トニは、自分の目にしていることがまだ信じられず、恐怖にとらわれて母を凝視していた。老女はふたたび腰をおろして、まだ膝をついたままの少女を床から立ち上がらせると尋ねた。「いったいどうして、たった一夜のうちにおまえの考えはこれほど突然変わったんだい。きのうは、足湯を用意したあとで、あの男のところに長く残っていたのかい。あの見知らぬ男とはいろいろと話をしたのかい。」トニは心臓が飛び出さんばかりだったが、それには何も答えず、あるいは何もはっきりしたことは口にしなかった。トニは頭のところに手をやりながら、うつむいたまま立っていたが、あれは夢のせいだったのだと言った。だけど、可哀想なお母さんの胸のところを見て(とすばやくかがんでその手に口づけしながら言った)あの見知らぬ男の仲間である白人たちのあらゆる非人間的な行いがまた思い出されてきたのです。少女は向きを変えると、顔を前掛けに押し当てながら、黒人のホアンゴが戻ってきたら、お母さんがどのような娘をもっているかわかりますときっぱり言った。

バベカンは椅子にすわったまま考え込み、少女がいつになく興奮しているのは何によるものであろうかと思案していたが、そのとき見知らぬ男が、何日か黒人ホアンゴのプランテーションで過ごすようにと家族を呼びよせるべく、寝室で書いた書状を手にして部屋に入ってきた。彼はとても快活で愛想よく母親と娘に挨拶すると、老女にその書状を手渡しながら、すぐにでも森に使いをやって、私に約束していただいたように、その人たちの世話をしていただきたいと願い出た。バベカンは立ち上がると書状を壁に造りつけた棚に置き、落ち着かない表情で言った。「旦那さん、すぐに寝室のほうに戻っていただくようお願いしなければなりません。通りは黒人の小隊がいくつか来ていっぱいで、その黒人たちが通りがかりに伝えてくれたところによると、デサリーヌ将軍が軍を引き連れてこの地域に向かっているということです。この家は誰でも入ってこられるので、中庭に面したご自分の寝室に隠れて、扉も窓の鎧戸もしっかりと慎重に閉めておかないと、あなたの安全を保っておくことができません。」――なんですって？ と見知らぬ男はうろたえて言った。デサリーヌ将軍が――「質問はなさらないでください！」老女は杖で三度床を打ち鳴らしながら男の言葉をさえぎった。「寝室についていきますので、そこですべて説明いたします。」見知らぬ男は不安な身振りの老女に部屋から追いやられながら、扉のところでもう一度ふりかえると、大きな声で言った。しかし、私を待ちわびている家族に少なくとも使いを出していただかないと、さきほどあなたは――「お世話はいたします」と老女が男の言葉に重ねるように話し始めたところ、杖の音に呼ばれるようにして、私たちもすでに知っているあの私生児が入ってきた。ナンキーがやってきたところで母親は、見知らぬ男に背を向けるようにして鏡の前まで進んでいたトニに、部屋の隅に置いてある食料品を入れた籠を持ってくるようにいいつけた。そして母、娘、見知らぬ男、少年は、上の階の寝室へとのぼっていった。

老女はそこでゆったりとくつろいで肘掛け椅子に腰をおろすと、昨夜は一晩中、地平線をさえぎって並ぶ山々に、デサリーヌ将軍の篝火《かがりび》がちらちら見えたと語った。このような状況は実際には作り上げられただけのものであり、この時点までは、南西のポルトー＝プランスに向けて進んでくる軍の黒人など、この一帯でまだ誰一人として見かけることはなかった。その言葉によって母親は、見知らぬ男をまんまと不安の渦のうちへと陥れることに成功したわけだが、しかしながらここが宿営に割り当てられるようなまずい事態になったとしても、あなたを救うためには手を尽くしますとあとでまた請け合えば、その不安の渦を鎮められると心得ていた。このような状況なので家族には少なくとも食べ物を授けてくださいと男がくりかえし切実な思いで催促する言葉を受けて、母親は少女の手から籠をとるとそれを少年に手渡しながら、近くの森の中にあるカモメ池のところまで出かけていって、そこにいるよそから来た将校の家族にこの籠を届けるようにと言った。さらに、「将校ご自身は無事であって、白人の味方となってくれる人たちが、自分のとる立場のために黒人からいろいろとつらい目にあっており、その人たちが同情から将校を自分たちの家に受け入れている」と申し添えるよう命じた。そして、ここに来ることになっている武装した黒人の部隊が街道からいなくなったらすぐさま、ご家族にもこの家に泊まっていただけるよう手筈を整えることになりましょうと言葉を結んだ。——おまえ、わかったかい、と母親は話し終えると少年に言った。少年は籠を自分の頭の上にのせながら、説明してもらったカモメ池のことなら、ときどき友達と釣りをしているところだからよく知っており、いいつけられたことはすべて、そこで夜を明かしているこのよその方の家族に伝えると答えて言った。何かまだ付け加えたいことはありますかと老女に問われて、見知らぬ男は指輪を自分の指から取るとそれを少年に手渡し、もたらされた知らせはほんとうのことであるというしるしとして、これを家族の長であるシュトレームリ氏に渡してほしいと頼んだ。そのあと母親は、見知らぬ男の安全のためのいくつかの予防措置、と彼女が呼ぶものを講じることにした。母親はトニにいいつけて窓の鎧戸を閉めさせ、それによって部屋の中が夜のように暗くなったので、その暗闇を払うべく自らマントルピースの上に置かれていた照明に灯りをともそうとしたが、火口《ほくち》になかなか火がつかず、かなり手間どっている。見知らぬ男はこの機会をとらえて腕をトニの身体にやさしくまわし、よく眠れた? と耳元にささやきかけ、起こったことについてお母さんに話をしてもよいだろうかと尋ねたが、トニは一つ目の問いには答えることなく、またもう一つの問いには、男の腕から逃れようとしながら、いいえ、私を愛しておられるなら、何もおっしゃらないでください！ ときっぱり答えた。このような偽りに満ちたさまざまな用意によって心のうちにわきあがっていた不安を、トニは抑えつけていた。トニは見知らぬ男のために朝食の用意をしてきますと口実を設け、急いで下の居間におりていった。

トニは母の戸棚から手紙を取り出した。その手紙は、見知らぬ男が何も知らないで、少年についてこの居住地にやってくるようにと家族を招いているものであった。母親がこの手紙のないことに気づくかどうかは運を天に任せることにし、最悪の場合には男と死を共にしようと心を定めて、トニはその手紙を手にするとすでに街道を歩いている少年のあとを追い、飛ぶように走っていった。トニにとって若者は、神と自らの心を前にして、もはや保護と宿を与えた単なる客人ではなく、自分の婚約者そして夫なのであり、彼の一行がこの家にやってきて十分強い勢力となれば、そのときはただちにこのことを母親に、もちろんこういった状況であれば母が仰天することは当然予想されることではあるが、つつみ隠さず説明する心づもりであった。「ナンキー！」トニは息を切らしあわただしく街道で少年に追いつくと言った。「シュトレームリさんのご家族のことで、お母さんは計画を変更したの。この手紙を持っていって！ これは家族の長老のシュトレームリさんに宛てたもので、持っているものをすべて携えて、何日か私たちの居住地に滞在するようにと招待しているの。――頭をかしこく使って、決めたことがうまくいくように、あんたもできるだけのことをして役に立つのよ。コンゴ・ホアンゴさんが戻ってきたら、ごほうびがもらえるよ！」大丈夫、大丈夫、トニおばさん、と少年は答えて言った。手紙を慎重にくるんでポケットにしまいながら、それでぼくは、その人たちがここに来るとき、道を案内してあげるの？　と尋ねた。「もちろんよ」とトニはきっぱり言った。「それは当然のこと、あの人たちはこのあたりのことを知らないのだから。でも、部隊の進軍が街道であるかもしれないから、夜中になる前には出発しないようにするのよ。でもそのあとは、夜明け前にこちらに到着するように、急いで歩いてくるの。――任せて大丈夫？」トニがそう尋ねると、ナンキーに任せて！　と少年は答えた。どうしてみんながこの白人の逃亡者たちをプランテーションにおびきよせるか、ぼく知ってるよ。ホアンゴさんにはぼくのことほめてもらうんだ！

そのあとトニは見知らぬ男に朝食を供し、それが片づけられたあと、母と娘は家事のために表の居間のほうに戻っていった。少しばかりして母親は戸棚のところに行き、当然のことではあるが、手紙がないことに気づかないわけはなかった。母親は自分の記憶を疑いながら、一瞬手を頭に当て、見知らぬ男が自分に渡した手紙はどこに置いたのだろうかねとトニに尋ねた。トニはうつむいて一瞬沈黙したのち、だって手紙はあの見知らぬ男が、私の知る限りでは、また自分のポケットに入れて、上の部屋で私たち二人のいるときに破いてしまったではないですか！　と答えた。母親は目を見開いて娘を見た。手紙は自分が男の手から受けとって棚に置いたということはまちがいなく覚えているのだが、と母は言った。だが、いくら探しても手紙はそこには見つからず、前にも似たようなことが何度かあって自分の記憶が信頼できなかったため、しまいには娘が口にした考えを信用するほかなかった。こうした不愉快な事態にどうにも気持ちの収まりがつかず、あの手紙は家族をこのプランテーションに引き入れるために、黒人ホアンゴにとってはとても重要なものだったはずなのにと母親は言った。昼食や夕食のときにトニが見知らぬ男の給仕をしていると、母親はテーブルの端のところに男とおしゃべりするために腰かけて、何度も機会をとらえては手紙のことを彼に尋ねようとした。しかし、話があぶないところにさしかかると、トニが会話をたくみにそらしたりまぜかえしたりしたため、母親は手紙がそもそもどのような運命をたどったのか、見知らぬ男の説明でははっきりさせることはまったくできなかった。この日はそのように過ぎていった。母親は夕食がすむと、用心のためにといって見知らぬ男の部屋に鍵をかけた。そしてさらに、明日はどのような計略によって同じような手紙をあらたに手にすることができるだろうかと、トニとともに頭をしぼったのち、母親はようやく寝床に向かい、少女にも同じように床につくよういいつけた。

この瞬間を待ち焦がれていたトニは、自分の寝室にたどり着き、母がすでに眠りに落ちたのを確かめると、すぐさまベッドの横にかけてあった聖母マリアの肖像画を肘掛椅子の上に置き、その前に手を組んでひざまずいた。彼女は、自分が身を許したあの若者に、彼女の若い胸に重くのしかかっているあの罪の行いを告白するための勇気と毅然とした心をお与えくださいと、限りない情熱を込めた祈りにより、聖母の御子である救世主イエスに懇願した。彼女は、どれほど心が苦しい思いをすることになろうとも、昨日彼を家におびきよせたときのあの無慈悲で恐ろしい心づもりにいたるまで、彼には何も隠しだてはしませんと誓った。それでも、彼を救うためにこれまで自分が講じた方策によって、彼が私を許し、私を忠実な妻としてヨーロッパに連れていってくれますようにと願った。この祈りによって不思議なほど力づけられて、トニは立ち上がるとこの家のすべての部屋に使えるマスターキーを手に取り、それを持ってゆっくりと灯りもなしに、建物を貫いている細い廊下をぬけて見知らぬ男の寝室へと進んでいった。部屋の扉をそっと開けると、トニは深い眠りに沈んでいる男のベッドへと歩いた。月が若々しさのあふれる彼の顔を照らし、開いた窓から入ってくる夜の風が額にかかる髪の毛と戯れていた。トニはやさしく彼の上にかがみこみ、その甘い息を吸い込みながら男の名を呼んだ。しかし、彼女の夢を見ているのか、男は深い夢のうちにある。若々しさがあふれ小さくわななないている彼の唇から、少なくとも、何度かささやき声が漏れてきたように聞こえた。トニ！　いいようもないほどの悲しい気持ちが彼女をとらえた。トニは、甘い幻想による天国のような気持ちから、卑しく惨めな現実の深みへと男を引き落とすべきか、心を決めかねた。彼は遅かれ早かれ自分で目覚めることになるのだとはっきり確信すると、トニは男のベッドの横にひざまずき、彼のいとしい手に口づけした。

しかし、そのわずかあとのこと、突然、敷地内の中庭で人々や馬や武器の物音が聞こえ、それにまじってはっきりと黒人コンゴ・ホアンゴの声を聞きとったとき、トニの胸をおそった驚愕はいかばかりのものであろうか。ホアンゴは、まったく予期せぬことだったが、手勢をすべて引き連れてデサリーヌ将軍のところから戻ってきたのだった。トニは、月によって自分の姿がさらされないように注意深く明かりを避けながら、窓にかかるカーテンの背後に急ぐと、そこではもう母がこの間の出来事について、ヨーロッパ人の逃亡者がこの家にいるということも含めて、ホアンゴに逐一知らせているのが聞こえてくる。黒人は手下の者たちに中庭で物音を立てないようにと押し殺した声で命じた。ホアンゴが老女にそのよそ者の男はいまどこにいるのかと尋ねたのに対して、老女は部屋を指し示し、またすぐさまその機会に、あの逃亡者のことで娘と交わしたどうも奇妙で気になる会話についてホアンゴにいろいろと教えるのだった。老女はホアンゴに、娘は裏切り者であり、あの男を捕らえるための計画すべてが失敗する危険にさらされていると力説した。あの生意気な娘は夜になるとこっそり男のベッドにもぐりこみ、というのが老女の注進だが、いまこのときもいい気持ちで休んでいることだろうよ。そしておそらく、あのよそ者の男は、すでに逃げおおせているのではないとしても、いましも娘から危険を知らされ、娘は逃亡を成功させるための手段をあの男と申し合わせていることだろう。少女が忠実であることはすでに似たような場合がこれまでもあり、試して確かめていたので、ホアンゴは、そういうことはありえないのではないかと答えた。そして、ケリー！　とどなって呼び、オムラ！　銃をもってこい！　と大声で言った。そして銃を手にして一言も言葉を発することなく、ホアンゴは手下の黒人たちをすべて引き連れて階段をのぼり、見知らぬ男の部屋に向かった。

ほんの数分のうちに目の前でこのような場面が繰り広げられることになり、トニは稲妻に打たれて手足がしびれてしまったかのように立ちつくした。彼女は一瞬、見知らぬ男を起こそうかとも思った。しかし、中庭は占拠されているので男にはもう逃げ場がなく、またおそらく男は武器をとり、そうなると黒人のほうが優勢なので打ちのめされることは目に見えているとトニは予見していた。それどころか、彼女がどうしても考えにいれなくてはならない一番恐ろしい心配は、もしこのとき彼女がベッドのところにいるのを彼が目にしたとすれば、この不幸な男は彼女自身が裏切り者であると思い込むことだった。そうなると彼女の忠告に耳を貸すことなく、絶望的な狂乱状態となって荒れ狂い、思慮分別をすっかりなくして黒人ホアンゴにばったり出くわすことになってしまうだろう。このように口にし難いほどの不安を感じながらも、ふとそのとき、一本の縄が彼女の目にとまった。それは、どのような偶然によるものか、壁の横木にかかっていた。その縄をひったくるように手にしながら、この縄は、彼女と見知らぬ男とを救うために、神ご自身がそこにもってきてくださったものだとトニは思った。彼女はその縄で若者の手足をいくつも結び目を作っては縛りつけた。男が身をもがき、逆らおうとしていることには目もくれず、トニは縄の両端をひっぱってベッドの台組に固く結《ゆわ》え、そのようにしたあとで、この瞬間をなんとか自分の思うようにやりおおせたと喜びながら彼の唇に口づけした。そして、すでに階段をきしませてのぼっている黒人ホアンゴのほうに急いで向かった。

ホアンゴはトニに関して老女が知らせたことをいまだに信じることはできなかったのだが、指し示された部屋からトニが出てきたのを見ると、驚き困惑しながら、炬火《きょか》を携え武装した手下たちとともに廊下で立ちつくした。ホアンゴは、「この裏切り者、掟破りめ！」と叫び、見知らぬ男の部屋の扉に向かってすでに何歩か進んでいたババカンのほうを向くと、「よそ者の男は逃げたのか？」と尋ねた。ババカンは、中をのぞきこみもせずに、ドアが開け放たれているのを見ると、ふたたび怒り狂うさまで叫んだ。「この嘘つきの悪党め！　こいつが男を逃してしまったんだ！　みんな急いで、男が外に逃げ出してしまわないうちに出口をみなかためてしまうんだよ！」「いったいどうしたの？」驚きの表情を浮かべながら、トニは老ホアンゴと彼をとりまく黒人たちを見つめた。どうしたのだと？　と言いながら、ホアンゴはトニの胸ぐらをつかみ、部屋のほうに引きずっていった。「みんな何をそんなにたけり狂ってるの？」とトニは叫びながら、自分の前に繰り広げられている光景を見て石のようにかたまっている老ホアンゴを押しのけた。「ほらあそこに私がベッドに縛りつけたよそ者の男がいるでしょう。これは、天にかけても、私がこれまでやってきたなかで、かなりのことでしょう！」こう言うとトニはホアンゴに背を向け、泣き崩れるかのようにテーブルのところに腰をおろした。老ホアンゴは、ばつの悪い様子で脇に立っている母親のほうに向き直ると、おいババカン、いったいなんという作り話でおれに勘違いをさせようというのだ、と言った。「ありがたいことに」と母親は、見知らぬ男を縛ってある縄をきまり悪そうに調べながら答えた、「事情はよくわからないけれど、ともかくよそ者の男はここにいるということだね」。黒人ホアンゴは剣を鞘に収めながらベッドのほうに近づき、見知らぬ男に向かってておまえは誰で、どこからきて、どこへ行こうとしているのだと尋ねた。しかし、必死になって縄から逃れようとしている男はそれに対して何も言うことができず、ただ痛々しく悲しい声で、ああ、トニ！　ああ、トニ！と言うばかりだった。――そこで母親が口を開き、彼はグスタフ・フォン・デア・リートという名前のスイス人で、ヨーロッパ人の犬である家族をみな引き連れて海辺の土地であるフォール＝ドーファンからやってきた者であり、家族はいま、カモメ池のほとりにある森の中の洞窟に身を隠しているのだと教えた。重苦しい気持ちで頭を両手で支えながらすわっている少女を見ると、ホアンゴは彼女のところに歩み寄って、「いい子だね」と声をかけ、頰を軽くたたくと、さきほど早合点して疑っているようなことを口にしたが、それは許してほしいと言った。老女も同じように娘のところにやってくると、頭を振りながら両手を腰にやり、この見知らぬ男は自分の置かれた危険については何も知らなかったのに、どうしておまえさんはこの男を縄でベッドに縛りつけたのかねと言った。トニは心の痛みと怒りのためにほんとうに泣きながら、突然母親のほうを向くと答えて言った。「それはお母さんが何も見てないし何も聞いてないからよ！　この人は自分が危険な状況だということは、ちゃんとわかっていたの！　この人は逃げようとしていて、私に逃げる手助けをしてくれと頼んできたの。それにお母さんの命を狙うことも考えていて、もし私がこの人が眠っているうちに縛ってしまわなければ、夜が明けたときに、まちがいなくその計画を実行していたんだから！」老ホアンゴは少女をやさしく撫でて落ち着かせると、ババカンにはこのことについてはもう何も言うなと命じた。ホアンゴは銃を持った射手を数人呼び寄せると、このよそ者の男が裁かれるべき掟を、即刻この者に対して執行しようとした。しかしババカンは、こっそりとささやいた。「いいえ、ホアンゴ、それはいけません！」――母親はホアンゴを脇に連れてゆくとこう教えた。「このよそ者の男の家族と森の中で戦うのはいろいろと危険にさらされることになるので、家族をこのプランテーションにおびきよせるための招待の文面を、処刑する前にこの男には書いてもらわなければなりません。」――ホアンゴは、家族はおそらく何も武装していないということはないであろうと考え、この提案におおいに賛成した。申し合わせたように書簡をこの男に書かせるにはあまりにも遅い時間であったため、ホアンゴはこの白人の逃亡者のところに二人の護衛をつけた。彼はさらに安全のために縄を確認し、ゆるすぎると感じたため、二、三人の者を呼んでさらにきつく縛らせたのち、手勢の者をみな連れて部屋を出ていった。そのようにして万事次第に落ち着きを取り戻していった。

しかしトニは、もう一度彼女に手を差し出した老ホアンゴにみかけのうえではおやすみなさいと言って床についたものの、家の中が寝静まったのを見てとると、すぐさま起き上がり、家の裏門を抜けて外の野原にこっそりと出ていき、心のうちには絶望が吹き荒れながらも、シュトレームリ氏の家族がやってくるはずの地域にある、街道と交差する道を目指して走っていった。見知らぬ男がベッドから彼女に向けて投げかけたあの軽蔑に満ちたまなざしが、あたかもナイフの一突きのように、激しく胸に突き刺さるのを感じていたからである。彼に対する愛には熱い悲痛な感情が混じりこんでおり、彼を救うために手筈を整えたこの企てにより死ぬのだと考えると小躍りしたくなるほどだった。家族と行き違いになることを心配して、トニは一本の松の木の幹のところに立ったが、それはここにいれば、招待の書状を受けとってもらえたなら、一行が必ずここを通り過ぎるはずだったからである。はたして、地平線に夜明けの最初の光が射すとすぐさま、申し合わせどおり一行を案内してやってくる少年ナンキーの声が、早くもはるか遠い森の下のほうの木々のあいだから聞こえてきた。

一行の面々は、シュトレームリ氏と騾馬に乗ったその夫人、そしてシュトレームリ氏の五人の子どもたち、そのうちの二人、一八歳と一七歳の若者であるアーデルベルトとゴットフリートは騾馬の横に付き添って歩き、さらに三人の召使と二人の女中で、女中の一人は胸に乳飲児を抱えて別の騾馬に乗っており、総勢一二人であった。一行は、道の上をはいまわる松の根を踏み越えながら、ゆっくりとあの松の幹のところに向かって進んでいた。トニは誰も驚かさないですむように音もなく木の影から姿を現すと、一行に向かって、止まってください！ と呼びかけた。少年はトニだとすぐにわかり、シュトレームリさんはどこでしょうかとトニが訊いているときに、男も女も子どもたちも彼女を取り囲むなか、ナンキーは喜んでいそいそとトニを一家の長老であるシュトレームリ氏に引き合わせた。「旦那さま！」トニはシュトレームリ氏が挨拶しているのをきっぱりした口調でさえぎって言った、「いきなりのことで驚いたのですが、黒人ホアンゴが手下をすべて連れて居住地に戻ってきているのです。いまあそこにお立ち寄りになるということは、かなり命の危険をともなうものとなります。それどころか、運悪くあそこに迎え入れられることになったあなたの甥御さんは、もしみなさんが武器を手にして、黒人ホアンゴに監禁されている状態から解放するために、私についてあのプランテーションに来てくださらなければ、命を失ってしまいます！」なんということだ！ 恐怖にとらわれ、家族の者たちはみな口々に叫んだ。病気であり旅で疲れ果てていた母親は気を失い、騾馬から地面に落ちてしまった。シュトレームリ氏の呼び声で女中たちが夫人を助け起こすために急いでやってくるあいだ、トニは若者たちから矢継ぎ早に問われながらも、少年ナンキーに聞かれないようにと、シュトレームリ氏とその他の男性たちを脇に連れていった。トニは男たちに、恥ずかしさと後悔の涙をおしとどめようともせず、起こったことすべてを話した。若者がやってきたときあの家がどのような状況であったかということ、彼とのあいだで二人だけで交わした会話によって、その状況が考えられないほどまったく変わってしまったということ、黒人ホアンゴが到着したとき、自分が不安のためほとんど狂ったように何をしたかということ、自分自身が陥れることになった監禁状態からあの人を解放するためには、自分は生と死を賭す心づもりがあること。

——武器だ！　シュトレームリ氏は叫ぶと、夫人の騾馬のほうへと急ぎ、銃を取り出した。たくましい息子たちアーデルベルトとゴットフリート、そして三人の勇敢な召使たちも武装を整えているあいだ、シュトレームリ氏は言った。甥のアウグスト*はこれまで一人ならずわれわれの命を救ってくれた。今度はわれわれが、彼に同じつとめを果たす番だ。そう言うとシュトレームリ氏は、回復した夫人をまた騾馬に乗せ、用心のためにある種の人質として、少年ナンキーの両手を縛らせた。女たちや小さな子どもたちはみな、同じように武装した一三歳の息子フェルディナントに護衛させるのみで、カモメ池のほとりに送り返した。トニは自ら兜と槍を身につけていたが、シュトレームリ氏は彼女に黒人たちの勢力や中庭での配置についてくわしく尋ね、またホアンゴとトニの母親については、この計画を実行するときに可能なかぎり手出しをしないようにすると約束し、そして勇敢に、神に信頼を置きながら、この小さな一隊の先頭に立ち、トニの案内によって居住地へと向かっていった。

トニは、この一隊が裏門から忍び込むと、すぐさまホアンゴとバベカンが休んでいる部屋をシュトレームリ氏に教えた。そしてシュトレームリ氏が物音を立てず手勢とともに鍵のかかっていない家に入り込み、集められている黒人たちの武器すべてを手中に収めているあいだ、トニはそこからはなれてナンキーの腹違いの弟である五歳のセピーが寝ている小屋に忍びこんだ。老ホアンゴの私生児であるナンキーとセピー、とりわけ母親が最近亡くなったセピーは、ホアンゴにとってかけがえのないものだったからである。囚われの身である若者を無事解放したとしても、カモメ池に戻り、そこからさらにポルトー＝プランスに向けてトニも同行しようと思っている逃亡を続けることには、まださまざまな困難が待ち受けている。そこでトニは、一種の担保のようなものとして二人の子どもたちを手にしていることは、場合によっては黒人たちから追跡を受けたときにも、一行にとって非常に有利になるであろうと的確にも考えたのである。トニは誰にも見られずにその子をうまく寝床から抱え出し、まだなかば眠っているその子を腕に抱いて本館へと運んでいった。そのあいだシュトレームリ氏のほうは、仲間とともにできるかぎりこっそりとホアンゴの部屋の扉を開けて中に入っていった。しかし、ホアンゴとバベカンは思っていたようにベッドの中にいたわけではなく、物音のために目を覚ましていた二人は、半分裸で何もできない状態ではあったが、部屋の真ん中に突っ立っていた。シュトレームリ氏は銃を手に取ると、二人とも降伏しろ、さもなければ死ぬことになるぞ！　と大声で叫んだ。ところがホアンゴは、答えるどころか、壁からピストルをさっと取るとぶっ放し、弾はシュトレームリ氏の頭をかすめて一隊のうちに撃ち込まれた。シュトレームリ氏の一隊はこれを合図にたけり狂うようにホアンゴに襲いかかった。ホアンゴは二発目で一人の召使の肩を撃ち抜いたが、サーベルで切りつけられて手に負傷を負い、バベカンとホアンゴは二人とも打ち負かされて、大きな机の脚に縄でしっかりと縛りつけられることになった。そのようにしているあいだにも、数でいえば二〇人かそれ以上のホアンゴの手下の黒人たちが、銃声で目を覚まして自分たちの小屋から雪崩《なだれ》を打って現れ、家の中にいる年老いたバベカンの叫び声を耳にしたために、自分たちの武器を取り戻そうと怒り狂って家に向かって押し寄せてきた。たいした怪我でもなかったシュトレームリ氏は、家のいくつもの窓のところに仲間を配置し、黒人連中を垣根のところにとどめておくために彼らに向けて銃を放ったのだが、それも功を奏することはなかった。中庭にすでに二人の死者が横たわっていたのだが、黒人たちはそれに目をくれることもなく、シュトレームリ氏が閂《かんぬき》をかけていた家の扉をこじ開けようと、斧や鉄《かな》梃《てこ》を持ってこようとしたちょうどそのとき、身体を打ち震わせおののきながら、トニが少年セピーを腕に抱えてホアンゴの部屋に入ってきた。シュトレームリ氏にとってトニが姿を現したことは願ってもないことで、トニの腕から少年をさっと手にした。シュトレームリ氏は猟刀を引き抜くとホアンゴのほうを向き、黒人たちに彼らがしようとしていることをやめるよう呼びかけなければ、この子をすぐさま殺してしまうぞと言い渡した。ホアンゴは、手の指三本を切りつけられてその力も打ち砕かれており、また断った場合には自分の命も危ういものになるであろうと思い、少し思案したのちに、床から助け起こしてもらいながら、「そのようにしよう」と答えた。ホアンゴはシュトレームリ氏に連れられて窓際に立つと、左手に持ったハンカチを中庭のほうに差し出し合図しながら、黒人たちに向かって「おれの命を救うのに何の助けもいらないので、おまえたちは扉には何もしないで、自分の小屋に戻ってくれ!」と叫んだ。それを受けて、戦闘は少しばかり落ち着いた。ホアンゴはさらに、シュトレームリ氏に請われて、家の中で捕らえられていた一人の黒人にこの命令をもう一度繰り返すようにと、中庭にまだとどまりどうしようかと相談している黒人たちの一群に遣わした。黒人たちは、ことの次第がよくわからないままではあったが、この公式な使いの者の言葉にしたがわないわけにはいかなかったため、襲撃を実行する準備はすべて整っていたのだが、結局それはあきらめ、ぶつぶつと罵りの言葉を口にしながらも、次第に自分の小屋へと戻っていった。シュトレームリ氏は、ホアンゴの目の前で少年セピーの両手を縛らせながら、「私が目指しているのは、このプランテーションで自分の甥の将校の身にふりかかった拘束から彼を解き放つことの他には何もない。彼がポルトー＝プランスに向けて逃亡することについて邪魔立てするようなことがなければ、あなたの命もあなたの子どもたちの命についても何も心配することはないし、また子どもたちはあなたにお返しする」とホアンゴに言った。トニはバベカンに近づき、抑えることのできない胸の高まりに心を打ち震わせながら、お別れにと手をさしのべようとしたが、バベカンはこれを激しくはねつけた。バベカンはトニに向かって、卑劣なやつ、裏切り者と罵り、横たわっている机の脚元で反対のほうを向きながら、おまえがその恥ずべき行いのことを喜ぶようになるまえに、神の復讐がおまえに下ることになるだろうと言った。トニは答えて言った。「私はお母さんたちを裏切ったわけではありません。私は白人で、捕らえられたあの若い方と婚約しているのです。私は、あなたたちがおおっぴらに戦争をしている相手の人たちの種族に属しているのであって、神さまの前で、自分がその人たちの側についたことの責任を負うこともできると思っています。」そのあとシュトレームリ氏は、安全のためにもう一度ホアンゴを縛り、扉の支柱に固く結えつけさせると見張りをつけた。シュトレームリ氏は肩の骨が砕け気を失って床に倒れている召使を、他の者に命じ担ぎ上げて部屋から運ばせた。そして、二人の子どもたちナンキーとセピーは、何日かたってから、フランス軍の最初の前哨が立つサント＝リュス*で連れ帰ることができようとホアンゴに言ったのち、さまざまな感情に襲われ涙にくれないではいられないトニの手をとって、ババカンと老ホアンゴの罵りの言葉をうけながら、彼女を寝室から外に連れ出した。

そのあいだシュトレームリ氏の二人の息子、アーデルベルトとゴットフリートは、窓際で行われた最初の主要な戦いもすでに終わり、父の命令によって従兄のアウグストの部屋へと急ぎ、しつこく抵抗を受けながらも、幸いにして彼を見張っていた二人の黒人を打ち負かすことができた。一人は死んで床に倒れ、もう一人は銃弾によって重い傷を負い、なんとか廊下まで身体を引きずって出ていった。二人の兄弟のうち年上のほうは、軽傷ではあったものの自ら太ももに傷を負っていたが、二人して大切な従兄の縄を解いた。二人は彼を抱いて口づけし、銃や武器を手渡しながら、いまや勝利は決定的なものとなっておそらくシュトレームリ氏がすでに撤退のための手筈を整えているであろうから、その表の部屋に向かう自分たちについてくるようにと、歓喜の声をあげながら彼に言った。しかし、従兄のアウグストはベッドで半分身を起こしながら親しげに二人の手を握りしめたが、それ以外は黙ってぼんやりしたまま、彼らが差し出したピストルを手にすることもなく、右手を上にあげると、いいようもない悲痛な表情を浮かべて額を撫でた。二人の若者たちは彼のところに腰をおろし、どこか悪いのかと尋ねたが、彼は腕で二人を抱きかかえながら無言のまま頭を若いほうの従弟の肩にもたせかけてきたので、アーデルベルトは立ち上がり、彼が失神すると思い込んで、水を一杯汲んでこようとした。まさにそのときトニが、少年セピーを腕に抱え、シュトレームリ氏に手を引かれながら部屋に入ってきた。それを見るとアウグストは顔色を変えた。彼はまるで倒れようとするかのように立ち上がりながら、友人たちの身体にしっかりとつかまった。そして、いまこのときになって二人の若者の手からピストルをとると、それでいったい何をしようとしているのか二人がまだわからないでいるうちに、怒りで歯ぎしりしながら、トニめがけてピストルを発射した。銃弾は彼女の胸の真ん中を貫いた。トニは苦痛の声をとぎれとぎれに発しながら、男のほうに向かってまだ何歩か進んだが、男の子をシュトレームリ氏に手渡すと、男の前でばったりと倒れた。彼はピストルをトニの上に放り投げると、足でトニを蹴飛ばし、この売女めと言いながら、またベッドにどっと倒れ込んだ。「おまえはなんという恐ろしいことをするのだ!」シュトレームリ氏と二人の息子たちは叫んだ。若者たちは身を投げ出すように少女の上にかがみ込み、彼女を抱き起こしながら、年とった召使たちのうちの一人を呼びよせた。その召使は、似たような幾多の絶望的な状況のときにも、この一行に医者としての助力を果たしてきた。しかし少女は、痙攣でわななきつつ手で傷口を押さえ、友の二人を押しのけて、「あの人に言って――」と自分を撃った男を指しながら、苦しそうに喘ぎ、言葉を詰まらせながらも口にした。そしてもう一度、「あの人に言って――」彼に何を言ってほしいのだね？　死が彼女から言葉を奪いつつあるのを見て、シュトレームリ氏は尋ねた。アーデルベルトとゴットフリートは立ち上がると、この理解できない残忍な殺人を行った者に向かって叫んだ。あなたはこの少女が自分を救ってくれた人だということをわかっているのですか。彼女はあなたを愛しており、あなたのために両親も財産もすべてを投げうって、あなたと一緒にポルトー＝プランスに逃げるというのが、この人の考えていたことだったのですよ。――グスタフ！　彼らはグスタフの耳元でどなり声をあげた。そして、彼が身動きもせず、自分たちのほうに注意を向けようともしないでベッドに横たわっているので、何も聞こえないのか？　と言って彼を揺さぶり、髪の毛をつかんだ。グスタフは起き上がった。彼は血の海の中でのたうち回る少女に目を向けた。このような行いを引き起こした怒りは、自然ななりゆきで、普通の同情の気持ちへと変わっていった。シュトレームリ氏は熱い涙をハンカチに落としながら、おまえはほんとうにどうしてこのようなことをしたのかと尋ねた。ベッドから降りて立ち上がり、額から汗を拭いながら少女を見ていた甥のグスタフは、彼女が卑劣にも夜のうちに自分を縛り、黒人ホアンゴに引き渡したからだと答えた。「ああ！」トニは叫び、喩《たと》えようのないまなざしで手を彼のほうに差し出した。「大切なあなたを縛ったわけは――」しかし、彼女は話すこともできず、その手が彼に届くこともなかった。少女は、突然力が緩んだようにまたシュトレームリ氏の膝の上に倒れかかった。それはなぜ？　グスタフは彼女のもとにがっくりと膝をつき、蒼白になって尋ねた。トニの喘ぎ声にときおりさえぎられる長い沈黙のあいだ、トニからはその答えを期待することはできなかったのだが、そのあとシュトレームリ氏が話し始めた。それは、ホアンゴが到着してからは、不幸なおまえを救うための手立てが他になかったからだ。おまえがまちがいなく始めていたであろう戦いを避けるために、彼女の采配のおかげですでにこちらに急いでいた私たちが、武器を携えて力づくでおまえを解放できるようになるまでのあいだ、時間稼ぎをしようと考えていたからなのだ。グスタフは二つの手で顔を覆った。おお！　目を上げることもなくグスタフは叫び、地面が足元から崩れ去るようだと言った。あなたたちが私に言っていることはほんとうなのですか。彼は腕を彼女の身体にまわし、悲嘆のために引き裂かれた心で彼女の顔を見つめた。「ああ！」とトニは叫び、そしてこれが彼女の最後の言葉となった。「私を信頼しないということがあってはならなかったはずなのに！」この言葉とともに、彼女は美しい魂を息のようにはき出した。グスタフは髪の毛をかきむしった。そのとおりだ！彼は、従弟たちが亡骸から自分を引き離そうとしているときに言った。あなたを信頼しないということがあってはならなかったはずなのに。私たちはたしかにそのような言葉を何も交わしてはいなかったけれど、あなたは誓いによって私と婚約で結ばれていたのだから！　シュトレームリ氏は嘆き悲しみながら、少女の胸をおおっている上衣を押し下げた。シュトレームリ氏は、不完全ながらも救急用の道具をもってとなりに立っている召使に声をかけ、弾が胸の骨に突き刺さっているはずだと言って、弾を取り出させようとした。しかし、すでに述べたように、あらゆる努力は虚しいものであり、鉛の弾は少女を完全に貫通し、彼女の魂はすでによりよい星々のところに逃れ去っていた。——そのあいだ、グスタフは窓のほうに歩いていた。シュトレームリ氏と息子たちが静かに涙を流しながら、亡骸をどのようにしようか、また母親をここに呼び寄せたほうがよいのではないかと相談していたそのとき、グスタフはもう一つのピストルに充塡されていた銃弾を自分の頭にぶち込んだ。あらたに起こったこの恐ろしい行為に、身内の者たちはすっかり動転してしまった。救助の手は、今度は彼にさしのべられることになった。しかし、このあまりに不幸な男の頭蓋骨はすっかり砕け散っており、彼がピストルを口に当てていたため、一部はあたりの壁にも引っかかっていた。最初に気を取り直したのはシュトレームリ氏だった。すでに昼の光が窓から燦然《さんぜん》とさしこみ、また黒人たちがふたたび中庭に姿を現しているとの知らせが入ってきたからでもある。ただちに撤退することを考えるほかなかった。二つの亡骸は、黒人たちがほしいままにいたぶるようさせたくなかったので、一つの板の上に乗せることにし、あらたに銃に弾をこめたあと、悲しみの行列はカモメ池に向かって出発した。シュトレームリ氏は少年セピーを腕に抱えて先頭に立ち、それに続く二人のきわめて屈強な召使たちは、肩に二人の亡骸を担いでいた。負傷した召使は、杖をついてそのあとをよろめきながら歩いた。アーデルベルトとゴットフリートは、撃鉄を起こした銃をかまえ、ゆっくりと進む葬列の横を並んで進んだ。黒人たちはこの一隊が脆弱であると見てとり、槍や熊手を手にして住居から出てくると、攻撃を仕掛けようという素振りをみせていた。しかし、注意してあらかじめ縄を解いていたホアンゴが家の階段のところに出てきて、黒人たちに鎮まるようにと合図をした。「サント＝リュスで！」亡骸をともなって門のところにさしかかっていたシュトレームリ氏に、ホアンゴが大声で呼びかけた。「サント＝リュスで！」シュトレームリ氏もこれに答えた。そのあと一行は追跡を受けることもなく外の野原に抜け出し、森にたどり着いた。カモメ池で家族の者たちに会うと、多くの涙を流しながら、みなは亡骸のために墓穴を掘った。そして二人が手につけていた指輪を交換したあと、静かな祈りを捧げながら、二人を永遠の平和の住まいの中へとおろしていった。それから五日ほどして、妻や子どもたちとともにサント＝リュスにたどり着くことができ、シュトレームリ氏はほんとうに幸せな気持ちだった。そこで彼は約束どおり、二人の黒人の子どもたちをあとに残した。彼は包囲が開始される直前にポルトー＝プランスに到着し、その町の防塁で白人のために戦闘に加わった。粘り強い防戦のあと町がついにデサリーヌ将軍の手に落ちたとき、シュトレームリ氏はフランス軍とともにイギリスの艦隊に逃れ、家族はヨーロッパまで船で渡って、そのあとは特段の事故もなく祖国スイスにたどり着いた。シュトレームリ氏は少しばかりの財産の残りを使って、リギ*の地域に土地を購入した。一八〇七年にはまだ、甥のグスタフとその婚約者である忠実なトニのために彼が建てた記念碑が、庭園の茂みの中にあるのを目にすることができた。

訳　注

ミヒャエル・コールハース

七頁　いまもなおこの男の名前を冠する村　あとから言及されるようにコールハーゼンブリュック(Kohlhasenbrück)を指す。この町は実在するが、物語の歴史上のモデルとなったハンス・コールハーゼは、この町ではなく、現在のベルリン・ミッテにあったシュプレー川沿いのアルト゠ケルン(Cölln)の生まれである。コールハーゼンブリュックのほうは、あとになって実在の人物の歴史上の出来事と関連づけられて命名されたようだ。しかし、いずれにせよクライストがこの実在の場所を物語の舞台の一つとして設定しているとすれば、その地理的な位置は物語のなかで意味をもつものとなる。コールハーゼンブリュックは、現在、連邦州ベルリンの西南のシュテークリッツ゠ツェーレンドルフ区にある。ハーフェル川の対岸にあるブランデンブルク州ポツダムから東に六キロメートルのところ。

九頁　境界　コールハースは、ヴェンツェル・フォン・トロンカというユンカーが領主であるトロンケンブルクという領地（城《ブルク》と農場がある）を通り抜けようとしており、この領地の「境界」を指す。トロンケンブルクはエルベ河畔とされているので、完全にザクセン選帝侯領内にあり、ブランデンブルクとザクセンのあいだの国境ということではない。

二一頁　硫黄糸　硫黄を染み込ませた糸で、マッチのように着火のために用いた。

二八頁　ドレスデンに向けて出発した　物語はドレスデンがザクセン選帝侯領の宮廷所在地《レジデンツ》（首都）であることを前提としており、ここでコールハースがドレスデンに向かうのも、法廷が宮廷所在地にあるためである。しかし、歴史上のモデルであるハンス・コールハーゼがこの出来事に関わっていた一五三二年から処刑される一五四〇年の時代、ザクセン選帝侯領の首都は実際にはヴィッテンベルクだった。ドレスデンは、ザクセン選帝侯領の領土分割が一四八五年に相続者である息子たちによって行われて以降、アルベルティン家の宮廷都市ではあったが、選帝侯領の首都という位置づけは、アルベルティン家のモーリッツが選帝侯となった一五四七年以降のことである。

三〇頁　ヒンツおよびクンツ・フォン・トロンカ　ヒンツ(Hinz)とクンツ(Kunz)という名前は、それぞれハインリヒ(Heinrich)とコンラート(Konrad)を短くした愛称的な名前だが、「ヒンツとクンツ」がセットになって「誰でも彼でも」という意味の揶揄的な慣用表現として一般に広く知られている。これは、中世にハインリヒやコンラートという名前の国王・領主の名前が多かったため、それにあやかってこれらの名前が男性名として多すぎるほど用いられたことに由来する。この初出の箇所でも「ヒンツとクンツ」という慣用表現のままのかたちで名前が登場し、この二人の登場人物に対する皮肉が重ね合わされていることになる。

三三頁　カルハイム伯爵　ブランデンブルク宮廷のジークフリート・フォン・カルハイム伯爵。のちに、ザクセン宮廷でも同じ名前のカルハイム伯爵という主要人物が登場するが、この二人は親戚関係にある。

三八頁　ハンブルク銀行　ハンブルク銀行の創設は一六一九年であり、この物語の時点(一六世紀中葉)では実際にはまだ存在していない。

四〇頁　シュヴェリーン　シュヴェリーン(Schwerin)はメクレンブルク大公領の中心都市で、メクレンブルクはブランデンブルクの北に位置する。コールハースの農場の場所と思われるあたりからシュヴェリーンまでは、北西におよそ二〇〇キロメートル離れている。

四五頁　汝の敵を許せ。汝を憎む者にも善をなせ　マタイ福音書第五章第四四節がそれにあたる。ただしこの言葉は聖書を正確に引用したものではない。聖書では、「敵を愛し、迫害するもののために祈れ」とある。

四五頁　あのユンカーを私が許す…神が決して私をお許しになりませんように　このコールハースの原文の言葉は、かなり混乱を招くようなわかりにくい表現となっている。この意味が明快ではない表現をめぐってはさまざまな解釈があるが、ここでの翻訳はそのような解釈の一つ。いずれにせよコールハースは、リースベトの最後のメッセージにもかかわらず、ここでユンカーに対する復讐を決意している。

四五頁　エレ　エレという長さの単位は一の腕の長さをもとにしており、六〇〜八〇センチメートル程度。八エレだと、五〜六・五メートル程度ということになる。

五〇頁　エアラブルン　ヴュルツブルク近郊の小都市エアラブルン(Erlabrunn)の名前にちなんでいる。現在はバイエルン州にあるこの町そのものは、物語の舞台となる土地からは完全に離れたところにある。クライストは一八〇〇年にヴュルツブルクを訪れており、その際にこの名前を知ったのかもしれない。ムルデ川は、ザクセンを流れるエルベ川の支流である。

五七頁　聖ゲルヴァシウスの祝日　ゲルヴァシウスは、紀元後二世紀のミラノで殉教し、のちに聖人に列せられた人物。カトリック教会では六月一九日がその祝日とされていた。

六一頁　プライセンブルク　プライセンブルク(Pleißenburg)は、プライセ河畔にある要塞都市《ブルク》で、ライプツィヒの近郊にあった。

六一頁　ヤッセン　ヤッセン(Jassen)とされているこの場所は、ヴィッテンベルク近郊の小さな町イェッセン(Jessen)を指すと思われる。

六一頁　ミユールベルク　ミユールベルク(Mühlberg)は、イェッセンよりも南に位置し、ドレスデンとライプツィヒから同じくらいの距離にある町。

六二頁　ダメロー　ダメロー(Damerow)は、現在、ブランデンブルク州の北の州境に隣接するメクレンブルク＝フォアポメルン州の小さな町。ヴィッテンベルクから北上した場所にあるベルリンよりも、さらに北にある。代官がフリードリヒ・フォン・マイセン侯と合流しようとしていたのであれば、ヴィッテンベルクよりも南に向かっていたはずであり、このかなり北にある小さな村で代官を襲撃したというのは場所としては不自然。

六二頁　大天使ミカエル　旧約・新約聖書のいずれにおいても、天使ミカエルの名前が明示的に言及されるのはほぼ黙示録的・終末論的な箇所である(「ダニエル書」での世の終わりについてのダニエルの幻視が語られる第一〇章、第一二章、および「ヨハネの黙示録」第一二章等)。ミカエルは、「ヨハネの黙示録」では悪魔・サタンの象徴である龍《ドラゴン》と戦い、龍に打ち勝つ。このミカエルのイメージは、数多くの絵画や彫刻でも剣を手にした戦いの天使として描かれ、キリスト教の伝統のなかで強力に形成されていった。天使の名前としては日本語では「ミカエル」が広く用いられているため、ここでもその表記としたが、コールハースの名前である「ミヒャエル(Michael)」とまったく同じ綴りであり、ドイツ語で読む場合には区別はない。実在の歴史上の人物のファーストネームがハンスであったのに対して、クライストが主人公の名前をミヒャエルとしたのは、大天使ミカエルのイメージと重ね合わせる意図があったと考えられている。

六二頁　リュッツェン　リュッツェン(Lützen)は、ライプツィヒの南西一五キロメートル程度の位置にある小さな町。この物語より約百年後のことになるが、三十年戦争における戦地の一つとしても知られていた。もともとメルゼブルク司教領に属していたが、宗教改革後に各地で行われた教会領の世俗化の過程でザクセン選帝侯領の管轄下となる。この物語のなかでは、すでにザクセンの領邦内にある町として想定されているように思われる。

六九頁　安導権　紛争や戦争等の状況において、逮捕されたり身体に危害が加えられたりしないことが保証されて通行できる権利。

六九頁　お上　ここで「お上(Obrigkeit)」と呼んでいるものはこのあとの「領邦君主」と同じく、ザクセン選帝侯を指す。

七三頁　シェッフェル　穀物などを図るための円筒形の枡あるいは樽状の容器そのものを表すとともに、それに由来する量《かさ》の単位。地方によってその量にはかなりの違いがあるが、ドレスデン(ザクセン)では約一〇七リットルであったようで、そうなるとかなりの量の餌といえるだろう。

七四頁　聖霊降臨祭　復活祭のあとの第七日曜日が聖霊降臨祭(ペンテコステ)にあたる。どの日になるかは、復活祭の日にちが年により異なるため毎年変わるが、五月上旬から六月中旬の日曜日である。

七四頁　わたくしの告白を聞いていただき…聖なる秘蹟のおめぐみを授けて　ルターは一五二〇年に発表した『教会のバビロン捕囚について』のなかで、それまでローマ・カトリック教会が与えてきた七つの「秘蹟《サクラメント》」のうち、聖餐・洗礼・告解(罪の告白)の三つのみを認めている。ただし、罪の告白については、明確な目に見える「しるし」となって現れるものがないために、厳密には聖餐と洗礼の二つを秘蹟と考えている。現在のルター派のプロテスタント教会では、それにあたるものとしては「洗礼」と「聖餐式」という二つの「聖礼典」のみが特別な「恵み」として認められることになるが、罪の告白は、ルターにとっても、その後のプロテスタント教会にとっても重要な意味をもつものであり(ただしカトリックのように義務ではない)、ここでルターを深く尊敬するコールハースが罪の赦しを願うことは自然なことである。

七四頁　主は、ご自分の敵をお赦しになったのだ　これはとりわけルカ福音書第二三章第三四節、十字架上でのイエスの言葉、「父よ、彼らをおゆるしください。彼らは何をしているのか、わからずにいるのです」を念頭に置いていると思われる。

七五頁　二人の君主　コールハースはブランデンブルクに大きな農園を所有しているので、まずはブランデンブルク選帝侯が自分の君主であり、それとともにザクセン選帝侯領のドレスデン近郊にも所領があるため、ザクセン選帝侯も含めている。

七六頁　救い主イエスさまについては、できない　その前にコールハースがルターにお願いしていた「罪の赦し」と「聖体拝領」の二つの秘蹟を授けてもらうことについては、コールハースが敵対者であるユンカーをあくまでも許すことができないと述べたために認めないということを意味する。コールハースのこの願いは、単にこの年の聖霊降臨祭のときにそれができなかったからというだけではなく、おそらくいつ自分が命を失うかわからないという状況に置かれているためでもあるだろう。

八一頁　国務参議会員殿　クリスティエルン・フォン・マイセン侯を指す。

八一頁　要職者お二人　帝国総司令官・国務参議会員であるクリスティエルン・フォン・マイセン侯と、大法官ヴレーデ伯を指す。

八二頁　クリスティエルン・フォン・マイセン侯の言及した暫定措置　コールハースに対する告訴は、クンツに対する告訴をともなうことになるというクリスティエルン・フォン・マイセン侯の発言で述べられたことを指す。

八四頁　ピルナイッシェ・フォアシュタット　ピルナイッシェ・フォアシュタット(Pirnaische Vorstadt)は、文字どおりには「ピルナの郊外」だが、ドレスデンから約二〇キロメートル離れたピルナという町の郊外ではなく、ドレスデンの町中の一区域を指す名称。フラウエン教会のある区域の東側に位置する。

八九頁　ヴィルスドルーフ　ヴィルスドルーフ(Wilsdruff)は、現在 Wilsdruff(ヴィルスドルッフ)と表記される、ドレスデンから一五キロメートルほど西に位置する小さな町。

九〇頁　デッベルン　デッベルン(Döbbeln)は、ヴィルスドルーフよりさらに三五キロメートルほど西にある小都市。現在は Döbeln(デーベルン)と表記される。

九二頁　ハイニヒェン　ハイニヒェン(Hainichen)は、デッベルン(デーベルン)から南に二〇キロメートルのところにある小さな町。ドレスデンから西に約五〇キロメートルの場所。

九七頁　しきたりや礼儀作法に反してでも　「皮剝ぎ(Abdecker)」という言葉そのものが、中世から近世ヨーロッパでの皮なめし職人、食肉加工職人に対する差別意識と深く結びついている。この小説での「皮剝ぎ」の身なりや行動の描写もそのような特定の社会層のイメージを前提としている。ヒンボルト親方が自分の身内であるクンツの下僕に、皮剝ぎの手にあった馬に触るなと命じたこと、皮剝ぎのところにいる馬に触れることが、「しきたりや礼儀作法に反した」行為になることが、この場面のうちに含まれている。

九八頁　馬たちをきちんと汚《けが》れのないようにして　皮剝ぎ職人のもとにあった馬は、市民の生きる領域の外に置かれていたことになり、それに触れることは市民の「きちんと汚れのない(ehrlich)」世界ではないところに足を踏み入れることになる。下僕は命じられたために仕方なく馬に触れようとしたが、侍従長にほんとうの気持ちを問われて、皮剝ぎ職人のもとにある馬には触りたくないのだと答えたことになる。

一一〇頁　先に言及された同じ名前の人物　皮剝ぎ職人をめぐる騒ぎのときにクンツの依頼で、コールハースを連れてくるために大法官ヴレーデのところに赴いた「フォン・ヴェンク男爵」のこと。同じ名前だが、ここでの「城代ジークフリート・フォン・ヴェンク男爵」と先の「フォン・ヴェンク男爵」は親戚同士の別人。

一一二頁　**ロッケヴィッツ**　ロッケヴィッツ(Lockewitz)はドレスデン郊外、南東約一〇キロメートルの距離にある地域。現在の地名は、Lockwitz(ロックヴィッツ)と表記される。

一一六頁　**アルテンブルク**　アルテンブルク(Altenburg)は、ドレスデンから一〇〇キロメートル西、ライプツィヒの四〇キロメートル南にある小都市。

一二〇頁　**レヴァント**　ギリシア、シリア、アラビア、エジプトといった地中海東部沿岸地域を指す。西洋(Abendland)に対して、「オリエント(Morgenland)」として思い描かれる土地。

一二〇頁　**東インド**　オランダの植民地となっていた「東インド」と呼ばれた地域は、現在のインドネシアにあたる。

一二一頁　**大書記長ジークフリート・フォン・カルハイム伯**　ザクセンの書記局長だった(ヴレーデ伯の失脚後はそのあとを継いで大法官)カルハイム伯の親戚であり、ザクセンとブランデンブルクで領邦は異なるが、ともにトロンカ一族とも親戚関係にあるという設定になっている。

一二三頁　**国際法**　「国際法(Völkerrecht)」という概念そのものは、一六世紀中頃の時点ではまだ生まれていない。

一二四頁　**ラント平和令**　一四九五年に皇帝マクシミリアン一世によって「永久ラント平和令」が出されている。これはさらに、一五二一年にカール五世によって更新される。そこでは私闘（フェーデ）の禁止などが示されていた。このことは、個人の公正・正義（Gerechtigkeit）に対する侵害と受け止められたものに対して、個人の暴力行為によってその不正（Ungerechtigkeit）を解決することを禁止し、公的権力による裁定にそれを委ねるよう求めることを意味する。

一二四頁　ベルリンの宮廷裁判所　神聖ローマ帝国においては、一六世紀以降、「帝国裁判所（Reichskammergericht）」（シュパイアー、のちにヴェッツラー）と「帝国宮廷裁判所（Reichshofgericht）」（ウィーン）という二つの最高裁判機関が存在した。ブランデンブルク選帝侯国で同様の機構があったか不明だが、ここで言及されているのはブランデンブルク選帝侯国での「宮廷裁判所（Hofgericht）」であり、この場合は、先に言及されている「王室裁判所（Kammergericht）」と同じものを指していると考えられる。

一二五頁　書記局長　ここで書記局長と呼ばれているのは、大法官ヴレーデ伯の失脚の前に書記局長を務めていたカルハイム伯のこと。書記局長カルハイム伯（この時点では大法官になっている）とエロイーズは兄妹であり、ともにアロイジウス・フォン・カルハイム伯の子どもということになる。トロンカ家のクンツは、そのエロイーズを妻としているので、カルハイム家との強い結びつきがある。

一二五頁　ダーメ　ダーメ（Dahme）は、ザクセンとブランデンブルクのそれぞれの首都であるドレスデンとベルリンを結ぶ線のほぼ中間地点にある。

一二五頁　**ヘルツベルク**　ヘルツベルク(Herzberg)は、ミュールベルクとダーメのあいだにある土地。ダーメまでは三〇キロメートル弱の距離がある。

一二八頁　**〈愚行〉よ**　ザクセン選帝侯はここで「愚行」を、人の姿を取って現れるようなアレゴリー的形象のようにイメージして語っている。

一二九頁　**ユーターボック**　ユーターボック(Jüterbock)の現在の地名はJüterbog(ユーターボーク)。道程としてはベルリンの南方約七〇キロメートール、ドレスデンからは北に約一三〇キロメートルのところにある小都市。地理的に、ザクセンとブランデンブルクの中間地帯にあたる。

一三一頁　**ルッカウ**　ルッカウ(Luckau)は一行が滞在しているヘルツベルクから北東に四〇キロメートルほど離れたところにある。

一四八頁　**大書記長のカルハイム伯**　このカルハイム伯は、ブランデンブルク選帝侯国のジークフリート・フォン・カルハイム伯のこと。ザクセンのカルハイム伯ではない。侍従長クンツの妻エロイーズはカルハイム家の出身であり、相続を受けたということになる。

一五七頁　**棕櫚の主日**　「棕櫚の主日」という言葉には、ここではプロテスタント教会での表現であるPalmarumが用いられている。イエスが弟子たちとともにイェルサレムに入城し、その週のうちに最後の晩餐とユダの裏切りによるイエスの捕縛(木曜日)、裁判と十字架の刑(金曜日)、そして復活(日曜日)という一連の出来事が起こる。教会の典礼としては、復活祭の一週間前の日曜日がこの「棕櫚の主日」（カトリックでは「枝の主日」）となるが、この日は「受難節（四旬節）」の期間にあたる。つまり、復活祭の喜びの日を迎える前にこの死刑執行をすませようとしたということになるだろう。

一五八頁　デッサウ　デッサウ（Dessau）は、ドレスデンからは北西約一五〇キロメートルのところにあり、アンハルト侯の領邦の首都。この物語の時点では、プロテスタントの信仰が領邦に導入されている。ライプツィヒから比較的近く、北方約七〇キロメートルのところに位置する。

一五八頁　ブラウンシュヴァイク　ブラウンシュヴァイク（Braunschweig）は、デッサウからさらに西に一四〇キロメートルほど離れた比較的大きな都市。物語の時代には、ブラウンシュヴァイク＝ヴォルフェンビュッテル侯爵領の中心都市。

一五九頁　ヤーコプ・フライジング　ヤーコプ・フライジング（Jakob Freising）は架空の人物。ただし、フライジングはカトリックのバイエルンにおいて大司教区の要衝となる町の名前でもあり、ルターの使者としてこの名前が使われていることには何らかの意図が働いている可能性がある。

一六〇頁　エリーザベトより　コールハースの妻リースベト（Lisbeth）の名前は、エリーザベト（Elisabeth）という名前の異なるかたちの一つ。

一六一頁　旗をその頭の上で振ることによって名誉を回復され　皮剝ぎは中世・近世におい

て賤民とみなされており、そこで養われていた馬もまた同じように、一般の人々が近づくことのないある種の汚れのうちにあるととらえられていた。「馬の上で旗を振る」というのは、ふたたび汚れのない、「名誉ある・立派な(ehrlich)」世界に引き戻すための通過儀礼と考えられる。

チリの地震

一六七頁　チリ王国　一六世紀にスペイン王国が植民地化を進める過程で、南米の大半をペルー副王領としており、チリもそのなかに含まれていた。それゆえ「チリ王国」という呼称は歴史的には正しくないが、しかし「王国」と呼ばれるときには、チリの国王がいたということではなく、スペイン王国の支配下にあるチリということになるだろう。

一六七頁　聖体の祝日　「聖体の祝日」は、五月下旬から六月下旬にかけて祝われるカトリックの典礼における祝日。復活祭のあとの第七日曜日が「聖霊降臨祭」にあたり、その次の週の木曜日が「聖体の祝日」となる。聖体顕示台に入れられた聖体を司祭が掲げながら、教会を出発点とする行列が屋外を行進する。イエス・キリストの血と肉を象徴する「パンと葡萄酒」が「聖体」に集約され、それを顕示しつつ町の中を行列が進むことを通じて、人々の日常生活の領域(俗)のうちに聖の領域がゆき渡っていることを示す意味も生じる。ちなみに、一六四七年は六月二〇日がその日にあたるが、実際の地震は五月一三日の夜遅くに起こっている。

一六七頁　**修道女たちの厳かな行列のあとを修練女たちが続き**　修道院は、教会とともに、神の国のために仕える聖職者たちがこの現世の中で生きる「聖」の領域に属するが、「教会」が現世(「俗」の領域)の人々との信仰における関わりの場であるのに対して、「修道院」ではかなりの程度、俗の領域から自らを遮断し、自らの神への献身と祈りが中心の生活となる。修道士・修道女として終生生きる誓いを立てる儀式ののちに修道士・修道女となるが、それ以前にそれが相応しいか見きわめる修行のための準備期間が置かれている。その準備期間にある者を修練士あるいは修練女と呼ぶ。神に自分の生涯を捧げることを誓う修道士・修道女(教会の司祭も)には、男女の性的な関係をもたない「純潔」が要求されている。とりわけ修道女の場合には「キリストの花嫁」としての「純潔」が想定されているため、修道院の庭でそれが破られるという事態のもつ衝撃は非常に大きい。

一六八頁　**きわめて厳しい裁き**　これは赤ちゃんが生まれるにいたる行為の場所や日時、父親の名前などを聞き出すための尋問の場であり、そこでは拷問の道具が使われていることも含意されている。

一六八頁　**副王**　南米の大半を占めるペルー副王領の統治者の官職名が「副王」であるが、それはスペイン国王の代理としてペルー副王領全体の統治を任されていたということであり、この物語に書かれているように植民地としての副王領の一部であるチリ(「チリ王国」

ではない)に副王が存在したということは歴史的にはない。ここで「副王」と言われている人物は、チリの植民地長官といった意味合いの位置づけになるだろう。

一七七頁　コンセプシオン　コンセプシオン(Concepción)は、物語の舞台となっているサンティアゴから南方に道程としては約五〇〇キロメートル以上離れた場所にある、海岸近くの商業で栄えた町。

一八九頁　イエスの神殿に集まったキリスト教徒たち　ヨハネ福音書第八章の冒頭に、律法学者やファリサイ人が姦淫した女をイエスの前に引き出し、石打ちの刑を定めるモーセの律法を引き合いに出してイエスにどのように考えるかを問うて、イエスを試す出来事が描かれている。イエスが、あなた方のなかで罪のない者が、まずこの女に石を投げつけるがよいと答えると、みなは一人一人去ってゆき、残された女にも「わたしもあなたを罰しない」とイエスは述べる。ここでこの教会を「イエスの神殿」と呼び暴徒と化した群衆を「キリスト教徒」と書いているのは、教会に集まった人々がイエスの教えからまったく程遠い状態にあることを揶揄している。

サント・ドミンゴでの婚約

一九七頁　サント・ドミンゴ島のフランス領にあるポルトー=プランス　現在、西側にハイチ共和国、東側にドミニカ共和国があるこの島全体の名称は、イスパニョーラ島である。

一六世紀にスペインが島の北東部から植民地支配を開始し、東部地域を中心にサント・ドミンゴ総督領としていたが、それに対して一七世紀後半からフランスが島の西部地域を占領し、その地域をフランス語でサン＝ドマングと呼んだ。この物語は、フランス支配地域のサン＝ドマングで展開するが、島全体の呼称としてサント・ドミンゴも一般的であった。このフランス支配地域の中心地がポルトー＝プランスであり、この都市は現在のハイチ共和国の首都である。

一九七頁　今世紀のはじめ、黒人たちが白人を殺害していたとき　一七九一年にフランス植民地のサン＝ドマングで奴隷を中心とする暴動が起こる(ハイチ革命のはじまり)。このときにも黒人奴隷による多数の白人の殺害が生じていたが、物語のなかで「今世紀のはじめ」といわれているものは、おそらく、一八〇二年一〇月に黒人たちがあらたに反乱を起こして暴動に展開したことを指していると思われる。この事態は、一八〇四年にハイチが独立を宣言し、この革命が収束するまで続く。

一九七頁　ギヨーム・ド・ヴィルヌーヴ殿のプランテーション　ギヨーム・ド・ヴィルヌーヴは、架空の人物。このプランテーションは、冒頭の一文からはポルトー＝プランスそのものにあるように読めるが、物語の地理的設定からすれば、島の北東部にあるフォール＝ドーファンから南部の港湾都市ポルトー＝プランスにいたる途上に位置し、おそらくポルトー＝プランスまで三〇〜五〇キロメートル程度離れた距離(ポルトー＝プランス近辺)にある場所ということになるだろう。

一九七頁　黒人　この小説では黒人(とりわけホアンゴ)を表す言葉として、Neger(ニグロ)という語が普通に使われている(女性形や語の一部等も含め、原文では全体で六〇回以上)。黒人に対する広い意味での差別意識・白人の文化の優越性の意識がそこには根本的に存在するにせよ、少なくとも現在は侮蔑的に響く言葉を意図的に用いている意味合いはない。それ以外にSchwarze(黒人たち)という表現も一定数あるが、日本語としてはとくに区別をしていない。

一九七頁　ムラート　おもにラテンアメリカでヨーロッパ系の白人と黒人との混血を指す。

一九八頁　国民公会の無思慮な措置　一七九一年、フランス革命の過程で国民公会が、フランス植民地の黒人奴隷に対して自由と平等を宣言したことを指すと思われる。黒人奴隷制度の廃止に対する「無思慮な」という否定的な評価の言葉は、フランス革命の過程で生じたことがらに対する語り手の価値観から付されたものということになるだろう。

一九八頁　メスティーソ　本来的には、ヨーロッパ系白人(多くはスペイン人)とラテンアメリカの先住民との混血を指すが、この小説ではムラートのババカンとヨーロッパ白人男性(フランス人)とのあいだに生まれたトニを「メスティーソ」と呼んでいるので、もっと曖昧な意味での混血を表しているようだ。いずれにしてもムラートよりも白人の要素が多いことになり、ここでの「メスティーソ」には、そのような位置づけが与えられている。

一九九頁　**クリオーリョ**　スペインの植民地については、基本的に植民地で生まれたヨーロッパの白人の子孫がクリオーリョと呼ばれている。フランスの植民地の場合には、もう少し意味が拡張され、現地生まれであるとともに、しばしば混血である(白人との)ことも含意される。この小説のなかで、ドイツ語で Kreole(またその形容詞)と呼ばれる人たちは、ほぼ「白人」(植民地生まれではなく、ヨーロッパからやってきた人間)と同じような位置づけであるので、フランス植民地での物語ではあるが、ここではラテンアメリカのさまざまな人種状況を表す言葉に揃えてスペイン語の呼び方としている。

一九九頁　**デサリーヌ将軍**　ジャン＝ジャック・デサリーヌ(Jean-Jacques Dessalines, 1758-1806)は、もともとはサン＝ドマングの黒人奴隷。一七九一年に最初の大規模な反乱が起こったとき以来、反乱軍を率いてフランス軍を撃破し、いくつもの軍事的功績を残している。ハイチ革命の最初のリーダーであるトゥーサン・ルーヴェルチュールが、一八〇二年にナポレオン軍の謀略により捕らえられてフランスで獄死したのち、反乱軍の新たな指導者となり、フランス軍を最終的に撃破した一八〇三年一一月一八日のヴェルティエールの戦いでも中心的な役割を果たした一人。フランス軍を放逐したあと、サン＝ドマング総督の座につき、さらに一八〇四年に独立したあとには「皇帝」ともなった。

一九九頁　**ポルトー＝プランスは…フランス支配の最後の拠点**　ハイチ革命の勝敗を最終的に決したのは、ヴェルティエールの戦い(一八〇三年一一月一八日)であり、ここで述べられているようにポルトー＝プランスがフランス軍の最後の拠点であったわけではない。一八〇三年一〇月末までにはほとんどの場所でフランス軍は撃破されており、ポルトー＝プランスもそのような戦場の一つであったかもしれないが、この革命の戦いのなかで最後の激戦地であったわけではないようだ。最後の戦いの場となったヴェルティエールは、島の北部の港湾都市カパイシャン(Kap Ayisyen)の南にあり、南部のポルトー＝プランスとはまったく別の場所である。

二〇一頁　上衣　トニの着衣、とくに上半身にまとっているものについて物語のなかで何度か言及があるが、上下がセパレートになっている上衣(胸当て)は、ストラップを首のうしろで結ぶ(おそらくは背中の部分も布が開いていてそこも紐で閉じる)ようなかたちのものと思われる。

二〇四頁　フォール＝ドーファン　現在はフォール＝リベルテという名のハイチ共和国北東部沿岸(ドミニカ共和国との国境近く)の町。ポルトー＝プランスまでは、北から南に約二〇〇キロメートル移動することになる。

二〇四頁　ムーア人　本来的には北アフリカのベルベル人をおもに指し、さらには地中海沿岸で勢力を拡大していったイスラム教徒全般をも意味するようになっていくが、それとともにもっと曖昧な意味で黒人全般をも指す。ここで「ムーア人の土地」という言い方をするときには混血も含めた黒人全般を意味しているように思われる。しかし、別の箇所では

「ムーア人や黒人(Neger)」という言い方もしているため、黒人と区別した意味の場合と混ざっているようだ。

二〇六頁　キューバ島のサンティアゴ　キューバ島の東の端にある港湾都市サンティアーゴ・デ・クーバを指す。

二〇六頁　かの大陸の陽の光　「かの大陸」はヨーロッパを指す。つまり、白人の血の割合がより多いトニは、白人の肌の色に近いということをいっている。それに対して、その前にバベカンが自分自身について言及するときには、陽の光を受けてさらに黒さが際立つと述べていることになる。

二一四頁　黄熱病　実際にハイチ革命のあいだに黄熱病が蔓延していて、フランス軍でも、黒人を中心とする軍でも、黄熱病による死者が非常に多かった。

二一八頁　そこで広くゆき渡っていることわざ　一八世紀ドイツの詩人クリスティアン・フュルヒテゴット・ゲレルト(Christian Fürchtegott Gellert, 1715–1769)の「年若い女の子」という教訓的な詩の一節を念頭に置いていると思われる。詩のなかでは、求婚者が家にやってきたとき父親が、娘はまだ若すぎる、一四歳になったばかりだと言ったのに対して、女の子は父親に「一四歳になったばかりですって?　いいえ、私は一四歳と七週間です」と答え、結局、父親は結婚を承諾する。

二二〇頁　ストラスブール　ドイツ語ではシュトラースブルク。ライン川の左岸に位置し、アルザス地方の中心都市であるストラスブール／シュトラースブルクは、歴史的にドイツとフランスのあいだを政治的・経済的・文化的に交錯するような位置づけの町である。とはいえ、三十年戦争終結後の一七世紀後半以降、一八七一年の普仏戦争でのフランスの敗北まで、ストラスブールは基本的にフランスの領土であった（第二次世界大戦後も）。フランス革命の時代、ストラスブールでも革命の嵐が吹き荒れた。ちなみに、もともと革命歌であった「ラ・マルセイエーズ」は、ストラスブールの作曲家によるものであり、そのうち全土に広まっていった。

二二二頁　ライン川の向こうに　ライン対岸はドイツ（神聖ローマ帝国内の領邦）であり、さしあたりこの時点では、革命の力が及ばないところということになる。

二二三頁　アーレ　アーレ川は、スイス北部で東西に流れる川で、北部でドイツとの国境をなすライン川へと流れ込む。この川の流域はドイツ語圏。

二四五頁　アウグスト　主人公の名前が、この箇所と、さらにあと三箇所で「グスタフ（Gustav）」ではなく「アウグスト（August）」とされている。そのあとシュトレームリ氏たちが「グスタフ！」と主人公の耳元で叫ぶ箇所から、主人公の名前がふたたび「グスタフ」に戻る。詳細については解説を参照。

二五〇頁　サント＝リュス　これに類する地名はハイチには実在しない。原文ではSaint Lüzeとされており、純粋なフランス語あるいはスペイン語の地名ではなく、ドイツ語が混在した表記になっている。ここではフランス語の地名 Sainte-Luce に置き換えて翻訳している。

二五六頁　リギ　フィアヴァルトシュテッテ湖（ルツェルンもその湖岸にある）とツーク湖にはさまれた、なだらかなリギ山などのある地域で、いかにもスイスらしい自然に囲まれたところ。

解説

クライストの言葉について

ハインリヒ・フォン・クライストの生まれたフランクフルト・アン・デア・オーダーは、現在ではポーランドとの国境沿いにある町である。オーダー川の向こう岸にあるポーランドの町スウビツェには橋を渡って歩いて行けるが、その橋からほんの数百メートル離れた河岸にクライスト博物館がある。キュレーターのすぐれたセンスによって、クライストの独特な言葉が視覚的に立ち現れる面白い仕掛けがこの博物館にはあり、テクストがどれだけ入れ子状の構造によって組み立てられているかが、文構造のレベルごとに文を書き分けた透明のセルロイドシートの複数のレイヤーによって体感できる。こういった展示があるということ一つとっても、クライストのテクストがいかに複雑であるかが如実に示されているといえるだろう。とはいえ、ただ単に文が複雑に入り組み、それにともなって文が極端に長くなるというだけのことではない。そのような言葉の外面的な特質は、クライストの作品そのものにとって、決定的に重要な意味をもっている。この博物館の展示スペースの壁には、次のような言葉が書かれている。(クライスト博物館研究担当のバルバラ・グリプニッツ氏に問い合わせたところ、上記の常設展示は二〇一六年まで継続され、二〇一七年三月から新たな常設展示になるとのこと。また「言葉(Sprache)」と題された下記のテクストも同氏によるものだとのことである。)

クライストの言葉は独特です。彼の作品は簡単に読めるものではありませんが、しかし同時に強力な魅力を秘めています。その一つの理由は、高度に言葉が熟達しているということにあります。文法的な規則は、ときには遊びのように、ときには暴力的に、その限界にまでもたらされます。書かれたものの表面には、アーチ状の曲線や階段やプレートや穴からなる建築物が現れており、それらはテクストの視覚的経験に挑みかかります。そして、それを通じてテクストにあらたなディメンジョンを付け加えることができるのです。言葉の複雑さは(語られている)世界の複雑さに対応しているのです。

このようなクライストの言葉の独特な魅力に、詩人・作家の多和田葉子も強く惹きつけられており、『エクソフォニー』（岩波書店、二〇〇三年）のなかで、次のようなとても興味深いコメントを書き記している。「それ（欧米を批判的に捉える鷗外のユーモラスなエッセイ）に比べて、鷗外のクライスト訳については、わたしはちょっと不満だった。鷗外がクライストという作家を日本に早々と紹介したことは素晴らしいが、せっかく古典的バランスを揺るがす新しい言葉の可能性を切り開いたクライストの文体を、鷗外の翻訳は刈り込んで形を整えてしまっている。たとえばクライストの文章は副文が多く、しかもその副文が情報を追加するという役割をはみ出して、勝手ににょきにょきと生えていく。そこがクライストの魅力でもあるし、この文体は無駄にあるのではなく、内容と切り離せない。」森鷗外は、クライストの作品では「地震」という標題で「チリの地震」、そして「悪因縁」というタイトルで「サント・ドミンゴでの婚約」を翻訳している（『鷗外全集 第一巻』岩波書店、一九七一年、所収）。鷗外の実際の翻訳の文章は、ぜひご自身で味わっていただければと思うが、そこには文語体の格調高さのなかに、きびきびと語りのリズムが流れる鷗外独特の言葉の魅力を強く感じとることができる。私自身は、鷗外のこの翻訳の文体がとても好きなのだが、多和田葉子が指摘していることはそのとおりで、たしかにクライストの次々と付加的な状況説明が続く長い文が、歯切れよく進むテンポで切り分けられている。多和田は同じエッセイのなかで憤激しながら、「各国の研究者や文芸評論家や翻訳者」のよく口にする「クライストの悪文」という言葉を引き合いに出している。そのような言葉が口にされるとすれば、それは、いつ途切れるともしれない副文（英語の従属節にあたるもの）の連なりやそれによる文構造の複雑さのために、文をたどるときにイメージがなかなか最終的に収束せず、途中で思考の息継ぎをしたくてもその箇所が与えられないという苛立ちが生まれるからだろう。

本書にも収録した「チリの地震」の鷗外訳についても、多和田は次のように述べている。「「チリの地震」の冒頭の文章もまた長く、年代記のように見せかけながら、地震と絞首刑の話が同じ文章のなかに無理につめこまれているおかげで、目眩《めまい》のするような同時性が歴史のなかに持ち込まれる。それを鷗外訳は、美観を損なう無駄な枝のように切り払ってしまっているのがわたしには残念でならなかった。」私自身は、鷗外の文体に大きな魅力を感じる一方で、『エクソフォニー』を読んでいたときに、クライストの文体について語る多和田葉子のコメントにとても強い共感を覚えていた。

クライストの小説に見られるように、次々と説明的な修飾や、状況や理由の描写を追加してゆく言葉は、文法的にいえば、関係文や従属接続詞が多用される文章であり、書かれたものを読むという書き言葉の特質を典型的に備えているように見える。話すときにそのような複雑な構造の言葉を使うことは普通ない。しかし、その一方で、クライストの言葉には語りかける声が生き生きと息づいている。物語の語り手の声、そしてまた登場人物の語る声が、読み進めていくにつれて、クライストのテクストから力強く立ち上がってくる。しかも、登場人物の語る声はかなりの頻度で間接話法によって書かれているにもかかわらず、なのである。

クライストの登場人物の語りの言葉も、かなり独特である。一般的に登場人物の言葉は、大別すると、引用符に入れるなどして物語の進行する時間のなかの言葉として提示するか、あるいは語り手の言葉（地の文）のなかに組み込むかたちとするかのどちらかである。後者の場合、登場人物の言葉は、語り手の言葉のうちに取り込まれることで間接的に再現される（間接話法）。それに対して前者の場合には、引用符のなかで（引用符がない場合もあるが）語られるのは、登場人物がそこで口にした言葉を基本的にはそのまま再現する（直接話法）という約束事が、現在のわれわれには了解されている。しかし、クライストの小説では、引用符を伴いつつも、語り手の言葉として語られる間接話法が頻繁に現れる。場合によっては、引用符のなかに、間接話法による登場人物の言葉に引き続いて、語り手の言葉（地の文）がそのまま入り込んでいることさえある。いずれにしても、全体として、引用符を伴わないもの伴うものの両方を通じて、登場人物の言葉が間接話法で語られることが、特に「ミヒャエル・コールハース」ではかなり多い。

それによって、一般的にいえば、登場人物の生き生きとした「声」が、語り手が語る間接性のうちに埋め込まれてしまう感覚が生じることにもなるだろう。しかも、はじめに述べたように、クライストの小説の語り手の言葉はきわめて長く複雑に構築されているため、話し言葉のうちに必然的に浮かび上がる「声」が、書き言葉的な特質を強く帯びた言葉のうちに埋没してしまうように思われるかもしれない。しかし、実際には必ずしもそうではない――

ドイツ語では副文や挿入句等を区切るためにコンマが挟まれる。クライストのような文体の場合、そのために必然的にコンマの出現率が増えるというだけでなく、現代のドイツ語であればコンマは使わないような箇所にもしばしばコンマが入り込む。テクストを目で追ってゆくとき、コンマによって流れが視覚的に遮られてしまうことで、文が切断されているように見えてしまう。本を「読む」という過程では、ある種の建築物のように、コンマによって区切られた言葉の配置の総体を眼によって経験するのだが、読者はそのような視覚的な障害物によって、スムーズなイメージの流れを阻害されてしまいかねない。あるいは、単にコンマ(あるいは、セミコロン、コロン、ダッシュ)という小さな記号の問題であるというよりは、そもそも文の流れのなかで、ある言葉の先に行き着くべき別の言葉を想定しているそのさなかに、別の句や文が挟まれ、さらにそこにまた別の句が追加されてゆくことによって、最終的に行き着くはずの言葉が延々と先延ばしにされてしまうような言葉は、読者に対して障害物だらけの歩きにくい道を用意していることになるかもしれない。

しかし、クライストの小説を朗読し、その声によって「語る」とき、そしてそれを「聞く」とき、これらの言葉はどのような力をもってイメージを生み出すのだろうか。クライストの小説のようなテクストは、書かれたものを「読む」ためにあり、聞いて理解するにはあまりにも複雑で長すぎるように思えるかもしれない。しかし、すぐれた朗読では(ドイツ語による複数のCDやオンライン上で聴くことができる)、コンマやその他の記号による視覚的障害物から解き放たれた言葉が、その言葉の構造のレベルに相応しいテンポとトーンをそれぞれのフレーズで与えられることによって、物語世界のイメージをありありと浮かび上がらせる。同じように、熟達した読者は、書かれた文字を眼で追いながらも、その頭の中ではつねに語る「声」が鳴り響いているのだろう。そこでは、語り手の声だけでなく、完全には語り手の語りの地平に回収されることのない登場人物の生の声が、いわば語り手の言葉を介在することによって半透明となった言葉の向こうに息づいている。そして、これらの物語を語る者の声も、語り手がそこにいるかのように、読み手／聞き手としての読者に語りかけてくる。

クライストの各小説にはこれまで複数の翻訳があり、それぞれが翻訳者の考え方によってすぐれた言葉を生み出している。本書の翻訳の基本的な考え方は、はじめに紹介した多和田葉子の言葉への共感、語る「声」を感じとるという感覚、そして訳者がこの十年来ほど取り組んでいるトランスレーション・スタディーズのさまざまな議論がベースになっている。

翻訳について

トランスレーション・スタディーズは、それ以前のさまざまな翻訳論とは対照的に、いかによい翻訳を行うかといった実践的関心からは距離をとっている。というよりも、そのような翻訳実践（すべての翻訳者は自分の考えるすぐれた翻訳を目指しているわけだが）あるいは翻訳をめぐる制度や慣習において何が起こっているかを批判的に検証する立場をとることが多い。それによって、翻訳者が自分の実践的経験からきわめて重要だと考えていることに対置されるような視点が、しばしばトランスレーション・スタディーズの側からは示される。おそらくそれを典型的に示すのは、「等価性」や「自然さ」に関わる翻訳者の実践感覚と、ポストコロニアル的な理論との乖離だろう。翻訳者は何らかのかたちで原文と翻訳との「等価性」や「自然さ」を保持しようと腐心するものだが、トランスレーション・スタディーズの議論の文脈では、そういった概念そのものに対してしばしば批判的な距離をとることがある。このように、トランスレーション・スタディーズの思想的・理論的議論は、多くの場合、翻訳実践に直接役立つためにあるわけではないのだが、しかしそれでも、自分自身の翻訳行為が、トランスレーション・スタディーズのさまざまな議論とどのような関係にあるかを意識することは、結果的に自分の翻訳にとって非常に意味のあるものになっていると感じている。

こういった基本的な考え方をベースとしながらも、それによってできあがったアウトプットとしての本書の翻訳について、クライストのテクストに特有なことがらを中心に、いくつかの技術的な補足説明をしておきたい。

登場人物の声のために間接話法が多用されているということについてはすでにふれたが、それをどのように翻訳するかは、さまざまな翻訳者がそれぞれの場合に応じて対応する問題である。ここでは、引用符の有無の扱いについて、本書ではすべて原文どおりとしているということだけ言及しておきたい。それとは別に、もう一つ、登場人物の語りについて特徴的なことがある。それは、発話者が切り替わるとき、あるいは同じ発話者であってもそこにある種の転換が生まれるとき、しばしばダッシュ（——）が用いられているということである。それ以外にも、ある種の場面転換や心情の転換の機能をもたせるためにダッシュが挿入されており、全体としてテクストのうちにかなりの頻度でダッシュが現れる。ダッシュは日本語のうちでも、ヨーロッパ言語の翻訳の際に他のさまざまな記号が導入されたのと同じように、市民権を勝ち得ているとはいえ、使われるのは多くの場合、句の挿入や、発話のあいだに言葉の流れが一瞬とまる時間を表すときであって、クライストのテクストで頻繁に見られるように、発話者の転換（ちょうど映画でショットが切り替わるように）で用いるというのは、おそらくあまり一般的ではないだろう。従来の翻訳でも、特に重要なところを中心に、ある程度はダッシュを翻訳のうちに取り入れている。しかし、本書では、いろいろ検討した結果として、これも原文どおりにダッシュをその箇所に用いている。それによって、対話の場面で若干の違和感を覚えるところがあるかもしれないが、ここでは既存の日本語の感覚のうちにあえてそのようなものを持ち込んでみた。

もう一つ、段落の設定について言及しておきたい。読みながらお感じになったのではないかと思われるが、ここで段落をあらためてほしいと思うところが随所にある。段落の区切りが少ないことにより、一つの段落としては、不自然なほどの長さになっているところもいくつかある。これまでの翻訳では、さすがにこの段落設定ではあまりに不自然で読みにくいということで、適宜、段落を分けていることも多い。しかし、これについても本書の翻訳では、日本語で読むときの不自然さと感じられる可能性があることはいったん度外視して、まずはクライストのテクストがどのようになっているかをそのまま受けとめていただくことを優先することにした。（ただし、「チリの地震」については、別の事情があり、それについては「チリの地震」の解説でふれたい。）

クライストとその時代について

ハインリヒ・フォン・クライストがフランクフルト・アン・デア・オーダーに生まれたのは一七七七年。フランス革命が一七八九年に勃発し、彼が三四年の短い人生を終える一八一一年までのあいだ、クライストはフランス革命の影響が直接的・間接的にヨーロッパ全体、そしてドイツの諸国を揺るがしていた大変動の時代のなかで生きていたことになる。フランクフルト・アン・デア・オーダーはいまではポーランドと国境を接する町となっているが、クライストが生まれた時代、この町はブランデンブルク辺境伯領の只中にあった。というよりも、プロイセンと同君連合で合体していたブランデンブルク＝プロイセンの中では、ブランデンブルクは実質的にはプロイセンの一部のように見なされるようになっていた。そういったわけで、もともと古い貴族の家系で軍人であった父のあとを継いで、クライストが一四歳のときに入隊したのはプロイセン軍であった。フランス革命の進展に危機感を覚えたオーストリアとプロイセンは革命軍に対して武力行使をちらつかせるが（ピルニッツ宣言）、クライストが入隊した一七九二年はその翌年にあたり、彼は革命軍に対する干渉戦争にも加わっている。

しかし、クライストにとって軍隊生活は耐え難いものであったようで、一七九九年、二一歳のときに軍隊生活を離れ、生まれ故郷のフランクフルト・アン・デア・オーダーの大学で物理学、数学、文化史等を学び始めるが、それも翌年半ばまでのことだった。一八〇〇年はじめ、クライストは前年に知り合った二歳年下の軍人の娘、ヴィルヘルミーネ・フォン・ツェンゲに恋し、彼女と婚約を交わす。しかし、この年の半ばで大学を去ると、ドイツ各地を旅するとともに、翌年にはパリも訪れる。これらの旅のあいだにクライストは数多くの愛情を捧げる手紙、自分の精神の格闘や経験を伝える手紙をヴィルヘルミーネに宛てて書いているのだが、最終的に一八〇二年の五月には婚約を解消してしまう。この間、一八〇一年、二三歳のときにクライストはカントの哲学に触れたことによって、自分自身の真実追求の理想が崩れ去る思想的危機を経験しており（クライストの人生のなかでの「カント危機」と呼ばれる）、精神的に激動の自己形成の只中にあった時期だったといえるだろう。あれほど愛情を捧げたヴィルヘルミーネとの婚約を解消するにいたる経緯や、婚約している期間の大半、彼女のもとを離れて旅を続けていたことについては、いろいろと不思議に思われる点もある。いずれにせよ、ヴィルヘルミーネとの恋愛と書簡でのやりとりの経験は、クライスト作品の女性像にとって、決定的な意味をもつものとなっているだろう。

クライストはそのあともスイスのトゥン、東プロイセンのケーニヒスベルク、ザクセン選帝侯国の首都ドレスデン、そして最後にブランデンブルク＝プロイセンの首都ベルリンといくつかの町に移り住み、また多くの旅行を行う。彼の戯曲と小説の創作活動は、基本的にこの一八〇二年から一八一一年に三四歳で亡くなるまでの一〇年間の時期に限定されている。この間、クライストは同時代の多くの作家、画家、思想家と直接・間接にさまざまな関わりをもつとともに、はじめは官職にもついて実務的な仕事に携わりながら、一八〇八年に友人とともにドレスデンで文芸誌『フェーブス』を創刊して自らの作品発表の場とするなど、作家として精力的な活動を展開していた。『こわれがめ』『ヘルマンの戦い』『ペンテジレーア』『ハイルブロンのケートヒェン』といった戯曲、そして比較的長めの「ミヒャエル・コールハース」から最も短い「ロカルノの女乞食」まで八編の小説が生み出されていったのもすべてこの最後の一〇年間である。

クライストの生涯はフランス革命とその後のナポレオン戦争のうちに巻き込まれていたといってよい。クライストの創作時期にあたる最後の一〇年間も、そのような激動の時代のうちにあった。一八〇四年にナポレオンが帝政を開始し、翌年、オーストリアがアウステルリッツの戦いでナポレオン軍に敗北すると、名ばかりとはいえドイツ諸領邦を結びつけていた神聖ローマ帝国が、一八〇六年、最終的に消滅する。この年の一〇月には、ナポレオン軍はイェナとアウアーシュテットでプロイセン軍を撃破し、そのあとベルリンに踏み込んで街を制覇する。この時期、一八〇七年の一月にベルリンに立ち寄っていたクライストは、スパイ容疑でフランス軍に逮捕・収容され、七月になってようやく釈放されている。フランス軍占領下のベルリンでフィヒテが一四回の連続講演「ドイツ国民に告ぐ」を行い、諸領邦に分かれるドイツ人をつなぐべきドイツ的特質を強調したのは、一八〇七年一二月から翌年三月にかけてのことだった。クライストの作品も、ナポレオン戦争によって喚起されたこの時期のドイツのナショナリズムと深く結びついている。しかし、一八一三年にライプツィヒでの諸国民の戦いで、プロイセンやオーストリアがナポレオン軍に勝利したときには、クライストはもうこの世を去っていた。

クライストが作家として活動していた時期は、ドイツ文学の流れのなかではロマン派、そして時代的にほぼ並列していた古典派の作家(ゲーテ、シラー)が活躍していた時代にあたる。クライストは実際、フケー、ティーク、シャミッソー、クレメンス・ブレンターノ、アイヒェンドルフといったロマン派の作家とも知己を得ており、またゲーテは、一八〇八年にクライストの喜劇『こわれがめ』をワイマールで自らの演出により上演している。しかし、クライストの作品自体は、これらの作家が位置づけられるような文学史の流れのうちに単純に見てとることがなかなかできない。ちなみに、ワイマールでの『こわれがめ』の上演は失敗に終わり、クライストはその演出に責任があると考えて、ゲーテのことをその後も快く思っていなかったようだ。

このことにも象徴的に表れているように、クライストが精力的に作品の創作と発表に力を尽くしたことは、彼が生きていた時代には、なかなか一般的な評価につながらなかった。一八〇八年に創刊した自らの文芸誌『フェーブス』も一年間で廃刊となり、一八一〇年一〇月にはベルリンで『ベルリン夕刊新聞』を立ち上げているが、これも経済的に行き詰まるだけでなく、プロイセン政府批判の論調に対する検閲により翌年には廃刊に追い込まれる。彼がベルリンで過ごした生涯の最後の二年間は、『ベルリン夕刊新聞』とともに、八つの小説が一八一〇年、一八一一年に二冊に分けて『小説集(Erzählungen)』として刊行されており、一八一〇年には『ハイルブロンのケートヒェン』のウィーンでの初演、一八一一年に『こわれがめ』の出版など、伝記的事項として見れば、作家としてかなり順調に作品がかたちをとっていた時期のようにも見える。しかし同時に、クライストとしては、とくに彼が発行する『ベルリン夕刊新聞』をめぐる状況、家族との関係も含め、経済的・精神的にかなり厳しい状況でもあったようだ。一八一一年一一月二一日、三四歳のクライストは病に冒された友人であり、特別な信頼・愛情を互いに抱く既婚女性ヘンリエッテ・フォーゲルに依頼され、まず彼女を拳銃で撃ったのちに、自らも銃を口に入れて発射し、自死を遂げる。「ミヒャエル・コールハース」で言及されるコールハーゼンブリュックからも近い、ベルリン郊外のクライナー・ヴァンゼー(小ヴァン湖)のほとりでの出来事だった。クライストにとっては、単にこの世の挫折から逃れるための行為である以上の特別の意味をもつものであっただろう。

作品について

ミヒャエル・コールハース

本書に収録した三篇の作品は、いずれも歴史的事実を背景として書かれたものだが、そのうちでも「ミヒャエル・コールハース」は、素材となる歴史的状況に依拠する度合いがかなり高い。作品のなかで描かれるドイツの歴史的状況についての知識が、物語の理解のためにはある程度必要になるため、まずその説明から始めたい。

主人公ミヒャエル・コールハースは、物語の冒頭で語られているように、ハーフェル川のほとりに自分の大きな農場をもち、そこで馬の養育を行って市場で売ることを生業としていた。彼の所領となるその場所は、ブランデンブルク選帝侯の領邦内にある。一方、彼が馬を売ろうとしていたドレスデンは、ザクセン選帝侯の領邦内の町である。実は、この物語の時代と考えられる一六世紀前半には、ドレスデンはまだザクセン選帝侯としての宮殿があった町ではなかったのだが、クライストの時代にそうであった感覚からであろう、物語のなかではドレスデンはザクセン選帝侯の宮廷所在地《レジデンツ》(首都)とされている。物語は、基本的にこの二つの領邦で展開する。

ブランデンブルク辺境伯領もザクセン選帝侯領も、そこで生活する人間は、民族的には「ドイツ人」として理解される人々であり、言語的には「ドイツ語」(方言のちがいが実際にはあるとしても)を話すという共通性をもつが、それぞれが別の「国(Land)」として存在していた。このような複数の領邦を「ドイツ(Deutschland)」というまとまりとして緩やかに統合していたのが「神聖ローマ帝国」だった。

神聖ローマ帝国は、長として諸侯をしたがえる「ローマ王」(神聖ローマ皇帝)をどのように選ぶかで混乱の時代を経たのち、一三五六年にカール四世が発布した「金印勅書」により、七人の「選帝侯」の選挙によって選ばれるというしくみが定められていた。選挙に関わる顔ぶれはそれ以前の歴史的過程ですでにほぼ固まっていたが、そのうちにザクセン公とブランデンブルク辺境伯が含まれている。一五世紀半ばからは、ハプスブルク家のオーストリア大公が神聖ローマ皇帝の帝位をほぼ占めることになり、コールハースの物語でも、神聖ローマ皇帝はオーストリア大公国の宮廷所在地ウィーンにいる。

物語の舞台となる一六世紀前半には、数多くの領邦がおおう地域は、現在のドイツ連邦共和国よりも東西と南にかなりの広がりをもっていたが、この時代の「ドイツ国民の神聖ローマ帝国」は、帝国内のそれぞれの領邦がある程度の自立性をもちつつも、「ドイツ」というまとまりをかたちのうえで保っていた。ブランデンブルクからザクセンに旅するコールハースは、「国」としての領邦の国境を越えることになり、ザクセンでは彼は外国人といえなくもない。ただ、それは多分に理屈のうえであって、共通の言語をもつドイツ人というある種の一体性はつねにある。コールハースは、ブランデンブルクとザクセンのそれぞれの国を統括する神聖ローマ帝国の人間の一人ということにもなるだろうが、ただし、そのようなあまりにも大きな政治的統合体は、普段の生活のなかで意識されるようなものではない。彼が所属するのはあくまでも自分が住んでいる（あるいは所領地をもつ）領邦である。

ちなみに、このコールハースの物語よりものちの時代のことになるが、三十年戦争が終結した際のヴェストファーレン条約（一六四八年）により、約三〇〇もの領邦の自律的な主権が明確に認められる。それによって、結果的にそれらの領邦を統合する神聖ローマ皇帝の力が著しく制限されることになる。一七世紀半ばから一八世紀全般にかけて、神聖ローマ帝国は名前のうえでは存在していても、そのなかの領邦国家群が、それぞれの力の差は歴然としてありながらも、自立して併存する状態になっていた。この神聖ローマ帝国が完全に消滅したのが（つまり諸領邦を結びつける「ドイツ」というまとまりがかたちのうえでなくなったのが）、すでに述べたように、一八〇六年、ナポレオン戦争の過程においてだった。コールハースの物語が書かれたのは、神聖ローマ帝国が消滅したまさにその直後のことである。

物語はいくつもの局面に分かれて展開してゆくが、段階を追うにつれて、コールハースの関わる世界が、個人の生活の場から、最終的には神聖ローマ帝国全体の問題にまで拡大されてゆく。はじめは国境を越えたザクセンの地で受けた不当な扱いをめぐる個人と領主のあいだの争いであったものが、ザクセンの主要都市ヴィッテンベルク全体（実はこの時代はヴィッテンベルクがザクセンの宮廷所在地だった）、さらにはザクセンという国全体に関わる戦いとなり、そこから二人の選帝侯のあいだの物語となり（不思議なジプシー女の登場）、そして最後は神聖ローマ皇帝にまで話が及ぶ。

物語のなかで、ザクセン選帝侯は、コールハースの数々の暴力行為に対して大赦を発したため、その罪を問うことはできない状態にある。なんとしてもコールハースを罪に問うためにザクセン選帝侯と重臣たちが考えたのが、ザクセン選帝侯やブランデンブルク選帝侯といった領邦君主たちの上に立つ、神聖ローマ帝国の法「永久ラント平和令」に依拠することだった。「永久ラント平和令」は、神聖ローマ皇帝マクシミリアン一世によって一四九五年のヴォルムスの帝国議会で定められたものであり、そこでは一切の私闘（フェーデ）が禁止されることになった。フェーデはゲルマン社会の伝統としてあったものが中世においてもある程度かたちをかえつつ引き継がれていったもので、実際にはさまざまな理由や状況があるとしても、基本的には侵害された財産や名誉に対して、何らかの個人的な（法によらない）力の手段を用いてその損失を回復することを目指すものである。それによってフェーデは復讐という意味合いを多分に帯びている。コールハースの物語では、フェーデという言葉そのものは用いられていないが、最終的に永久ラント平和令の侵害によってコールハースが裁かれるということは、彼の行為が「フェーデ」と考えられているということだ。とはいえ、コールハースが追い求めた「正義」について彼が語るとき、そこでは中世のフェーデの発想が引き継がれているだけでなく、とりわけ国家とその法に守られるべき個人との関係については、むしろクライストの生きていた時代の啓蒙主義の理想がそこではより強力に影響しているといえるだろう。

ところで、この小説のなかでコールハースが「正義」の回復を求めて戦う相手、ヴェンツェル・フォン・トロンカは、ユンカーと呼ばれている。日本語として「ユンカー」という言葉は、学校の歴史の教科書でも用いられているため、ドイツの歴史を語るときにはかなり定着した言葉であるともいえる。とはいえ、この広く知られたユンカーという言葉(ちなみにコールハースの複数の英訳でもJunkerはそのまま使われている)によってイメージされるのは、地方貴族が将校や官僚の多数を占めることによって、とくに一八七一年のドイツ帝国成立後にさらに政治的影響力を増していったということであろう。この小説で描かれているのは、そのような一九世紀後半から二〇世紀初頭のよく知られたユンカー像のもとになる、一六世紀前半のユンカーの姿である。つまり、自分の領地内で農民を使って農業経営に携わる地方貴族であるとともに、ユンカー(Junker)という言葉のもとになっているように若い領主(Jungherr)である。ヴェンツェル・フォン・トロンカはほとんどの箇所でJunkerと呼ばれているが、Jungherr(「貴公子」)という言葉が使われているところもある。また他の人物に対してもJunkerという言葉が使われているところがあるが、混乱を避けるために、翻訳において「ユンカー」と単純にカタカナだけで表記するのはヴェンツェル・フォン・トロンカに限ることにした。

この物語の主人公には、実在のモデルがいる。ハンス・コールハーゼというその人物は、現在のベルリンの中央部、シュプレー川のほとりのアルト・ケルン(Cölln)の商人で、一五三二年にライプツィヒに旅する途上、ザクセン選帝侯領内のある領主から馬泥棒の嫌疑をかけられ、引き連れていた二頭の馬を押収される。その領主は、ギュンター・フォン・ザシュヴィッツという名前で、物語で用いられるユンカーの名前は架空のものである。翌年、コールハーゼはブランデンブルク選帝侯に調停を依頼し、ブランデンブルク選帝侯はザクセン選帝侯ともこの問題について検討している。この間、馬をめぐる補償のやりとりも弁護士を介して騎士とのあいだで進んでいたが、確執は深まっていった。翌一五三四年、法的手段によって決着がつかないため、コールハーゼはザクセン公国とギュンター・フォン・ザシュヴィッツに対してフェーデを宣言する。ザクセン選帝侯は、フェーデを禁止するラント平和令が破られたということで、ブランデンブルクにも協力を依頼するが、ブランデンブルク側は応じていない。この年に何件かの火災がヴィッテンベルクで発生しており、無罪の宣誓によりその嫌疑を晴らすという条件で、コールハーゼは、ユーターボックで行われる裁判に出るための安導権を認められている。補償をめぐる交渉はいったん決着をみたものの、ザクセン選帝侯はあとでそれを無効とする。またこの時期に、コールハーゼは助言を求めてマルティン・ルターに書簡を送っており、ルターは一五三四年一二月八日、コールハーゼに宛てた返答を送っている。このルターの書簡は、小説で描かれているよりもはるかに穏やかなものであり、暴力を慎むように忠告するものだった。そのあとも、断続的にコールハーゼの主張とザクセン側との衝突が続いていたが、一五三八年七月に、コールハーゼはブランデンブルク選帝侯の秘書の義兄弟である、ヴィッテンベルク市民(ザクセン選帝侯領臣民)のゲオルク・ライヒェを人質として誘拐する。それにより、ブランデンブルクもザクセンの要請にしたがうことになり、ブランデンブルク領内でのザクセンの司法権の発動を容認する。その結果、コールハーゼの関係者たちが多数逮捕、処刑される。一五四〇年には、コールハーゼはのちにコールハーゼンブリユックと呼ばれることになる場所で、ブランデンブルク選帝侯の輸送船を襲って銀塊を強奪しハーフェル川に沈めたとされる。そののち、腹心のナーゲルシュミット(ファーストネームはゲオルクだが、小説ではヨハンとされている)といるところを捉えられる。妻もそのときに見つけられている。一五四〇年、裁判によって死刑の判決を受け、処刑される。

クライストは、この実在のハンス・コールハーゼについて書かれた年代記を含む書籍を読み、それにもとづいて物語の構想を立てたと考えられている。事実とくいちがうところ、クライストが意図的に変更しているところ、そしてまた完全に新たなフィクションとして語られているところはいくつもあるものの、歴史的事実として伝えられていることと重なる部分、取り入れられている部分もかなり多い。

作品はまず一八〇八年に自らが創刊した『フェーブス』六月号で途中まで（トロンケンブルク襲撃の前まで）掲載され、続編を予告しながらもそれは実現せず、一八一〇年に出版された『小説集』（これが第一巻となる）で、すでに『フェーブス』に掲載された部分の補筆修正も加えて、小説全体が発表された。ちなみに、『小説集』でこの「ミヒャエル・コールハース」の全体が初めて出版された際に、収録された作品名が掲げられた書物の扉（目次）では、表題のあとに（古い年代記より）と丸括弧に入れられた副題が表示されている。本書に収録されている「ミヒャエル・コールハース」は、クラウス・ミュラー＝ザルゲト編集による批判版（Deutscher Klassiker Verlag＝DKV．二〇〇五年版）のうち、一八一〇年の書籍版にもとづくテクストを底本としている。

この作品は、他のクライストの作品についてもある程度いえることだが、とくにドイツの戦後の学校教育でとりあげられることがかなり多い作品であったようだ。その状況は、学生反乱を通じて社会の趨勢が大きく転換した一九六八年のあとの時代も続いていく。現在にいたるまで、「ミヒャエル・コールハース」を学校の生徒たちが読むための手助けとして書かれた冊子が何種類も出版されており、そういったことも、学校教育の場でクライストがどれほど読まれてきたかを示すものといえるだろう。クライストの作品としては、コールハース以外には、連邦州や学校によって扱いはさまざまであるが、「チリの地震」や「ロカルノの女乞食」、あるいは『こわれがめ』や『ホンブルクの公子フリードリヒ』といった劇作品も、学校でよく読まれてきたようだ。

この小説で登場人物は、ザクセン側の人物とブランデンブルク領内の人物、そしてそれ以外の立場の人物に大きく分けて考えることができる。人数も多く、人物同士の関係もかなり複雑であるため、以下に主要登場人物を関係するまとまりごとに紹介し、また物語のなかで言及される地名についても、地図で示している。

【コールハースの家族】

ミヒャエル・コールハース　主人公、馬商人

リースベト　コールハースの妻

五人の子どもたち　二人は男の子でハインリヒ、レオポルト

【コールハースの手下の者たち】
ヘルゼ　下僕頭、コールハースの腹心の部下
シュテルンバルト　下僕、コールハースの腹心の部下
ヴァルトマン　下僕、コールハースの腹心の部下
ヨハン・ナーゲルシュミット　コールハースの部下だったが、決裂

【ザクセン】
ザクセン選帝侯　ザクセン選帝侯領の領主(国王)
ヴェンツェル・フォン・トロンカ　ユンカー、トロンケンブルクの領主
ヒンツ・フォン・トロンカ　献酌侍従
クンツ・フォン・トロンカ　侍従長、枢密顧問官
クリスティエルン・フォン・マイセン侯　帝国総司令官、国務参議会員
ヴレーデ伯　大法官
カルハイム伯　書記局長、ブランデンブルクのカルハイム伯と親戚関係
オットー・フォン・ゴルガス　老代官、コールハース討伐の歩兵部隊を派遣
ジークフリート・フォン・ヴェンク男爵　城代、もう一人の同名の男爵の親戚

アントニア・フォン・トロンカ　エアラブルンの女子修道院長、トロンカ一族
貴婦人エロイーズ　侍従長クンツ・フォン・トロンカの妻、アロイジウス・フォン・カルハイム伯爵の娘、カルハイム伯爵(ザクセン)の妹、ザクセン選帝侯の初恋の人
アロイジウス・フォン・カルハイム伯爵　ザクセン国境地域地方長官、エロイーズの父
フォン・シュタイン　狩猟官・ユンカー、紙片を入手する任務を与えられる

【ブランデンブルク】
ブランデンブルク選帝侯　ブランデンブルク辺境伯領の領主(国王)
カルハイム伯爵(ジークフリート・フォン)　大書記長、ザクセンの同名の伯爵と親戚
ハインリヒ・フォン・ゴイザウ　市の統括者、ブランデンブルク選帝侯の友人
領地の管理人　コールハースの友人
フリードリヒ・フォン・マルツァーン　騎士、コールハースの護送担当
【ザクセンおよびブランデンブルクの関係者の外側でコールハースに関わる人たち】
神聖ローマ皇帝　神聖ローマ帝国の首長、オーストリア大公国の大公
マルティン・ルター　宗教改革のリーダー

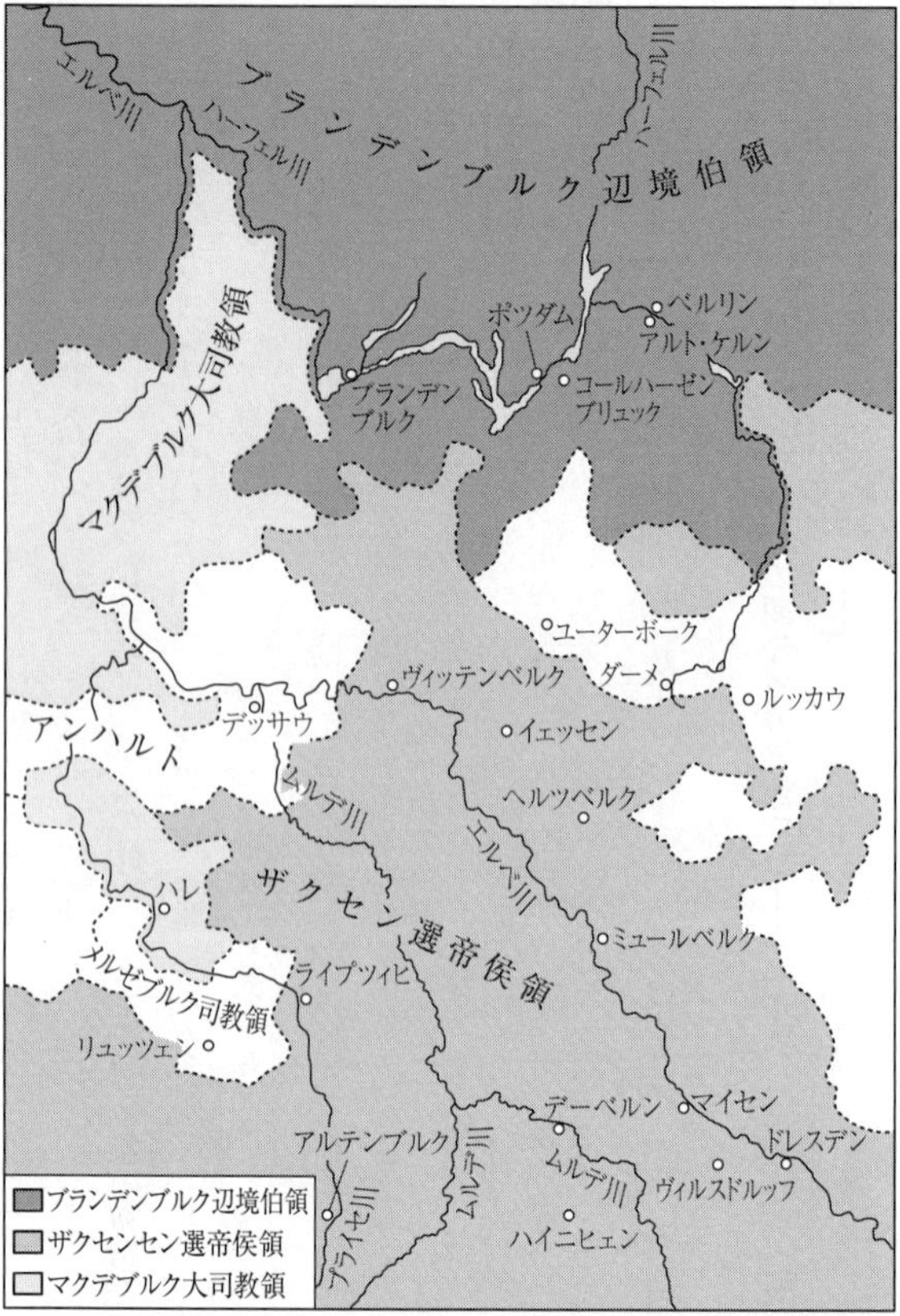

＊物語中の地名は現在の地名・実際の地名と少々異なる場合もあるが，ここでは実在・現在の地名表記にしたがっている．

ジプシーの女　不思議な予知能力をもつ。「エリーザベト」と名乗る
デッベルンの皮剝ぎ　コールハースの二頭の黒馬を所持する皮剝ぎ職人

チリの地震

作品の冒頭でも言及されているように、この小説は一六四七年にチリのサンティアゴで実際に起こった地震を物語の背景としている。しかし、五月一三日の深夜に起こった実際の地震と作品内の情景描写とのあいだに事実的な対応関係はあまりないように思われる。むしろ、百年以上ものちに起こった、一七五五年のリスボンの地震に対するカントをはじめとする同時代の人々による古くからの神学上の議論(良い人も悪い人も同じように滅ぼす災害をなぜ神が許すのか、神が創造したこの世界で悪や不正がなぜ存在しうるのか)とその思想的影響が、ここには色濃く反映されているとしばしば指摘されている。

冒頭で終末論的な情景が克明に描写されたのち、ヘロニモとホセファがいわば自由の身となって再会を果たしてからは、谷間の場所そのものや人々の様子が、あたかも楽園のように描き出されてゆく。ここでは意識的に楽園をイメージさせるような形象があちこちに配置されている。このいわば中間部と呼べるような部分でことさらに理想的な情景が示されることによって、物語の最後に置かれた、教会でのあまりにも壮絶な場面が

いっそう強烈に際立つことになる。

チリのサンティアゴを舞台とするこの物語の登場人物はすべてスペイン語を話していると想定される。しかし、ドイツ語で書かれたこの小説の人物名には、スペイン語圏の名前としては不自然なものや不自然な表記がいくつか見られる。それらについては、この小説のスペイン語訳での固有名にしたがうかたちで名前の修正を行うことにした。

スペイン語圏の人名とその発音については、同僚の久野量一氏(ラテン・アメリカ文学)からご教示をいただいた。表記については、本来アクセントのある場所を長音で表すと、例えば二人の主人公の名は、「ヘローニモ・ルヘーラ」、「ドニャ・ホセーファ」、また彼らの子どもも「フェリーペ」となるのだが、現在はあまり音引きをしない傾向にあるとのことで、本文の表記のとおりとした。

ちなみに、この作品のいくつかのドイツ語の朗読を聞くと、主人公の若い二人の恋人たちの名前の発音についても、ジェロニモ・ルゲーラ/ジェローニモ・ルジェーラ/イエローニモ・ルゲーラ/ヘロニモ・ルゲーラ/ヘローニモ・ルヘーラ、ドンナ・ジョセフェ/ドニャ・ヨゼーフェ/ドンナ・ヨゼーフェ/ドンナ・ホセフェ等々千差万別であり、ドイツ人にとってもこれら登場人物の名前をどのように読むか(英語的な発音、ドイツ語として発音しているもの、スペイン語の発音のもの、イタリア語、スペイン語、ドイツ語が混ざっているもの）でまったく統一されていないということを実感した。

この作品は、まずは一八〇七年九月にテュービンゲンの新聞『教養人のための朝刊』にて「ヘロニモとホセファ」のタイトル、「一六四七年のチリの地震の情景」という副題で、数回に分けて掲載され、そのあと一八一〇年に「ミヒャエル・コールハース」が収録されたのと同じ『小説集』で「チリの地震」（副題なし）として出版された。

この二つの版のテクストは、わずかな語句の修正以外はほぼ同じなのだが、ただ一つ、決定的なちがいがある。それは段落の切り分け方である。一八〇七年の新聞掲載では、全体は三一の段落に分けられていたのだが、一八一〇年の書籍版では、ほとんどの段落がつなげられ、全体として三つの段落しかない。クライストの作品としていまわれわれが読むことができるものは、基本的に最終的なかたちと考えられている書籍版（一八一〇年および一八一一年の二冊の『小説集』）にもとづくものなのだが、この「チリの地震」は比較的短い作品であるとはいえ、さすがに全体が三段落だと一つの段落がかなり長くなる。そのため、現在では多くの版で初出の新聞版での三一段落が採用されている。本書が底本としたＤＫＶ版では、段落分けの異なる二つのバージョンをページの左右に併載するかたちにしている。本書の翻訳では、苦渋の選択ということになるのだが、やはり書籍版ではない三一段落のほうを採用している。

ドイツ語の批判版を編纂する研究者のあいだでも、書籍版で三段落になったのは単に書店側の出版上の理由にすぎないので、三一段落が本来のクライストの意図であるとする見解と、その根拠はないとしてクライスト自身の意図がどちらであるかについては判断を保留する立場などに分かれる。段落の分け方は、やはりかなり大きなちがいを生み出すことになるので、両方の見方ができるために、三段落の場合の段落をあげると、冒頭に続き、第二段落は本書一七七ページの「目覚めたとき太陽は」から、そして第三段落は本書一八三ページの「そのようにしているうちに午後となり」から始まる。

ちなみに、段落の問題は、これまでの「チリの地震」の日本語への翻訳でも、かなり興味深い扱いを見てとることができる。最も古い森鷗外の翻訳「地震」では、一八八五年のレクラム文庫を使用したとあるが、この当時のレクラム文庫のテクストは三段落のものであった可能性が高い。鷗外の翻訳は、一八九〇年に新聞連載で発表されたということもあるだろうが、全体が七二段落とかなり短い段落の設定となっている。そして、最初に一九二一年に越山堂書店から出版された相良守峯訳(旧制の東京大学二年生のときの翻訳、一九五一年に修正ののち岩波文庫に収録)は、一九〇四年頃のエーリヒ・シュミット編纂の版を用いている。この原書もクライストの一八一〇年の最初の書籍版と同じく三段落であるが、相良守峯はこれを、発話部分の改行も含めて、一一四段落に分けている。

これらの翻訳では、そもそも三一段落とされていた初出の新聞掲載版を目にすることもなく、長大な段落を翻訳者が自由に切り分けたといえるだろう。もう少し新しいものでは、種村季弘訳(国書刊行会、王国社、河出書房新社)が二四段落(底本は不明、やはり三一段落の版を参照したのではないかと想像される)、そして『クライスト全集』(沖積社)での佐藤恵三訳は、ゼンプトナー編集の第五版(一九七〇年)を基本的に底本としているようだが、全体をこれも自由に六〇段落としている。ドイツ語の版としては、学校の生徒や大学生も含めて一般に手にする機会が多いと思われるレクラム文庫は、現在、三一段落を採用しているということもあり、現在のドイツ語圏の一般の読者にとっては(そして英訳でも)事実上、三一段落がほぼスタンダードになっているといえそうだ。

サント・ドミンゴでの婚約

この物語の歴史的背景となっているのは、一七九一年に起こった奴隷反乱を直接の発端とするハイチ革命である。革命は、ハイチが一八〇四年に独立を宣言することで収束するが、この物語はその革命収束の少し前の状況を想定している。クライストがこの作品を発表した一八一一年、また構想に携わっていた時期にとって、植民地での白人支配を根本的に揺るがすこの途方もない革命は、まさに同時代の出来事であった。

一四九二年、コロンブスが現在のハイチ共和国およびドミニカ共和国にあたる島に到着し、彼はこれをイスパニョーラ島と名づける。これ以降、スペインは黒人奴隷を使って島の東部を中心にサント・ドミンゴ総督領を確立するが、一七世紀後半から島の西部をフランスが占領していく。フランスが占領した地域はフランス語により「サン＝ドマング(Saint-Domingue)」と呼ばれた。この島の西部が現在のハイチ共和国となり、中心都市は当時からポルトー＝プランスだった。小説では「サント・ドミンゴ」というスペイン語の名称(つまり本来は島の東部のスペイン支配地域)が使われているが、物語はポルトー＝プランスを中心とする西側のフランス支配地域の話である。その意味では「サン＝ドマングでの婚約」なのだが、島全体の呼称として「サント・ドミンゴ島」も一般的であったために、実際の歴史的経緯とは無関係にここでは「サント・ドミンゴ」という呼称が使われていると思われる。いずれにせよ、フランスの植民地を舞台とするこの小説の登場人物たちの会話は――フランス軍の将校であるスイス人の主人公の名前はドイツ語圏のものであり、両親の家もスイスのドイツ語圏にあると考えられるが――すべてフランス語で交わされていることが暗黙のうちに想定されていることになるだろう。

スペインが一五世紀末にこの島に入植して以降、イギリス、フランスがこの島を植民地として利用するためにやってくるが、その過程で先住民族は絶滅させられ、少数のヨーロッパからの白人と圧倒的多数のアフリカの黒人奴隷、そしてその混血がこの島の人口を構成してゆく。革命が引き起こされる根本的な原因は、砂糖プランテーションに従事させられる黒人奴隷の過酷な状況や少数の白人による抑圧的な支配体制にあったが、その直接の引き金となったのは一七八九年のフランス革命だった。物語では、主人公のかつての婚約者の死が、フランス革命のなかでの出来事として語られているが、もちろんその意味でも、この小説の根底には、クライストの生涯を包み込み影響を与え続けたフランス革命がある。

フランス革命での人権宣言の思想的影響も受けて、フランス領の黒人奴隷とムラートが、一七九一年に白人に対する反乱を起こす。蜂起の最初のリーダーであったトゥーサン・ルーヴェルチュールは、奴隷廃止を掲げる国民公会の理念を受けてまずはフランスと手を組み、イギリスおよびスペインの軍を破っていく。しかし結局、トゥーサンは一八〇二年にナポレオン軍に捕らえられフランスで亡くなる。この間、奴隷廃止がいったんは掲げられていたにもかかわらず、イスパニョーラ島でナポレオン軍による黒人奴隷等への支配が強まり、一八〇二年の夏に黒人農場労働者の反乱が起こる。このあと、ジャン＝ジャック・デサリーヌが新たなリーダーとなり、最終的にフランス軍を追い払って一八〇四年に独立を宣言する。白人の殺害は革命の始まった一七九一年にもあったが、この小説で「今世紀（一九世紀）のはじめ」とされている時期は、とりわけ黒人の暴動があらたに起こった一八〇二年夏以降の時点を指すであろう。ただし、ホアンゴの最初の反逆そのものは、物語では国民公会による黒人奴隷制廃止を受けて起こったと読めるので、それは一七九一年の出来事だったということになるだろう。

物語の背景としては、クライストがこの作品を書いていた時期の数年前にヨーロッパに衝撃を与えていた以上のようなハイチ革命の出来事がある。物語の展開そのものとしては、このような特殊な極限状況のなかでの男女の愛の姿がもちろん中心に据えられており、黒人の擾乱《じょうらん》は基本的にはその物語のための背景にすぎないのかもしれない。それでもこの歴史的背景は、この作品にとって非常に重要な問題をやはり含んでいるように思われる。というのも、この作品には、現代の視点で見たときに、クライストの作品のなかでもとりわけ、ジェンダー的な感覚と人種に関わる意識に関して素朴に受け入れがたく感じられるところが全編を通じてあるからだ。そのように言えば、多くのヨーロッパの古典的テクストに同様のことが当てはまるかもしれないが、トニという少女の像には、そういった要素が複合的に、そして集約されて表れている。この作品では、クライストの作品でしばしば見られるように、互いに深く純粋な愛情を抱いているにもかかわらず、さまざまな偶然の外的な力にも大きく左右されることによって、その愛がどうしてもすれちがってしまう姿、「幸せ」と思われている到達点に、少なくともこの世界のうちで、どうしても達することができない姿がことのほか明確に描かれている。このクライストの痛切なテーマは、この小説ではっきりと浮き上がって見えるヨーロッパの白人の知識人男性のまなざしと深く結びついているのかもしれない。

このことは、語り手が小説のなかで主人公をどのように呼んでいるかということとも関わっているだろう。ホアンゴの家に夜、こっそりとやってきた主人公は、この家の人たちにとって、もちろん「見知らぬ男」である。この家で暮らすババカンやトニ、そして特に前半ではあまり登場しないナンキーとセピーでさえも、その名前が初めからはっきりと語られている。それに対して、主人公は家の中に引き入れられて、自分はフランス軍の将校であるがスイス出身で、グスタフ・フォン・デア・リートという名前であるとはっきりと素性を明かし名前を名乗ったあとも、そしてさらに互いの身の上をより深く知るようになっても、語り手は、主人公のことをあいかわらず「見知らぬ男」と呼び続ける。そして、トニと二人きりになって世話を受けているあいだ、ストラスブールでのかつての恋人についての劇的な話をしているあいだも、さらには、その後二人が一線を越えて結ばれ、そして「婚約」したあとでさえも(このあとのやりとりでは「彼」という呼び方が増えており、翻訳ではその場合に「男」としていることも多い)、「若者」などその他の呼称とともに、「見知らぬ男」という呼び方は使われ続ける。いずれにせよ、トニにとって彼は「グスタフ」という名をもった存在として語られない。

主人公が語り手によって固有名で呼ばれるようになるのは、家族として同行するシュトレームリ氏の一行が物語のなかに現れてからである。家族がホアンゴの家にやってくると、主人公は基本的に「グスタフ」として語られる。ヨーロッパ人のなかでは彼は「グスタフ」なのだが、ホアンゴの家で黒人や混血の人たちのなかに彼一人がいるときには、トニとの二人の関係が語られているところでさえも、彼らにとっては「見知らぬ男(よそ者)」や「将校」や「若者」であり続けるのだ。

ところが、この「グスタフ」という名前をめぐって、この小説ではもう一つやっかいなことがある。主人公の名前が「グスタフ・フォン・デア・リート」であることは、物語のはじめのあたりで明かされており、ホアンゴが家に戻ってきたときにも、バベカンは彼のことを「グスタフ・フォン・デア・リートという名前のスイス人」だと告げている。ところが、彼がホアンゴの家でとらわれていると、トニがシュトレームリ氏に状況説明をしたあと、もともとのドイツ語の原文では(一八一一年三月―四月のベルリンでの雑誌掲載版、同年七月のウィーンの雑誌での再掲載版、そして同年に単行本として出版された『小説集』第二巻)、シュトレームリ氏は自分の甥である彼のことを「アウグスト」と呼んでいるのである。この箇所のあとでも、さらに三回、「アウグスト」という名前が使われている。そのあと名前が「グスタフ」に戻るのは、彼がトニをピストルで撃ったあと、シュトレームリ氏や息子たちが、彼の耳元で「グスタフ！」と叫ぶところからである。これ以降はすべて、彼の名前は「グスタフ」となっている。

全部で四回、物語の途中で主人公の名前が「アウグスト」とされていることはあまりにも不合理に見えるため、批判版のゼンプトナー版でも、DKV版でも、註釈で「アウグスト」という呼称について説明はしているものの、本文そのものでは、クライストが誤って「アウグスト」としているという立場から、「アウグスト」はすべて「グスタフ」という名前に修正されている。一般に読まれることの多いレクラム文庫でも「グスタフ」に修正されており、「アウグスト」に関する註記さえない。これまでの複数の日本語訳でも、ドイツ語のテクストそのものが「グスタフ」とされているため、あるいは上記の立場のため、主人公の名前としては「グスタフ」しか出てこない。

それに対して、厳密な編集文献学的批判版を志向するブランデンブルク版（一九八八年）では、オリジナルのテクストどおり、「アウグスト」という名前のまま再現されている。編者のローラント・ロイスは、これらの箇所では Gustav のアナグラムである August という名前をクライストが意図して用いているという見解をとっている。つまり

「アウグスト」とされているのは誤りではなく、トニのことで誤解したために完全に正気を失っている主人公については、クライストが名前をそのように変えているという立場である。この考え方によれば、家族が彼の耳元で「グスタフ！」と怒鳴るところで、はじめて正気にかえって本来のグスタフに戻るということになる。

本書が底本とする二〇〇五年のＤＫＶ版では、このローラント・ロイスの見解を踏まえたうえで、結論としてはやはり「グスタフ」に修正するという立場をとっている。本書では、かなり迷った末に、オリジナルのとおり、「アウグスト」のまま翻訳することにした。つまり、基本的にはＤＫＶ版を底本としつつも、この箇所についてはブランデンブルク版と同様の立場をとっているということになる。該当する範囲で主人公を指す代名詞等は代名詞のまま、あるいは省略して翻訳し、「アウグスト」の名が原文で用いられている箇所のみ、翻訳でも「アウグスト」としている。

クライストの批判版の編者たちのあいだでも見解が分かれる問題に対して、訳者は判断を下す立場にはないが、ただ、このグスタフ／アウグストをめぐる問題が読者に見えないままとすることはふさわしくない。もちろん、すべて「グスタフ」として註で説明することも可能ではあるが、クライストが意図的に「アウグスト」という名前を使っている可能性も、かなり不自然とはいえ、それなりにある以上、仮にこれが単純な誤りであるとしても、まずはクライストが出版したときのテクストをそのまま示し、あとは読者の判断で読んでいただきたいというのが、ここでの訳者の考え方である。これがやはりクライストの意図であるとすれば(それが成功しているかどうかはともかくとして)、もともと出版されたとおりに読むというのは、非常に興味深い体験になるだろう。

不合理に見える記述ということでいえば、ババカンの年齢もかなり矛盾を含むものである。物語のなかではホアンゴとババカンについて「老(alt)」という言葉が使われることが多い。ホアンゴについては、この物語の時点では七〇歳前後ということになり、「老ホアンゴ」という呼称にまったく問題はない。それに対してババカンは、トニが一五歳だとすると、物語の時点ではせいぜい四十代半ば程度かもっと若いように思われる。しかも、ババカンはトニが生まれたのちにコマールという名の黒人と結婚したと言っているのだが、これも辻褄が合いにくい。一昔前であれば、老齢とされる年齢はたしかに現在よりもはるかに若いが、それにしてもやはり、初産の娘であるはずのトニの年齢を考えると「老女」は本来ならば少し無理な設定だ。おそらくクライストは、そういった実際の物語内での時間進行をあまり厳密に考えておらず、物語の書きぶりからすると、ババカンをほんとうにある程度の「老女」とイメージして描いているように思われる。

＊　＊　＊

クライストの「ミヒャエル・コールハース」、「チリの地震」、「サント・ドミンゴでの婚約」という三つのすぐれた作品を翻訳する機会を得たことは、私にとってやはり特別の経験だった。この貴重な機会をいただくことができたのは、岩波書店の吉川哲士さんのおかげであり、まず最初に吉川さんに心からのお礼を申し上げたい。

最初にもふれたように、クライストの作品を読むことは、それ自体としてある程度たいへんなところはあるとしても(何人かの身近なドイツ人に尋ねたが、生徒時代に学校で読んでいたときにも、文体的にとくに難しいと感じることはなかったとのこと)、翻訳するというのはまたまったく別のことであり、とりわけ「ミヒャエル・コールハース」の翻訳は、自分が受けとめたドイツ語の言葉のイメージを、その息の長さや言葉の流れや声を感じながら日本語で表現してゆくことに、一つ一つの文でかなりの時間がかかるそれなりにたいへんな作業だった。そのために、当初想定していたよりも、翻訳を仕上げるまでにずいぶん長い時間がかかってしまったが、たいへんであると同時に、ほんとうに貴重でありがたい言葉との関わりの時間でもあった。

実は、昔の岩波文庫の吉田次郎訳による『ミヒャエル・コールハースの運命　或る古記録より』（一九四一年）は、ドイツ文学の日本語への翻訳としてとてもすぐれたものの一つであるとかねてから思っていたものであり、私が今回、この新しい翻訳を担当させていただくにあたって、僭越ながらという思いをもちつつも、吉田次郎訳に対する心からの敬愛の念をもって翻訳を進めていたということを告白したい。

はじめにも述べたように、私は多和田葉子さんが『エクソフォニー』のなかでクライストの言葉について語っていることに、とても共感していた。とくに「勝手ににょきにょきと生えていく」という表現がまさにそのとおりだと感じていて、今回、クライストの翻訳を自分自身が手がけることになったとき、頭にあったのは、日本語でそのような「にょきにょきと生えていく」感覚をどうやったら表現できるだろうかということだった。とはいえ、翻訳しながら思ったのは、文法的に同じような構造を保ちながら翻訳したとしても、日本語の場合には視覚的にもどうもなかなか「にょきにょき」とはならないということだったのだが。しかし、それはともかくとして、何らかの言葉を生み出すことができていればと願っている。

その多和田葉子さんは、二〇一六年にクライスト賞を受賞する。一一月二〇日にベルリナー・アンサンブルで行われた授賞式では、映画監督ウルリケ・オッティンガー（この方が多和田さんの推薦者)の映像作品、そして敬愛するジャズ・ピアニストのシュリッペンバッハさんの演奏もあり、その二時間ほどの濃密な時間が忘れられない。そして、二〇一九年にはチューリヒ在住の詩人・作家、イルマ・ラクーザさんがクライスト賞を受賞。授賞式とともに、そのあとに多和田さん、ラクーザさんとベルリンで過ごした時間がとても印象深く心に刻まれている。

もう一つ、「チリの地震」については、作曲家・細川俊夫さんの二〇一八年のオペラ「地震・夢(Erdbeben. Träume)」というイメージのつながりもあった。やはりクライスト賞を受賞(二〇一四年)している作家マルセル・バイアーによるこのオペラのリブレットは、クライストの作品を素材としながら生み出されたもので、生き残ったフィリップ(フェリペ)がほんとうの両親、ほんとうの自分を探そうとする成長の途上で、小説で描かれているかつての出来事が、複数の「夢」あるいは「悪夢」のように提示されてゆく。細川さんの作品では、他のオペラでもそうであるように、現実の世界と夢・幻想のより深い空間とが、能における「橋掛り」となる音のトンネルによって結びつけられてゆく。

こういったいくつかの特別な思い入れがあって、クライストは私にとってやはり特別な意味をもつ作家であり、この翻訳はほんとうに得難い大切な経験だった。

もう一人、成城大学教授の明星聖子《みょうじょうきよこ》さんには、クライストの複数の批判版に関する情報でほんとうにお世話になった。明星聖子さんは、カフカの専門家であると同時に、カフカのテクストの文献学的研究を出発点として、編集文献学全般の専門家でもある。彼女は、成城大学に国際編集文献学研究センターを立ち上げ、さまざまな言語の作家・思想家の編集文献学に関わる共同研究を進めているが、このセンターの若い研究者の方々にも、クライストの複数の版や翻訳に関する私からの照会に対して、とてもありがたいご協力をいただいた。この場をお借りして、心からお礼を申し上げたい。

思った以上に長い時間がかかった翻訳作業の最後の締めくくりは、二〇二三年度前半に東京外国語大学の特別研修の場として滞在したロンドンのSOAS（ロンドン大学・東洋アフリカ研究学院）の研究室、東京外国語大学グローバル・ジャパン・オフィスで迎えることになった。ドイツと日本の翻訳思想史をテーマに掲げたこの研究滞在の機会、そして翻訳にも集中できる機会を提供していただいた東京外国語大学とSOAS、そして家族に、心からの感謝を捧げたい。

二〇二三年八月、ロンドンにて

山口裕之

ミヒャエル・コールハース　チリの地震《じしん》 他一篇
クライスト作

2024年1月16日　第1刷発行

訳　者　山口裕之《やまぐちひろゆき》

発行者　坂本政謙

発行所　株式会社 岩波書店
〒101-8002 東京都千代田区一ツ橋2-5-5
案内 03-5210-4000　営業部 03-5210-4111
文庫編集部 03-5210-4051
https://www.iwanami.co.jp/

印刷・理想社　カバー・精興社　製本・中永製本

ISBN 978-4-00-324166-0　Printed in Japan

読書子に寄す

――岩波文庫発刊に際して――

岩波茂雄

真理は万人によって求められることを自ら欲し、芸術は万人によって愛されることを自ら望む。かつては民を愚昧ならしめるために学芸が最も狭き堂宇に閉鎖されたことがあった。今や知識と美とを特権階級の独占より奪い返すことはつねに進取的なる民衆の切実なる要求である。岩波文庫はこの要求に応じそれに励まされて生まれた。それは生命ある不朽の書を少数者の書斎と研究室とより解放して街頭にくまなく立たしめ民衆に伍せしめるであろう。近時大量生産予約出版の流行を見る。その広告宣伝の狂態はしばらくおくも、後代にのこすと誇称する全集がその編集に万全の用意をなしたるか。千古の典籍の翻訳企図に敬虔の態度を欠かざりしか。さらに分売を許さず読者を繋縛して数十冊を強うるがごとき、はたしてその揚言する学芸解放のゆえんなりや。吾人は天下の名士の声に和してこれを推挙するに躊躇するものである。このときにあたって、岩波書店は自己の責務のいよいよ重大なるを思い、従来の方針の徹底を期するため、すでに十数年以前より志して来た計画を慎重審議この際断然実行することにした。吾人は範をかのレクラム文庫にとり、古今東西にわたって文芸・哲学・社会科学・自然科学等種類のいかんを問わず、いやしくも万人の必読すべき真に古典的価値ある書をきわめて簡易なる形式において逐次刊行し、あらゆる人間に須要なる生活向上の資料、生活批判の原理を提供せんと欲する。この文庫は予約出版の方法を排したるがゆえに、読者は自己の欲する時に自己の欲する書物を各個に自由に選択することができる。携帯に便にして価格の低きを最主とするがゆえに、外観を顧みざるも内容に至っては厳選最も力を尽くし、従来の岩波出版物の特色をますます発揮せしめようとする。この計画たるや世間の一時の投機的なるものと異なり、永遠の事業として吾人は微力を傾倒し、あらゆる犠牲を忍んで今後永久に継続発展せしめ、もって文庫の使命を遺憾なく果たさしめることを期する。芸術を愛し知識を求むる士の自ら進んでこの挙に参加し、希望と忠言とを寄せられることは吾人の熱望するところである。その性質上経済的には最も困難多きこの事業にあえて当たらんとする吾人の志を諒として、その達成のため世の読書子とのうるわしき共同を期待する。

昭和二年七月

《ドイツ文学》〔赤〕

ニーベルンゲンの歌 全二冊	相良守峯訳
若きウェルテルの悩み	ゲーテ 竹山道雄訳
ヴィルヘルム・マイスターの修業時代 全三冊	ゲーテ 山崎章甫訳
イタリア紀行 全三冊	ゲーテ 相良守峯訳
ファウスト 全二冊	ゲーテ 相良守峯訳
ゲーテとの対話 全三冊	エッカーマン 山下肇訳
スペインの太子 ドン・カルロス	シルレル 佐藤通次訳
ヒュペーリオン —希臘の世捨人	ヘルダーリン 渡辺格司訳
青い花	ノヴァーリス 青山隆夫訳
夜の讃歌・サイスの弟子たち 他一篇	ノヴァーリス 今泉文子訳
完訳 グリム童話集 全五冊	金田鬼一訳
黄金の壺	ホフマン 神品芳夫訳
ホフマン短篇集	池内紀編訳
影をなくした男	シャミッソー 池内紀訳
流刑の神々・精霊物語	ハイネ 小沢俊夫訳
ブリギッタ・森の泉 他一篇	シュティフター 宇多五郎・高安国世訳
みずうみ 他四篇	シュトルム 関泰祐訳
村のロメオとユリア	ケラー 草間平作訳
沈鐘	ハウプトマン 阿部六郎訳
地霊・パンドラの箱 ルル二部作	F・ヴェデキント 岩淵達治訳
春のめざめ	F・ヴェデキント 酒寄進一訳
花・死人に口なし 他七篇	シュニッツラー 番匠谷英一・山本有三訳
ゲオルゲ詩集	手塚富雄訳
リルケ詩集	高安国世訳
ドゥイノの悲歌	リルケ 手塚富雄訳
ブッデンブローク家の人びと 全三冊	トーマス・マン 望月市恵訳
トオマス・マン短篇集	実吉捷郎訳
魔の山 全二冊	トーマス・マン 関泰祐・望月市恵訳
トニオ・クレエゲル	トオマス・マン 実吉捷郎訳
ヴェニスに死す	トオマス・マン 実吉捷郎訳
講演集 ドイツとドイツ人 他五篇	トーマス・マン 青木順三訳
講演集 リヒァルト・ヴァーグナーの苦悩と偉大 他一篇	トーマス・マン 青木順三訳
車輪の下	ヘルマン・ヘッセ 実吉捷郎訳
デミアン	ヘルマン・ヘッセ 実吉捷郎訳
シッダルタ	ヘッセ 手塚富雄訳
ルーマニア日記	カロッサ 高橋健二訳
幼年時代	カロッサ 斎藤栄治訳
ジョゼフ・フーシェ —ある政治的人間の肖像	シュテファン・ツワイク 高橋禎二・秋山英夫訳
変身・断食芸人	カフカ 山下肇・山下萬里訳
審判	カフカ 辻瑆訳
カフカ短篇集	池内紀編訳
カフカ寓話集	池内紀編訳
ドイツ炉辺ばなし集 —カレンダーゲシヒテン	ヘーベル 木下康光編訳
ウィーン世紀末文学選	池内紀編訳
チャンドス卿の手紙 他十篇	ホフマンスタール 檜山哲彦訳
ホフマンスタール詩集	川村二郎訳
ドイツ名詩選	生野幸吉・檜山哲彦編
聖なる酔っぱらいの伝説 他四篇	ヨーゼフ・ロート 池内紀訳
暴力批判論 他十篇 —ベンヤミンの仕事1	ベンヤミン 野村修編訳
ボードレール 他五篇 —ベンヤミンの仕事2	ベンヤミン 野村修編訳

パサージュ論 全五冊　ヴァルター・ベンヤミン　今村仁司・三島憲一　大貫敦子・高橋順一　塚原史・細見和之　村岡晋一・山本尤　横張誠・奥謝野文子　吉村和明 訳

ジャクリーヌと日本人　ヤーコプ　相良守峯訳

ヴォイツェク ダントンの死 レンツ　ビューヒナー　岩淵達治訳

人生処方詩集　エーリヒ・ケストナー　小松太郎訳

終戦日記一九四五　エーリヒ・ケストナー　酒寄進一訳

第七の十字架 全二冊　アンナ・ゼーガース　山下肇　新村浩訳

《フランス文学》〔赤〕

ラブレー第一之書 ガルガンチュワ物語　渡辺一夫訳

ラブレー第二之書 パンタグリュエル物語　渡辺一夫訳

ラブレー第三之書 パンタグリュエル物語　渡辺一夫訳

ラブレー第四之書 パンタグリュエル物語　渡辺一夫訳

ラブレー第五之書 パンタグリュエル物語　渡辺一夫訳

ピエール・パトラン先生　渡辺一夫訳

エセー 全六冊　モンテーニュ　原二郎訳

ラ・ロシュフコー箴言集　二宮フサ訳

ブリタニキュス ベレニス　ラシーヌ　渡辺守章訳

ドン・ジュアン —石像の宴　モリエール　鈴木力衛訳

いやいやながら医者にされ　モリエール　鈴木力衛訳

守銭奴　モリエール　鈴木力衛訳

完訳ペロー童話集　新倉朗子訳

ラ・フォンテーヌ寓話 全二冊　ラ・フォンテーヌ　今野一雄訳

カンディード 他五篇　ヴォルテール　植田祐次訳

ルイ十四世の世紀 全四冊　ヴォルテール　丸山熊雄訳

美味礼讃 全二冊　ブリア＝サヴァラン　関根秀雄　戸部松実訳

近代人の自由と古代人の自由・征服の精神と簒奪 他一篇　コンスタン　堤林剣　堤林恵訳

恋愛論 全二冊　スタンダール　杉本圭子訳

赤と黒 全二冊　スタンダール　桑原武夫　生島遼一訳

ゴプセック・毬打つ猫の店　バルザック　芳川泰久訳

艶笑滑稽譚 全三冊　バルザック　石井晴一訳

レ・ミゼラブル 全四冊　ユーゴー　豊島与志雄訳

ライン河幻想紀行　ユーゴー　榊原晃三編訳

ノートル＝ダム・ド・パリ 全二冊　ユーゴー　辻昶　松下和則訳

モンテ・クリスト伯 全七冊　アレクサンドル・デュマ　山内義雄訳

三銃士 全二冊　デュマ　生島遼一訳

カルメン　メリメ　杉捷夫訳

愛の妖精（プチット・ファデット）　ジョルジュ・サンド　宮崎嶺雄訳

ボオドレール 悪の華　鈴木信太郎訳

感情教育 全二冊　フローベール　生島遼一訳

紋切型辞典　フローベール　小倉孝誠訳

サラムボー 全二冊　フローベール　中條屋進訳

未来のイヴ 全二冊　ヴィリエ・ド・リラダン　渡辺一夫訳
風車小屋だより　ドーデー　桜田佐訳
サフォ パリ風俗　ドーデ　朝倉季雄訳
プチ・ショーズ ―ある少年の物語　ドーデ　原千代海訳
少年少女　アナトール・フランス　三好達治訳
テレーズ・ラカン 全二冊　エミール・ゾラ　小林正訳
ジェルミナール 全三冊　エミール・ゾラ　安士正夫訳
獣人 全二冊　エミール・ゾラ　川口篤訳
氷島の漁夫　ピエール・ロチ　吉氷清訳
マラルメ詩集　渡辺守章訳
脂肪のかたまり　モーパッサン　高山鉄男訳
メゾンテリエ 他三篇　モーパッサン　河盛好蔵訳
モーパッサン短篇選　高山鉄男編訳
わたしたちの心　モーパッサン　笠間直穂子訳
地獄の季節　ランボオ　小林秀雄訳
対訳 ランボー詩集 ―フランス詩人選(1)　中地義和編
にんじん　ルナアル　岸田国士訳

ジャン・クリストフ 全四冊　ロマン・ローラン　豊島与志雄訳
ベートーヴェンの生涯　ロマン・ロラン　片山敏彦訳
ミレー　ロマン・ロラン　蛯原徳夫訳
フランシス・ジャム詩集　手塚伸一訳
三人の乙女たち　フランシス・ジャム　手塚伸一訳
狭き門　アンドレ・ジイド　川口篤訳
法王庁の抜け穴　アンドレ・ジイド　石川淳訳
モンテーニュ論　アンドレ・ジイド　渡辺一夫訳
ムッシュー・テスト　ポール・ヴァレリー　清水徹訳
精神の危機 他十五篇　ポール・ヴァレリー　恒川邦夫訳
ドガ ダンス デッサン　ポール・ヴァレリー　塚本昌則訳
シラノ・ド・ベルジュラック　ロスタン　辰野隆 鈴木信太郎訳
地底旅行　ジュール・ヴェルヌ　朝比奈弘治訳
八十日間世界一周　ジュール・ヴェルヌ　鈴木啓二訳
海底二万里 全二冊　ジュール・ヴェルヌ　朝比奈美知子訳
死霊の恋・ポンペイ夜話 他三篇　ゴーチエ　田辺貞之助訳
火の娘たち　ネルヴァル　野崎歓訳

パリの夜 ―革命下の民衆　レチフ・ド・ラ・ブルトンヌ　植田祐次編訳
シェリ　コレット　工藤庸子訳
シェリの最後　コレット　工藤庸子訳
生きている過去　レニエ　窪田般彌訳
ノディエ幻想短篇集　ノディエ　篠田知和基編訳
フランス短篇傑作選　山田稔編訳
シュルレアリスム宣言・溶ける魚　アンドレ・ブルトン　巖谷國士訳
ナジャ　アンドレ・ブルトン　巖谷國士訳
ジュスチーヌまたは美徳の不幸　サド　植田祐次訳
とどめの一撃　ユルスナール　岩崎力訳
フランス名詩選　安藤元雄 入沢康夫 渋沢孝輔編
繻子の靴 全二冊　ポール・クローデル　渡辺守章訳
A・O・バルナブース全集 全二冊　ヴァレリー・ラルボー　岩崎力訳
心変わり　ミシェル・ビュトール　清水徹訳
悪魔祓い　ル・クレジオ　高山鉄男訳
失われた時を求めて 全十四冊　プルースト　吉川一義訳
シルトの岸辺　ジュリアン・グラック　安藤元雄訳

星の王子さま　サン＝テグジュペリ　内藤濯訳

プレヴェール詩集　小笠原豊樹訳

ペスト　カミュ　三野博司訳

サラゴサ手稿 全二冊　ヤン・ポトツキ　畑浩一郎訳

《別冊》

増補 フランス文学案内　渡辺一夫　鈴木力衛

増補 ドイツ文学案内　手塚富雄　神品芳夫

ことばの花束 ―岩波文庫の名句365―　岩波文庫編集部編

ことばの贈物 ―岩波文庫の名句365―　岩波文庫編集部編

愛のことば ―岩波文庫から―　岩波文庫編集部編

世界文学のすすめ　大岡信　奥本大三郎　川村二郎　小池滋　沼野充義編

近代日本文学のすすめ　大岡信　加賀乙彦　菅野昭正　曾根博義　十川信介編

近代日本思想案内　鹿野政直

近代日本文学案内　十川信介

ポケットアンソロジー この愛のゆくえ　中村邦生編

スペイン文学案内　佐竹謙一

一日一文 英知のことば　木田元編

声でたのしむ 美しい日本の詩　大岡信　谷川俊太郎編

《イギリス文学》〔赤〕

- ユートピア — トマス・モア／平井正穂訳
- 完訳 カンタベリー物語 全三冊 — チョーサー／桝井迪夫訳
- ヴェニスの商人 — シェイクスピア／中野好夫訳
- 十二夜 — シェイクスピア／小津次郎訳
- ハムレット — シェイクスピア／野島秀勝訳
- オセロウ — シェイクスピア／菅泰男訳
- リア王 — シェイクスピア／野島秀勝訳
- マクベス — シェイクスピア／木下順二訳
- ソネット集 — シェイクスピア／高松雄一訳
- ロミオとジューリエット — シェイクスピア／平井正穂訳
- リチャード三世 — シェイクスピア／木下順二訳
- 対訳 シェイクスピア詩集 —イギリス詩人選(1) — 柴田稔彦編
- から騒ぎ — シェイクスピア／喜志哲雄訳
- 冬物語 — シェイクスピア／桒山智成訳
- 言論・出版の自由 他一篇 —アレオパジティカ — ミルトン／原田純訳
- 失楽園 全二冊 — ミルトン／平井正穂訳
- 奴婢訓 他一篇 — スウィフト／深町弘三訳
- ガリヴァー旅行記 — スウィフト／平井正穂訳
- ジョウゼフ・アンドルーズ 全二冊 — フィールディング／朱牟田夏雄訳
- トリストラム・シャンディ 全三冊 — ロレンス・スターン／朱牟田夏雄訳
- ウェイクフィールドの牧師 —むだばなし — ゴールドスミス／小野寺健訳
- 幸福の探求 —アビシニアの王子ラセラスの物語 — サミュエル・ジョンソン／朱牟田夏雄訳
- 対訳 ブレイク詩集 —イギリス詩人選(4) — 松島正一編
- 対訳 ワーズワス詩集 —イギリス詩人選(3) — 山内久明編
- 湖の麗人 — スコット／入江直祐訳
- キプリング短篇集 — 橋本槇矩編訳
- 高慢と偏見 全二冊 — ジェーン・オースティン／富田彬訳
- ジェイン・オースティンの手紙 — 新井潤美編訳
- マンスフィールド・パーク 全二冊 — ジェイン・オースティン／新井潤美・宮丸裕二訳
- エリア随筆抄 — チャールズ・ラム／南條竹則編訳
- デイヴィッド・コパフィールド 全五冊 — ディケンズ／石塚裕子訳
- 炉辺のこほろぎ — ディケンズ／本多顕彰訳
- ボズのスケッチ 短篇小説篇 全二冊 — ディケンズ／藤岡啓介訳
- アメリカ紀行 全二冊 — ディケンズ／伊藤弘之・下笠徳次・隈元貞広訳
- イタリアのおもかげ — ディケンズ／伊藤弘之・下笠徳次・隈元貞広訳
- 大いなる遺産 全二冊 — ディケンズ／石塚裕子訳
- 荒涼館 全四冊 — ディケンズ／佐々木徹訳
- ジェイン・エア 全二冊 — シャーロット・ブロンテ／河島弘美訳
- サイラス・マーナー — ジョージ・エリオット／土井治訳
- 嵐が丘 全二冊 — エミリー・ブロンテ／河島弘美訳
- アルプス登攀記 全二冊 — ウィンパー／浦松佐美太郎訳
- アンデス登攀記 全二冊 — ウィンパー／大貫良夫訳
- ジーキル博士とハイド氏 — スティーヴンスン／海保眞夫訳
- 南海千一夜物語 — スティーヴンスン／中村徳三郎訳
- 若い人々のために 他十一篇 — スティーヴンスン／岩田良吉訳
- 怪談 —不思議なことの物語と研究 — ラフカディオ・ハーン／平井呈一訳
- ドリアン・グレイの肖像 — オスカー・ワイルド／富士川義之訳
- サロメ — ワイルド／福田恆存訳
- 嘘から出た誠 — ワイルド／岸本一郎訳
- 童話集 幸福な王子 他八篇 — オスカー・ワイルド／富士川義之訳

分らぬもんですよ　バァナード・ショウ　市川又彦訳
ヘンリ・ライクロフトの私記　ギッシング　平井正穂訳
南イタリア周遊記　ギッシング　小池滋訳
闇の奥　コンラッド　中野好夫訳
密偵　コンラッド　土岐恒二訳
対訳 イエイツ詩集　高松雄一編
月と六ペンス　モーム　行方昭夫訳
人間の絆 全三冊　モーム　行方昭夫訳
サミング・アップ　モーム　行方昭夫訳
モーム短篇選 全二冊　行方昭夫編訳
アシェンデン ―英国情報部員のファイル　モーム　中島賢二　岡田久雄訳
お菓子とビール　モーム　行方昭夫訳
ダブリンの市民　ジョイス　結城英雄訳
荒地　T・S・エリオット　岩崎宗治訳
悪口学校　シェリダン　菅泰男訳
サキ傑作集　河田智雄訳
オーウェル評論集　小野寺健編訳

パリ・ロンドン放浪記　ジョージ・オーウェル　小野寺健訳
動物農場 ―おとぎばなし　ジョージ・オーウェル　川端康雄訳
対訳 キーツ詩集 ―イギリス詩人選(10)　宮崎雄行編
キーツ詩集　中村健二訳
阿片常用者の告白　ド・クインシー　野島秀勝訳
オルノーコ 美しい浮気女　アフラ・ベイン　土井治訳
解放された世界　H・G・ウェルズ　浜野輝訳
大転落　イヴリン・ウォー　富山太佳夫訳
回想のブライズヘッド 全二冊　イーヴリン・ウォー　小野寺健訳
愛されたもの　イーヴリン・ウォー　中村健二　出淵博訳
対訳 ジョン・ダン詩集 ―イギリス詩人選(2)　湯浅信之編
フォースター評論集　小野寺健編訳
白衣の女 全三冊　ウィルキー・コリンズ　中島賢二訳
アイルランド短篇選　橋本槙矩編訳
灯台へ　ヴァージニア・ウルフ　御輿哲也訳
狐になった奥様　ガーネット　安藤貞雄訳
フランク・オコナー短篇集　阿部公彦訳

たいした問題じゃないが ―イギリス・コラム傑作選　行方昭夫編訳
英国ルネサンス恋愛ソネット集　岩崎宗治編訳
文学とは何か ―現代批評理論への招待 全二冊　テリー・イーグルトン　大橋洋一訳
D・G・ロセッティ作品集　南條竹則　松村伸一編訳
真夜中の子供たち 全二冊　サルマン・ラシュディ　寺門泰彦訳

岩波文庫の最新刊

マックス・ウェーバー著／野口雅弘訳
支配について
I 官僚制・家産制・封建制

支配の諸構造を経済との関連で論じたテクスト群。『支配の社会学』として知られてきた部分を全集版より訳出。詳細な訳註や用語解説を付す。（全二冊）
〔白二一〇-一〕 定価一五七三円

網野善彦著
中世荘園の様相

動乱の時代、狭い谷あいに数百年続いた小さな荘園、若狭国太良荘。「名もしれぬ人々」が積み重ねた壮大な歴史を克明に描く、著者の研究の原点。（解説＝清水克行）
〔青N四〇二-一〕 定価一三五三円

J・L・ボルヘス作／内田兆史・鼓直訳
シェイクスピアの記憶

分身、夢、不死、記憶、神の遍在といったテーマが作品間で響き合う、巨匠ボルヘス最後の短篇集。精緻で広大、深遠で清澄な、磨きぬかれた四つの珠玉。
〔赤七九二-一〇〕 定価六九三円

ヘルダー著／嶋田洋一郎訳
人類歴史哲学考 (二)

第二部の第六～九巻を収録。諸大陸の様々な気候帯と民族文化の関連を俯瞰し、人間に内在する有機的力を軸に、知性や幸福について論じる。（全五冊）
〔青N六〇八-二〕 定価一二七六円

……今月の重版再開……

有島武郎作
カインの末裔 クララの出家
定価五七二円 〔緑三六-四〕

プルタルコス著／柳沼重剛訳
似て非なる友について 他三篇
定価一〇七八円 〔青六六四-四〕

定価は消費税 10% 込です　　2023. 12

岩波文庫の最新刊

カント著／熊野純彦訳
人倫の形而上学
第一部　法論の形而上学的原理

カントがおよそ三十年間その執筆を追求し続けた、最晩年の大著。第一部にあたる本書では、行為の「適法性」を主題とする。新訳による初めての文庫化。
〔青六二六-四〕　定価一四三〇円

オクタビオ・パス作／野谷文昭訳
鷲か太陽か？

「私のイメージを解き放ち、飛翔させた」シュルレアリスム体験が色濃い散文詩と夢のような味わいをもつ短篇。ノーベル賞詩人初期の代表作。一九五一年刊。
〔赤七九七-二〕　定価七九二円

クライスト作／山口裕之訳
ミヒャエル・コールハース　チリの地震　他一篇

領主の横暴に対し馬商人コールハースが正義の回復のために立ち上がる。日常の崩壊とそこで露わになる人間本性を描いた三作品。重層的文体に挑んだ新訳。
〔赤四一六-六〕　定価一〇〇一円

マックス・ウェーバー著／野口雅弘訳
支配について
Ⅱ　カリスマ・教権制

カリスマなきあとも支配は続く。何が支配を支えるのか。支配の諸構造を経済との関連で論じたテクスト群。関連論文や訳註、用語解説を付す。（全二冊）
〔白二一〇-二〕　定価一四三〇円

……今月の重版再開……

エウリーピデース作／松平千秋訳
ヒッポリュトス
―パイドラーの恋―
〔赤一〇六-一〕　定価五五〇円

W・S・モーム著／西川正身訳
読書案内
―世界文学―
〔赤二五四-三〕　定価七一五円